ショウジ氏の生活と意見

草上仁

日下三蔵編

竹書房文庫

キスギショウジ氏の生活と意見

目次

十五パズル

百六十七番街の運転手

あぶねえぞ、そこ。何してる。ふらふら歩いてるんじゃねえ。

何だって？　聞こえねえよ。ちょっと待ってろ。今、動かすから。西へ五メートル。と。よし、こんなもんだな。いいぞ。

五十八番地のＡ一一八？　知らねえよ。そりゃ、大分前の地番体系だなあ。二桁番地なんて、今どき――おーい、メアリ、五十八番地って知ってるか？　いや、そんなこたあわかってるよ。馬鹿、ここに、男の人が来てるんだよ。うん、その番地探してるんだって。え？　核《コア》のほう？　じゃねえよ。あそこはおめえ、こないだ整備やったとこじゃねえか。千番台のパイルナンバーになってるだろ。五十八なんて、そんな――。違うってば。あそこはもう、埋めちまったはずだ。ああ、八十六通り塡《は》めこんで、そう。

聞いての通りだ。女房もわかんないってさ。よっぽど古い地番だよ、そりゃ。何でまた、そんなとこ探してんの？

え、あんたの家？　迷子になっちまったのかい？　ああ、仕事で、この街の外へ出て、帰って来たら、わからなく――。そりゃそうだよ。こいつは、発展する宇宙都市ってやつだからよ。知ってんだろ。都市の動的再配置とか何とか。いつも発展して、成長して、家や通りが動き回って、配置を替える。家とか建物とかいうのは、みんな可動部品で。うん、よくわかんないけど、ほら、電線だの、交通線だの、搬送線だのが、一番短くなるように、とかさ。そう、最適配置ってやつ。都市空間の最有効利用か。いつも、そいつを求めて配置替えよ。

ああ、それじゃ、あんたが出掛けた時は、まだ始まってなかったんだ。まだ可動都市にはなって――うん、それでいつ帰ったの？　一年前――じゃ、それからずっと、探し続けて――そりゃ、気の毒だねえ。家は？　ああ、別のを割り当ててもらったの。そんなら、何も探さなくたって――あああ、奥さんがねえ。その番地に。そいつは大変だわな。そこで待ってるんだろうねえ。お子さんは？　いないの。まあ、そんならまだよかったかな――。

今日び、家の外へ出る奴なんかいないよ、うん。どんな用事だって、家の中ですませるんだから。物送チューブもあるし、マルチ・コミュニケーターもあるしね。食物？　マル・コムで注文だ。チューブは五秒で配達してくれる。観劇？　どっかのライブラリィにアクセスすれば、何でもマル・コムの立体画像で見られる。友達と話したければ、画像通話回線をつなぎゃあいい。便利な世の中になったよな。ほんと。

仕事だって、ほら、在宅勤務ってやつだもんね。

え？　おれ？　ご覧の通り、運転手よ。百六十七番街の。これでも公務員なんだぜ。いやいや、そんなにたいした仕事じゃねえけどな。だからさ、百六十七番街動かしてんのよ。今日は東に二十メートル、それから西に三十メートルって具合。いいかい、この街が西に三十メートル動くとするだろ、そしたら、東の端に空きスペースが出来る、ね？　そのスペースに、七百十七丁目が首を突っ込んで来るって寸法だ。でなきゃ、スペースがなくても、八百九十八番パイルが下からせり上がって来て、この百六十七番街の真ん中へんの家屋セルを、いくつか上のデッキに持ち上げちまう。そうすっと、地番がまた変わっちまうわけ。だからさ。外出なんかするもんじゃねえ。今朝出た家が、帰る時には、どこ行ってるか、わからないんだものね。まあ、一日ぐらいなら、何とか探し出せるかな。それ以上は駄目。だって、一日に、延べ十キロぐらいは、動かしてっからな。

ほら、十五パズルって、知ってるだろ？　一から十五までの数字を書いたプラスティックのチップを、小さな箱の中で滑らせてさ、順番に並べるやつ。ちょうど、チップ一個ぶんのスペースが空いててさ、縦か横にだけ、滑るようになってるやつ。

街全体で、あれをやってるようなもんだよ。それも、ほら、立体的にさ。ああ、もちろん知ってるだろうけど。

ちょっと待って、今、運行指令が——そこに乗っかってろよ、動くから。進行方向、東。七ブロック。七十メートルだな。この馬鹿野郎、あぶねえなあ。見ろよ、あの、六百八十五丁目の奴。こっちが侵入してんのに、のんびり動き出しやがって——変なとこで止まるんじゃねえ、この新米め。セルがつぶれるぞ、間抜け。よしよし、これで完了。

あんた、大丈夫かい。ほら、家――五十八番地じゃなくて、今の家だよ。ちゃんと帰れんのかい？　ああ、発信機が。頭いいねえ。あ？　おれ？　ははは、言ったろ、在宅勤務よ。この運転室が、おれの家さ。迷子になる心配は、てんでなし。うん。行くのかい？　じゃ、気をつけて。ああ、乱暴運転の通りに気をつけてな。特に、丁目が、そう、南北のやつが、新米多いからよ。パイル――上下のは、まだいい。速度遅いしね。じゃあ、奥さんの家、見つかるといいね。またな。何かあったら回線つないでくれよ。いつでも、うん、ここの運転手って言えば、すぐつながるから。

移動ライブラリィ地図係司書

はい、さようでございますな。いえいえ、二桁地番でございましょう？　当時の再配置計画は、情報ライン短縮の試みというのではございませんで。ええ。むしろ、景観重視でございましてな。確か、セントラル・アヴェニューをスライドさせまして。その上に、グランド・ストリートを持って来たようなわけで。それから、BASアヴェニューの一部を、五層ほど下に下げましてな。景観に問題のある地区を、その、囲い込んだようなわけで。はあ。無論、予算の関係がございましてね、フォレスト・パークはそのままに。さよう、どうにもまあ、動かせませんで。それでも、景観の面では、あなた、中々によくなったと。そういう評判で。

はい、それが、五年前のことでございます。これは確かで。いえいえ、は？　五十八番地ですか？　ああ、それでは、もっと後の都市整備計画でございますな。ええ、ちょっとお待ちを——。

地番整備条例が出ましたのが、さよう、二三四三年の五月で。ええ、この時の対象地区はですね——。

いや、違います。そうではありませんで、はあ。いえいえ、この条例は、その、紛争回避のための。そう、そうなんです。

西三十八丁目の自警団と、北二百番街の若者が、まあ、かなり深刻な対立関係に。はい。それでまあ、通りを分断しまして、六十六パイルなんか、せり上げましてな。十七箇所スライドさせて、その、融合させたと。逆に、隔離政策をとろうという案も、まあ、あったんですが、市議会が、その、保守派の意見が、まあ。

ちょっと、そのファイル開けてくれませんか。えええ、ああ、こりゃ違いますな。五十八番地は、対象地区外だ。ほら、ここに列記してございましょう？　載ってません。動かしてないんです。となると——翌年の、大改築の時かな。ええ、全地区を、磁気レールの上に載せたんです。再配置作業が、円滑に進むように。

再配置計画ですか？　当時のは、やはり、資源の有効利用ということで、まあ、単調さの排除というのも、なくはないのですが。

景観という面では、まあ、かなり完成に近く——地区間の抗争も、大分減っていた筈《はず》ですし、治安再配置法はまだ。

流動する都市という言葉が出て来たのは、確か、そのころでは、ええ、さようで。それからあとは、あなた、配置作業の頻度が、どんどんと——。ええ、月に一回から週に一回、日に一回と。このごろでは、毎秒毎秒、どこかが動いてるような調子で。ええ、新聞お読みに？　出ておりましたでしょ。循環する都市とか。対流する都市とか。

ああ、そういうことでございますか。それはご心配でしょう。確か、このディレクトリに、当時の透視図が——おや、出ませんな。多分、参照頻度の関係で、オンラインから落ちて、ええ、おそらく。

いや、中央コンピュータに問い合わせれば、記録は残って——ええ、有料ですが。そのまあ、記録媒体の保管庫も、動的再配置の対象になっておりますわけで。追跡いたしますので、多少その、時間が。ええまあ、早くて二週間ほど。

は？　さようでござい——もちろん、二週間経《た》てば、配置も大分、変わって。いえ、役に立たないということは、まあ、ないとは思いますが、はい。

ごもっとも、ごもっともです。しかし、あなた、それをわたくしにおっしゃられても。はい、いえ、迷惑とか、そんなことはありませんのですが。

ご同情申し上げます。まあ、再配置計画が進んで行く中で、その、いくつかの問題点は、まあ、指摘され、ええ、おっしゃる通りです。ええ、しかし、そのへんは、都市整備公団のほうに、いえ、たらい回しとか、そのようなことでは――。

ただその、こちらでは、マル・コムの機能も、限られておりまして、ええ。それは、組織的には、そのようなことに、はあ、そうなんですが。

とんでもない。おお、おわかりいただけませんか？　ですから、そういった事情で、如何《いかん》とも、はい、致しかねるわけで、ええ。ご了承を、お願い――。

はい。さようで。

申しわけございません。いえ、お役に立てませんで。公団のほうにお問い合わせになれば、多分――。

はい、通話料金のほうは、公共サービス勘定に。結構でございます。それでは、ご幸運を。いや、失礼致します――。

都市整備公団弘報相談係官

　はい、次の方。おや、本当に来てるの。めずらしいね。本人が窓口まで。

　五十八？　そんな、あんた、古い地番言われたって。新しいのは？　え、わからない？　困りますね。それじゃあ、調べようがない。とにかく、その用紙に記入して、隣の窓口。え？　あっちのほうで言われた？　こっちに回れって？　本当ですか？　困ったなあ。

　いいですよ。じゃあ、これに名前打って。五十八だって？

　おーい、こういうの、どうするか知ってるかい？　来ちゃってんだよ。いや、あいつに訊《き》くわけには、うん、休暇中だから。とにかく、その優先キイ、貸してくれ。おれが調べる。やってみるから。

　お待たせしました。うん、そこ探してるの。家？　そうなの、大変だねえ。ちょっと、入れてみますからね。わかるかどうか——何しろ、昔の番号だからねえ。

　出ないよ、やっぱり。

　え、ライブラリイでも、そう言われた？　じゃあ、同じだよ、ここでも。いいかげんな司書だなあ。うん、こりゃ、相当古い地番なんじゃない？　今は、該当地区はないね。五年ぐらい前まで、データあるはずなんですけとね。え、本当に？　とにかく、クロス・リファレンスして、代替地番みつけないと、うん、駄目。

待ってよ、一応カウンター・シミュレートしてみるから。こいつの前だろ、先月のスライドを戻して、世代を戻して、こう。やっぱりないか。おかしいなあ。

ちょっと、ヨシコ、こういうの、知らない？　掛け直せったって、本人ここに来てるんだよ。だから――都市計画課？　移転しちゃったよ、先週。隣にあったって、そりゃ十九日までだろ。七百七十四丁目が滑った時に、ほら。そう、そうだよ。知らないよ、そんなこと。おれは。

え、何？　お茶呑《の》む約束？　ああ、急に思い出した？　こんな時に、言い出すことないだろ。いや、忘れちゃいないけどさ。窓口に、人来てんだから。わからないの、本人が来てるんだったら。そう、通話じゃないの。本当だよ。ほら。

そんなこと言ったって、仕方ないだろ。ああ、じゃ、また。ちぇっ、あれだ。

ええとね、都市計画については、ここじゃわかんないんですよ。うん、今後のこととか、最近のこととかだったら、まあ、わかるんだけど。ああ、都市計画課だね。どこって、そりゃ、自分で調べてもらわないと。

そりゃ、あんた、公団の方針なんて、もっと上のほうに聞いてもらえませんか。こっちは、事務部門だからね、うん、局長とか。

いや――。

だからさ、こいつは、可動都市なんだよ。いまさらとめたりできないでしょ。人口はどんどん増えてんだし、ああ、マル・コムの医療端末で、ね、出生時死亡率はまた下がったし、外に出なきゃ、危ないこともないしさ。

　ここは独立宇宙都市でしょ。資源には限りがあって、無駄は切り詰めなきゃならないのよ、わかる？　どっかよそへ行って、鉄材一本拾ってくるってわけにはね？

　家屋セルひとつ、増やすには、搬送線五キロ切り詰めなきゃ、出ないんだよ、材料が。そしたら、空間の有効配置しかないでしょ。空間が広がれば、搬送ステーションだって、どこに置くか考えなきゃなんないしさ。コミュニケーション・ノードも移動しなくちゃならん、そうすると、隣接周辺設備も移動しなくちゃならん、街の航行管制所も統廃合せにゃならんと、ね、そうなるでしょうが。

　動きをとめたり、できないわけよ。

　エネルギーの節約も、考えなきゃならないしさ。例えば、家屋セルから捨てられる熱は、そのまま外に逃がしちゃ、もったいない。わかるでしょ。蓄熱セル置いて、熱交換工場置いて、それを利用して、食料加工場動かしたり、するわけですよ、ね。

　そしたら今度は、工場設備や、原料をどっから持って来るか。移動ユニットを、循環させなくちゃいけないでしょ。蓄熱セルがチャージされるには、時間がかかるから、その間、工場は他へ移動させて、そこで操業させたりね。でなきゃ、別の蓄熱セルを、工場のそばに滑らせて来るとか。

メンテナンス・検査セルも、しょっちゅう使うわけじゃないから、絶えず循環させとかなきゃいけない。あっちの通りからこっちのパイル、とね。そうなりゃ当然、家屋セルもくっついて来る——。都市計画ってのは、そいつを全部、考えるってことなのよ。まあ、コンピュータはあるけどさ。ねえ、大変なんですよ、なかなか。あんたが言うように、簡単じゃないんだから。

そりゃ、そっちの言ってることも、わかるけどさ。でも、そこまで手が回らないんだよ、現実的に。そうでしょ?

家は不動のもの、なんて考えが、もう古いんですよね。都市の部品なんだよ、家も、事務所もさ。可動部品、わかるでしょ。置きっぱなしにして、搬送効率を劣化させとくわけには、いかないんですよ。

困ったなあ、そんなとこで、泣きだしたりしちゃ。元気出してくださいよ。きっと、そのうちみつかるから。ああ、どっかに埋まって——いやいや、そんなことないって。うん、大丈夫だから。なくなるなんてことは、ないよ。ないはずだよ。

え、世帯数? 五千八百万ぐらいかな、全部で。ちょっと、うん、そうだ、五千八百三十七万。先月、二十一万増えたからね。別居申請でさ。

大丈夫？　悲観しないで下さいよ。

誰か、お茶持って来て――この人、倒れそうだよ、だから、甘いやつ。住民サービスだよ、通達読んだだろ？　え、組合？　いいじゃないか、そんなこと。奥さんがね、みつからないんだよ。うん。二年も探してるんだってさ、そう、二年。

待っている女

そうなのよ。まだなの。え？　五年よ、そう。事故？　いやあねえ、まさか、そんなことはないと思うんだけど。え？　それもないわよ。そんなご面相じゃないし、不器用なひとだもの。そりゃそうだけど、最近の宇宙通信網って、どんなか、知ってるでしょ？

心配は心配よ、もちろん。でもねえ、最近、なんだかだんだん思い出せなくなって来て。ええ、そうなのよ。一緒に暮らしてたのは、半年かそこらでしょ。それからが、長いもんだから――。

それはないわ。離婚する気はないのよ。え？　馬鹿ね、こんなおばあちゃんをつかまえて。そんなことないわよ、ふふふ、駄目だったら。怒るわよ、こら！

淋《さび》しいって？　でも、みんなこんなものなんじゃない？　不自由はしていないし、お友達もたくさんいるわ。ううん、そういう意味じゃなくて——だって、顔合わす機会なんて、ないものね。いいのよ、それで。通話できるんだから。一緒でしょ、別にこれだって。顔は見えるんだしさ。

でもまあ、淋しいかも知れないわね。

ふふ、やだ、違うわよ、そんな——そんな話じゃ——わたし、そっちの方は、昔から淡泊だから。まあ、本当よ。ええ、本当だったら。そんなことしてないわ——最近のひとって、みんなそうなんじゃない?

そうかしら? でも——人によるんじゃない? そう、そうよ、きっと。

ええ、どこへ行っちゃったのかしらねえ。宇宙都市五五七——そこまでは、わかってるんだけど。行った時期が、悪かったのかしら。そう、仕事よ。建設技師で。何だか設計のほう。端末だけじゃ、仕事にならないんですって。現場って言うの? そこでないと、やっぱり——三年で帰る予定だったんだけど。わたしもついて行けば、よかったのかなあ。若かったし、まだね。

連絡? ほら、いつか、宇宙通信の一般回線が、使用禁止になったじゃない。あれあれ、エネルギー危機の時。三年前だったかしらねえ、あれ以来、通じなくなっちゃって。向こうも心配したでしょうね。こっちも大変だったけど、どうしようもないしね。あの時は、いろいろ大変だったから——。

そう、そんなことも、あったわね。あなたったら、搬送チューブが止まるんじゃないかって心配して。随分注文してなかった？　食べ物とか、飲み物とか。ふふ、腐っちゃったんじゃないの、みんな。え？　本当？　まあ、ティナも相当なもんね。

いいのよ、そんな。

大丈夫だったら――。

心配してくれるのは、有難いけど、わたしは大丈夫。けっこう気楽にやってますから。

ええ、本当よ。うん、そうね、いつかきっと、帰って来るわ。子供じゃないんだから。え、何？　迷子札？　ふふふふ、なんだ、冗談か。つけといた方が、よかったのかしら、ゴムのやつでも。うふふ、本当ね。それに、住所なんか書いて。名前と、マル・コム番号と。そうね。

まさか、住所忘れるはず、ないと思うんだけど――。大のおとなが、ねえ？

住所？　そうよ、何度も変わったわ。最近なんて、一日で変わるんだもの。でも、そんなの、市役所で聞けば、すぐわかるでしょ。郵便屋さんとか。ええ、そうね。それはまあ、お役所だものね。何年も、行列させられたりして。ふふ――まさかね。

本当？　ミヤが？　そんなに待たされたの――まあ、ひどいわね。それはそうなんでしょうけど、それにしても、ねえ？　やっぱり、公務員がいいのかしら。閉鎖市場とかいって、民間じゃなかなか――そうよ、伸びも期待できないし。自営業もそうでしょ、税金は上がるし、公共料金だって、馬鹿にならないでしょ。子供が大きくなったら、家屋セル分離だし——教育通信の費用だって、馬鹿にならないわよねえ。うちは、子供がいないから、その点は気楽だけどさ。わたしも、仕事もってるし。

まあ、ぼちぼちってとこね。ファイルの整理統合って、けっこう需要はあるのよ。データの蓄積が早いから、インデクシングが間に合わないのね。うん、機械サポートは当然あるんだけど、ニューロコンのライブラリアンでも、けっこうオペレーターに落としてくるところがあって——。

そんなことないわよ。慣れよ、慣れ。慣れの問題ね、結局。

まあ、そっちのほうはね——。慣れていいはずなんだけど——ひとりでいる時間のほうが、長くなるのにね、もう。

おかしいでしょ。

あら、マル・コムが、サイン出してるわ。どうしたのかしら。家屋セル接続ですって。どういう意味か、わかる？　そう。とにかく切るわね。じゃまた。

探している男

疲れた。

もう、あきらめようかとも思う。

この都市は、一体何なのだ？　絶えず形を変え、表情を変え、人を欺《あざむ》く。

腹の中に、幾多の人間を、生活を循環させながら、その秘密を、明かそうとはしない。何ひとつ、一定していない。何ひとつ、停止しているものはない。理解可能な法則もない。何か、とらえどころのない化物《ばけもの》のようだ。人はただ、誰にも理解できない都市計画とやらに身をまかせ、どこまでも流されていくしかないのか？

この都市には、過去がない。ただ、未来に向かって、増殖し、変転し、成長していくだけだ。

成長？　進化？　あるいは退化？

今日、マル・コムで、『十五パズル』を注文した。搬送チューブは、すぐさまそれを吐き出した。四角い十五枚のチップと箱。プラスティックでできた、小さな玩具。

一から十五までの数字を並べるなど、簡単なことだろうと思って始めたが、なかなかうまくいかない。一つのシークエンスを作るためには、別のをこわさなければならない。一つのチップを正しい位置に動かそうとすると、動いて欲しくないチップまで、一緒に動かさざるを得なくなる。どうして、難しいものだ。

あの役人が言っていたように、都市の動的再配置にも、同じ困難があるのだろう。

これが立体になったらどうなるのか、とても想像がつかない。人間の頭脳だけでは、制御することはできないに違いない。

この都市は、自給自足をしている。宇宙航行都市として、当然のことだ。しかし、いかに可動部品を循環させ、最適な配置をとろうと、エネルギーのロスを、ゼロにすることはできない。都品を動かすためにも、当然エネルギーは消費される。

つまり、完全な閉鎖系として、永久に機能することはできないということだ。外部から、エネルギーをとり入れる必要がある。例えば、恒星のエネルギーを。

ここに帰って来た時、近くに恒星はなかった。では、どうするのか？　いつか、必要なエネルギーを失い、死んだ星のように冷えきる運命なのか。

この都市は、どこに行こうとしているのだろうか。

都市の目的は、住民に奉仕することだろう。生活の安全を保障し、慰安を与え、人生を支援する。

そして、妻を夫から匿《かく》す？　それも、都市機能の一部なのか？　ひょっとしたら、妻がそれを望んでいるのだろうか。

妻——もう、顔もはっきり思い出せない。恥ずかしいと言って、写真一枚、持たせてくれなかったのには、別の理由があったのかも——考えすぎだろうか？　しかし、そうでなければ、都市の機能は、家族を無事に再会させる方向に働くべきではないのか。

疲れた。

二年は、短い期間ではない。

コンピューター制御の可動都市と、宝探しゲームをするには、少々疲れすぎだ。

マル・コムが、ブザーを鳴らしている。

応えるのは、よそうか。ひょっとしたら、火災警報かも知れないし、あるいは、食料品店の御用ききかも知れない。どっちにしても、わざわざ応えるには、及ぶまい。

おや、どうしたのだろう。一間きりの部屋の壁が、開いていく。やはり、火災警報か？　あれは、緊急避難路か何かなのだろうか？

いや、そうではないらしい。あれは、こちらと同じような、別の部屋だ。家屋セルが、別のセルと接続されたのだ。これも、動的再配置のひとつなのか？　建材を節約するために、誰かと同居を強いられるのか？　今、たまたま隣を滑っていたセルの誰かと？　きのうまで、あるいは、さっきまでのお隣さんとは、もちろん違う誰かと。

何と、女だ。女がひとりだけ。あれは誰だ？　思い出せない。見覚えがあるような気がするが、錯覚か。おや、向こうもこっちを見ている。とにかく、行ってみよう。これは、都市計画の、粋なはからいというやつかも知れない。

おお、女が微笑《ほほえ》んだ。これは、悪くない。

終身都市運行管制官

悪くはない。悪くはないぞ、コンピューター。ちょっと時間はかかったが、どんぴしゃりだ。それでも、お前の妨害がなかったら、もっと早くいったのにな。

わかっとる、わかっとる。お前がやっとるのが、仕事だってことはな。都市整備じゃろ？　空間の最適活用じゃろ？　だから、別に非難しとりゃせんじゃろが。

それにしても、お前があの五百七十一番街をスライドさせた時には、もう駄目かと思ったぞ。こりゃもう、最後だと思った。お前がパイル五五四を上げて、わしが、三百七十六丁目を動かすのに成功するまではな。ありゃ、なかなかの妙手じゃったろうが。

そう言うな。え、それじゃ、わしのやっとるのは何だ？　道楽か？　わしだって、わざとお前の邪魔をしとるわけじゃない。これも仕事じゃ。

ははあ、怒っとるな。そりゃあ、狭量というもんじゃよ。機械のお前には、わかりにくいじゃろが、これも立派な仕事なんじゃよ。ボーイ・ミーツ・ア・ガールと言うてな。まあ、仲人みたいなもんじゃ。

　住んでる連中は、誰もセルから出ようとはせん。両親のセルから分離すれば、いつまででも一人で住んどる。家の方を動かして、男女を引き合わせてやらなけりゃ、どうやって人口を維持できると言うんじゃ。

　ははは、男女なら、何でもいいというわけには、いかんのじゃよ。ドラマが、ロマンスというやつが、時には必要なんじゃ。なに、わしがドラマにこだわるのは、千組に一組ぐらいのもんじゃないか。道楽と呼んでくれてもいいが、そう文句を言うな。ドラマティックな出会いも、都市の機能だと考えろ。

　ほうほう、何？　いや、本当の夫婦なんぞであるもんか。仕事で出て行った夫も、家で待っていた妻も、それぞれ、とうに死んどる。事故でな。あの二人、どちらも残されたかたわれじゃ。ノイローゼみたいになって、愛する人の死を、認めようとしなかっただけでな。それを、わしが引き合わせたというわけじゃよ。まあ、いいじゃないか。時には、奇跡も必要なもんじゃよ。なあ、コンピューター、わかるか？　それが人生じゃ。

独立宇宙都市航行管理コンピューター

前方の恒星管制センターのコンピューターへ。当方二九八独立宇宙都市。

照会事項。五十四番星域は、貴職分掌内《しょうない》なるか。

補足説明。当方、該当星域への航行をプログラムされている。宇宙都市最適配置計画によるもの。第四期星間都市運行管理局の指示六号。障害物回避によるコース再設定のため、該当星域発見困難。長期の宇宙航行の結果、当方の保有エネルギー僅少。至急回答されたし。

受信確認。星域付番二桁に誤りなし。読み替え用三桁コードは保有せず。五十四、繰り返す、五十四番星域。チェックピット付加。再度確認願う。過去のコード体系にても調査されたし。

受信確認。了解した。貴職ファイルになし。再確認、貴職ファイルに、五十四番星域なし、了解。

航行を続ける。

繰り返す、航行を続ける。

交信終了。

記念品

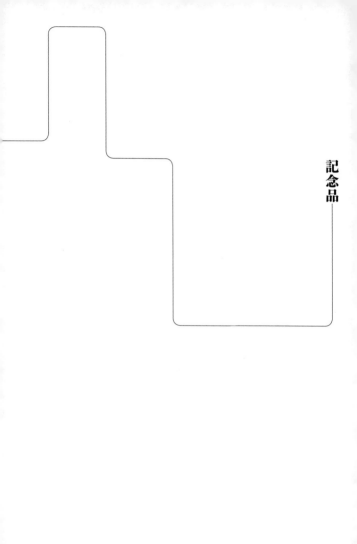

「全く狂暴だよな」

大熊の枕もとに、腐りかけた見舞いの果物籠《かご》を置きながら、佐川《さがわ》は言った。

「信じられない。服を引きちぎられるとか、髪の毛をひっこ抜かれるとかいうのは、今までにもあったけど、指を一本、取っていくとはね」

「ああ」

歌手の大熊連司《おおくまれんじ》は、呻《うめ》き声を上げた。白い包帯でぐるぐる巻きにされた右腕を持ち上げ、本当に信じられないといった目つきで、それを眺める。

「心配するな」

マネージャーの佐川は、陽気な口調で言った。

「右手の中指といやぁ、お前さんがマイクを摑《つか》む、大事な指だ。何とかするよ。最近、エレクトロフィンガーとかいうもんができてるらしくてな、今、事務所のほうで、手配してる。本物そっくりで、自由自在に動く。実によくできているらしいぞ。女の子をこちょこちょしても、気づかれないくらいだそうだ」

「そうか」

大熊は、気のない口調で言った。すっきりした切れ長の目（彼のファンは、その目がたまらないと言っている）は、まだ包帯を見つめている。

「手術の費用は、事務所のほうで何とかする。エレクトロフィンガーは、目の王が飛び出るほど高いらしいが、立て替えておくよ。何せ、お前はうちのドル箱だからなあ」

「すまん」

大熊は、やっと、包帯から目を離した。

「犯人は――」

「残念ながら、まだ捕まらず、だ。常連のファンらしいが、ファンクラブには、登録していない。警察の話だけど、彼女、掌《てのひら》に、レーザーカッターを匿《かく》し持ってたようだ。よくいるタイプだよ。スターとの結婚を夢見るような、狂信的ファンだな。こういう手合いは、何をするかわからない」

「くそっ」

と、大スターは下品な口調で言った。

「災難は災難だったが、それだけ、お前さんの人気があるってことさ。感謝すべきかも知れないな」

「感謝だって？」

大熊は、ベッドの上に起き上がった。

「どうしておれが、指を千切られて、感謝しなくちゃいけないんだ？　歌手を痛めつけて喜ぶファンなんて、ファンと言えるか」

「まあまあ」

佐川は、にやにやしながら、両手を広げ、掌をひらひらさせた。横目で、病室の窓を見る。特別病室は、国道に面した八階にあったが、向かいのビルからのパパラッチの目を避けるため、窓のカーテンは、ぴたりと閉ざされている。

「痛めつけるつもりはなかったのさ。レーザーカッターを使えば、指はそれほど痛まない。ただ、お前のコンサートに来て、記念になるものを持って帰りたかったんだろうよ。ひょっとしたら、腕時計を切ろうとして、手元が狂ったのかも知れん」

「おれは、腕時計なんかしない」

大熊は、憮然《ぶぜん》として言った。

「歌うときにはな」

ぶつぶつぼやいている大熊を無視して、佐川は、電子手帳を広げた。

「仕事のほうは、大丈夫だ。ここ三日の予定は、セコい地方コンサートと、ケチなバラエティーショウばかりだったからな。全部キャンセルした。本当は、指を切られたぐらいで、入院する必要もなかったんだが、この機会に、溜まっていた雑誌の取材を片付けちまおうと思ってな。ええと、週刊スポット、別冊リジェ、３Dウィーク、トリヴィデオ、ライトストーリイ増刊、生活センス、レディブルーム、ドゥカチャー——そんなとこかな。入院ってのは、話題性があるぞ。しかも、ファンに指を切られたなんてのは、前代未聞だからな。ああ、入院理由は、エレクトロフィンガー装着のための、免疫検査ってことになってるから、よろしく頼む」

大熊は、唸《うな》り声を上げた。

「おれは、疲れてるんだ」

「そうとも。だから、ここで三日間、ゆっくり休め。映画もドラマもステージもなし。養生休暇だ。オーケイ？」

「わかった」

大熊は、あきらめたように頷《うなず》いた。

「よし。それからと、ああ、ＫＧＦニュースと、東京有線トリヴィから、取材の申し込みがある。これは、明日だな。三時までに、スケジュールと台本を作っておくから、目を通してくれ」

「台本？」

「養生するんだ。ものを考えるのは、苦手だろ。しゃべることは、こっちで用意する。それから、これは、連続トリヴィドラマの出演契約書。ここに署名を——ああ、左手でしておけばいいさ。色紙が二千枚——これは、代筆屋に頼むからな。ジャケットのデザイン——こっちでOK出したけど、別に文句はないだろ。それから――」

大熊はもう、佐川の台詞《せりふ》を聞いていなかった。じっと、考え込むように、包帯を見下ろしていた。

ひとりでしゃべり散らした佐川が、やっと病室を出ると、そこに、油じみた革のジャケットを着た、若い男が待っていた。ポケットに両手を突っ込み、目を伏せている。

「佐川さん、ですね」

男は、廊下のプラスティック・タイルに視線を落としたままで、言った。

「篠宮《しのみや》の代理か」

と、佐川が尋ね、若い男は、微《かす》かに頷く。

「ほら」

佐川は、ふくらんだ茶色の封筒を、男の腕に押し付けた。一瞬だけ、男の手がポケットから出たと思うと、封筒は、あっという間に、ジャケットの中に消えた。

「どうも」

「篠宮に言っておけ。今度から、現場にカッターなんか残すなって。足がついたら、こっちが迷惑する」

「はい。わかりました」

男は、頭を下げた。唇に、卑屈な薄笑いが浮かんでいる。

「まだ、何か用か？」

若者は、肩をすくめた。

「あれですが、かなり高く売れるんでしょうね？　その、ファンの人に」

「お前たちの、知ったことじゃない」

「大熊のファンには、金持ちの未亡人なんかが多い。家の三軒分ぐらいには、なるんでしょうね」

佐川は、眼鏡《めがね》の奥の冷たい目で、相手を睨《にら》んだ。

「余計なことを考えるな。勝手にやろうとしても、売れやしないぞ。プロダクションの保証がなければ、誰も、本物だと信じてくれない」

佐川は背を向けると、エレベーターの方へ歩み去って行った。

若者は、きれいに磨かれた病院の廊下に、ぺっと唾を吐いた。

「ひでえことしやがる」

と、つぶやいてみる。

「汚ねえ野郎だぜ、全く」

「もういやだ」

大熊連司は、ベッドの中ですすり泣いた。

「おれはもう、引退する」

「まあ、そう言うな」

佐川は、ベッドの端のほうに腰を下ろし、歌手の肩に手を置いて、慰めた。

「まだまだやれるさ。ファンがついてる」

「人ごとだと思いやがって」

大熊は、できたばかりの精巧な右のエレクトロハンドで、シーツを叩いた。

「こっちの身にもなってくれよ。この前は左足、今度は右手だぜ。その前にも、耳たぶだの顎の先だの前歯だのと、あっちこっち千切られたり、むしられたり、外されたり、切られたり――」

枕に、顔を押しつける。

「おれは、もうやめる」

「気の弱いことを言うな」

佐川は、傍らの果物籠から、林檎《りんご》をひとつ取り、一口嚙《かじ》ってから、顔をしかめて籠に戻した。

「最近の補綴《ほてつ》術の進歩を見ろ。お前はまだ立てるし、歩ける。ステージでダンスだってできるじゃないか。何が不満なんだ？」

「一体、最近のファンってのは、何なんだよ」

大熊は、涙で濡れた枕を投げ飛ばした。

「食人種か？」

「お前に夢中なんだよ。お前が欲しいんだ。お前の一部だけでも、自分のものにしたいのさ。人気がある証拠だ」

「人気なんかいらない」

大熊連司は、切れ長の目を血走らせて、しゃくり上げた。

「おれは、無事でいたいんだよ。コンサートのたんびに、身体《からだ》を千切られるのは、御免なんだ」

「もう大丈夫だ」

佐川は、プラチナの歯を剝《む》き出しにして、力づけるように笑った。

「今度から、警備を強化する。もう、どんな筋金入りのファンだって、お前の身体には触れさせない」

「いやだよお」

大熊は、頑固に首を振った。

「歌手が、こんなに危険な商売だなんて、誰も教えてくれなかったじゃないか。おれは、高い服を着て、うまいものを喰《く》って、いい車に乗って、可愛《かわい》い女の子と遊びたかっただけなんだ」

「いいか」

佐川は、急に厳しい口調になり、両手で大熊の肩を押さえつけた。

「お前は、ただの歌手じゃない。スターなんだ。スターってのは、普通の人間じゃない。特別なんだ。一旦《いったん》スターになったら、途中でやめるわけにはいかない。最後までやり通すしかないんだ」

大熊は、はっとしたように、背筋を伸ばした。

「おれはスターなんだな」

「そうとも。トップシンガー、大熊連司だ。大衆は、お前の歌を求めている。お前が姿を見せただけで、観客は総立ちだ。お前が歌い出せば、ファンは熱狂する。歌い続けるんだ、連司。お前にはそれができる。お前はスターだ、スターであり続けるんだ」

大熊は、催眠術にかかったように、頷いた。端正な頰に、涙の流れた跡がついている。立体写真雑誌には、とても載せられない顔つきだ。

「おれはスターだ――」

「そうとも」

「おれはスターであり続ける――そう、でも、いつまでだ？　これは、いつまで続くんだ？」

佐川は、大熊の肩を押さえたまま、厳《おごそ》かに答えた。

「お前が死ぬまでだよ、連司」


「大熊連司の人気も、落ちて来たな」

と、ダブルエース事務所代表、黒岩扇蔵《くろいわせんぞう》は言った。

「もう半年近くも、ベストテンに顔を出していない」

「そうですね」

佐川が、ハイボールのグラスを掲げながら、答える。細かい泡が、微かな音を立てて、グラスの上のほうに昇って行った。

「少しばかり、荒稼ぎしすぎましたかね」

「記念品ルートに流すのが、早すぎたんじゃないか?」

「ええまあ」

佐川は、グラスの酒を呑《の》み干した。いい酒だ。自分もいつか、こんなホームバーを持って、こんな酒を呑める身分になりたいものだ。

大熊の足指を一本、ちょろまかして、株に投資したが、今のところ、あまりうまくいっていない。

「でも、需要はたっぷりあったんですよ。下手なコンサートなんかより、ずっと効率がいい」

「そうだな」

黒岩は、軽く頷いた。照明を落としてあるので、顔の大部分が、影になっている。

「もともと、コンピューターの予測によれば、あいつの人気は、今年いっぱいもつかどうかだったんだ。商品価値のあるうちに、売り捌《さば》くのが正解かも知れん」

佐川は頷き、手の中のグラスを振った。どこか北のほうから空輸したという氷が、カラカラと涼しげな音を立てる。

「エレクトロハンドだのエレクトロフットだのに、大分金《かね》がかかりましたが――」

「それはかまわん」

黒岩は、グラスの上で、ごつい右手をひらめかせた。

「補綴機器は、何度でも使える」

「ですね」

「あの新人のほうは、どうなんだ？　小比野《こひの》とか言ったな。宣伝にしこたまかかっているようだが」

「金をかけただけのことはありますよ」

佐川は、グラスをオーク材のバーの上に置き、身を乗り出した。

「八センチ盤の売れ行きは上々です。来月のコンサートチケットも、もう捌けました」

「結構なことだ。一年もつか？」

「十ヵ月でしょうね」

佐川は、肩をすくめた。

「商品サイクルは、どんどん短くなって来ています。やりにくい時代になりましたよ」

「仕方がない。こっちは、短期にどれだけ利をとれるかが勝負だ。いかに、タレントを喰い物にしていると言われようがな」

「喰っちゃあ、いませんよ」

と、佐川は微笑《ほほえ》みながら答えた。

「少なくとも、われわれはね。熱心なファンが、記念品をどうしてるかは、よく知りませんが」

「連中も、喰っちゃいないだろうよ。小耳にはさんだんだが、記念品については、地下でマーケットができてるって話だ。結構な投資になるらしいぞ」

「ふうむ」

佐川は、つるつるした顎を撫《な》でた。

「そいつは、研究してみる価値がありますね。ひょっとすると新しい商品ルートができるかも知れない」

「まあ、あまり欲張らんことだ」

黒岩は、自分の酒を呑み干した。

「欲張りすぎると、ろくなことはない。今ぐらいの回収率で、我慢しなければ、な」

「まだ、何か残ってるかい」

大熊連司は、達観した口調で訊《き》いた。

「おやおや」

佐川は、おどけた声を出した。

「冗談が出るとは、大したもんだ」

「冗談なんかじゃない」

大熊は、すっきりとした切れ長の目で、佐川を冷たく睨む。冷たいのも道理で、両眼とも、既にガラスと半導体のエレクトロアイになっているのだ。

「ただ、訊いてるだけだ」

「それじゃ、質問に答えよう」

佐川は、おどけた調子を崩さない。

「声帯、喉頭、肺の一部、脳の半分、脊髄、それに、直腸の端っこだ」

「頭を割られた時には驚いた」

大熊は、乾いた口調で言った。

「まさか、脳を持って行く奴がいるとは思わなかった」

「だろうな」

佐川は、しゃれた絹のハンカチを取り出して、顔をあおいだ。カーテンの隙間から西陽《にしび》が射しこんでいて、病室はひどく暑い。大熊はもう、暑さを感じない体になっていたので、病院が冷房をカットしているのだ。

「ファンってのは、何をするかわからん」

「ペニスをひっこ抜かれた時にも驚いた。あれはコンサートじゃなくて、マンションで寝ている時だった」

「言ったろう、ファンは何をするかわからない。代わりにエレクトロペニスがついたから、よかったじゃないか。持続力抜群で、振動制御装置までついてる。ようよう、この女泣かせめ」

大熊は、にこりともしなかった。電子表情筋には、自然な微笑みを作る機能が備わっているが、笑いたい気分ではないらしい。このごろの大熊は、トリヴィカメラやスポットライトが消えると、途端に笑顔を消す傾向にあった。まるで、消費電力を節約しようとしているようだ。

「それから、小腸を引きずり出された時」

佐川は、顔をしかめた。

「ああ。全く、警備員は、何をしてたんだろうな」

「警備員なんか、いなかったよ」

さして皮肉っぽくもなく、大熊は呟《つぶや》く。

「客だって、三十人ぐらいしか、いなかった。そのうちの五人が、おれに飛びかかって来たんだ」

「ひどい目にあったよな」

「あんなもの、何に使うんだろう」

「え？」

「おれの小腸だよ」

大熊は、ベッドの上で寝返りを打ち、白い壁のほうを向いた。

「あんなもの、壁に飾っとくわけにもいかないと思うがなあ」

投資対象だ、と、佐川は思った。大熊物件は、今でこそ底値だが、そのうち、リバイバルブームが来るかも知れない。将来を見越しての買いだろう。

それとも、買い手はやはり単純なファンで、地下室の壁に腸を飾ったり、それに頬ずりしたりするのだろうか。

全く、ファンのやることは、さっぱりわからない。

「引退するか？」

　佐川は、猫撫《ねこな》で声で言った。

　大熊は、壁のほうを向いたまま、答えない。ソフト・プラスティックの肩が、微かに震えている。

「どうだ、引退するか」

　佐川は、繰り返して尋ねた。小さな声で、答えが返って来た。

「どっちでもいい」

「潮時かも知れんな」

　大熊の返事を無視して、佐川はひとりごちた。

「うん、そろそろ、引退の潮時かも知れん。もうひと仕事かふた仕事して、引退を発表するか」

　大熊連司の、合成樹脂の肩を、軽く叩《たた》いてやる。

「お前も、疲れただろう」

「よくわからないよ」

　と、かつての大スターは答えた。

「自分でも、よくわからない」

　その肩は、まだ震えていたが、泣いているわけではない。エレクトロアイには、涙はいらないのだから。

「おい、連司」

佐川は、開いたドアのところから声をかけた。

大熊は、黒岩の熱帯魚をじっと眺めたまま、答えなかった。かつてのトップシンガーも、今では、事務所のお情けで、ここに置いてもらっているようなものだ。熱帯魚を眺めたり、有線トリヴィを見たりして、時々身体の充電をする。外には、出してもらえなかった。外でふらふらしていると、宣伝上の悪影響があると言うのだ。

「連司、手を貸してくれないかな」

佐川が、部屋の中に踏み込んで来た。大熊は、無表情な顔を上げた。

「手を？」

「そうなんだ」

以前のマネージャーは、大熊と向かいあった革張りのソファーに、どっかと腰を下ろした。

「歌手の小比野祐樹《ゆうき》、知ってるだろ。あいつ、昨日のコンサートで、ファンにやられちまってさ」

「やられたって？」

「手を、切られたんだよ。レーザーカッターで。それで、至急何とかしなくちゃならなくてね。工場にも、部品がないって言うし」

大熊は、熱帯魚に、視線を戻した。

「だからさ、手を貸してくれよ。そのうち返すから――」

「おれに断ることはないだろう」

大熊は、静かに言った。

「おれのもんじゃない。所有権は、事務所にある。この前、左手の中指持って行く時、そう言ってなかったか?」

ちょっと考えてから、彼は付け加えた。

「右耳の時も、そうだった。おれのもんじゃない。事務所の所有物だ」

「じゃ、貸してくれるか?」

佐川は、にっこりと笑った。

「すまんな、恩に着るよ。新しい部品が来たら、すぐに返すからな」

「ああ」

大熊は、水槽から目を離さずに答えた。昔ファンを騒がせた切れ長の目が、ちっぽけな魚を追って、左右に動く。

「二時ごろ、業者に来させる」

佐川は、銀縁の眼鏡を、鼻の上に押し上げた。

「手間はかからないよ。取り外しは、三十分ぐらいで済むはずだ」

「ああ」

「連司？」

立ち上がり、部屋を出かけたところで、佐川は心配そうに声をかけた。

「大丈夫か？」

「何が？」

「そのう、元気かい？」

「元気さ。歌だって歌える。きっと、女も抱けるだろう」

「うん」

佐川は、ひとりで頷いた。

「そうだな、連司。お前は、とても元気そうに見えるよ」


「小比野の人気も、落ちて来たな」

と、ダブルエース事務所代表、黒岩扇蔵は言った。

「もう半年近く、ベストテン入りをしていない」

「そうですね」

佐川は、黒岩に背を向けて、飾り棚を眺めながら答えた。棚は黒っぽい木材で作られていて、優美なかたちをした花瓶や、原始芸術とおぼしき人形、抽象的な金属製の置物などが、雑然と並んでいる。成金の棚だ、と、佐川は思った。

「まあ、あいつもそろそろ限界でしょう」

「記念品の売れ行きはどうなんだ？」

「鈍ってます。先週、闇オークションがあったようですが、格下扱いで、ろくな値がつかなかったとか。大高《だいこう》プロダクションの、草宮慎司《くさみやしんじ》あたりが目玉商品になってるらしいんですが」

「引退だな」

黒岩は、鉛筆をくわえて、パズル雑誌に書き込みをしながら言った。

「そろそろ、引退発表をしなくちゃいかん。もう、金をかける価値はない」

「ですね」

佐川は、飾り棚から、黒い箱のようなものを取り上げた。プラスティック製らしいが、見掛けよりも重い。

「何です、これは？」

「あ？」

黒岩は、鉛筆を耳にはさんで、部下のほうを見た。

「ああ、そりゃ、残りだ」

「残り？」

「大熊連司って歌手がいたろう。あいつの残りだ」

「ああ」

佐川は、ちょっと懐かしそうに、四角い箱を撫でた。

「まだ何か、残ってたんですか？」

「声帯と脳の一部くらいかな。リバイバルの時にでも、買い手がつくかも知れんと思って、取ってあるんだ。生きてるかどうか、わからんが」

「へええ」

佐川は、箱を棚に戻した。

「大熊って言えば、ワンセット、売りに出てるらしいですよ」

「ワンセット？　何だそりゃ」

「何でも、富豪の老婦人がいて、大熊の記念品を、あちこちで買い集めていたんですって。ばあさんが死んでから、売りに出てたやつを、大阪の業者がまとめて買って、手持ちの記念品を足したら、大熊連司が完成しちゃったんだそうです。ほぼ完全なやつがね。保存がいいから、蘇生もできるらしいですよ。今、五十万ぐらいで売りに出てます」

「ほう、五十万か」

「買っておきますか？」

黒岩扇蔵は、首を横に振った。

「そんなもの、わざわざ買うやつがいるものか。業者だって、じき、あきらめて廃棄するだろう」

「カ――」

　飾り棚のほうから、小さな、しわがれた声がしたが、ダブルエース事務所の二人は、全く気がつかなかった。

「オ――」

　黒岩は、パズル雑誌を、ばさりと閉じた。

「ところで、新人のほうはどうだね。いいのがいるかい？」

　佐川は、飾り棚から離れて、黒岩の前に座った。音楽事務所代表の太った身体の横に、明るい熱帯魚の水槽が見える。

「男性歌手では、志村《しむら》ってのが、有望株ですね。中年女性に人気があります」

「そいつはいい」

　黒岩は、顎の肉を波うたせながら、頷いた。

「中年女性結構。若い女なんて、あまり金を持っていないからな。よっぽど売り込まんと、商売にならん。志村ってのは、十ヵ月もちそうか」

　佐川は、首を振った。

「半年でしょう。新作のレコーディングができてます。聞いてみますか？」

「よし」

黒岩は、ソファーから、重い身体を持ち上げた。

「ちょっと、聞いてみるとするか。このわしが、聞いたこともないってんじゃ、まずいだろう」

「そうしていただけますか」

佐川も、大儀そうに立ち上がる。部屋の電気を消す時、視線が飾り棚のほうへ向いた。

あの黒い箱、大阪の業者に売ってもいいな。どうせなら、業者が廃棄処分を決める前に売り払ったほうが――。

だがまあ、それも黒岩の決めることだ。差し出口を叩くこともない。

部屋の明かりが消え、ドアが閉まった。

「オ――オレ――」

飾り棚のほうから、呟くような声がした。かつての熱狂的なファンなら、その声を聞き分けることができただろう。

「カ――カ――カイ――」

熱狂的なファンには、声は、何かを訴えているように聞こえるかも知れない。何かを取り戻したがっているように。昔を、懐かしんでいるように。だが、そんなファンには、決して理解できないだろう。スターが、ファンを憎むことがあるなどということは。

「カカ――カ――カ」

声は、暗闇の中で、長い長い間続いた。あるいは、別に、言いたいことがあったわけではないのかも知れない。

ただ、そう、昔の歌を、元気よく歌っていただけなのかも――。

飛び入りの思い出

「最高の演奏だったよ」

と、わたしはテッドに言った。

「だろ？」

汗に濡れたシャツを、乾いたものに着がえながら、テッドは上機嫌で答えた。

「おれたちは、いつもそうさ」

「小切手は、もうマネージャーに渡してある。ところで、最後にやった曲はなんて言うんだ？　あのゆっくりした――」

「『メモリーズ・オブ・ユー』」

テッドは、わたしからビールを受け取りながら答えた。

「あなたの思い出って曲だよ。おれたちは、別の名前で呼んでるが。知らないのも無理はない。二百年ぐらい前にできた曲なんだ」

「ラッパのソロをとってたスカテリ星人だけど――」

「クマのことか？」

テッドは、くっくっと笑い、ビールをすすった。

「駄目駄目。あいつだけは、いくらあんたでも、引き抜けないよ。これと同じような店を、あと五つ持ってたって駄目だ」

「七つ持ってる」

と、わたしは答えた。

「本人と、話をさせてもらえないかね」

テッドはまた、くっくっと笑った。

「不思議に思ってるんじゃないかい？　どうしてあんなすごいラッパ吹きが、それも、スカテリ星人なんかが、おれの貧乏楽団のメンバーをやっているのか？」

その通りだったので、わたしは正直にそうだと認めた。

「あいつも、流れ歩くのが性に合ってるんだよ。こっちの星からあっちの星へ、こっちのクラブからあっちのライブハウスへって具合にな。まあ、それだけじゃない。おれたちと奴は、古いつきあいなんだ」

そしてテッドは、楽屋の壊れかかった椅子《いす》にゆったりと腰を下ろし、スカテリ星人のトランペッターとの出会いを話し始めた。

あんたも知っているように、三十年も前は、スカテリ星人ってのは、そんなに実力を認められちゃあいなかった。

今でこそ、音楽やコンピュータ・プログラミングの世界では、彼らにかなう種族はないと言われているが、当時は、例えば地球人類なんかにくらべて、一段低く見られていたもんだ。まだ、細々と外交を始めたばっかりだったし、毛むくじゃらなクマみたいな外見のせいもあったんだろう。不当にも、ちょっとした単純作業をこなすのがやっとの、知能の低い種族だと思われていたのさ。

あのころの人種偏見ってのは、今から考えると馬鹿ばかしいほどのもんだった。地球人類は、オミオスという優れた種族と出会ったばかりで、劣等感のかたまりみたいになってたんだな。オミオスには、百年たったって、千年たったって、かなうわけがない。そこで、地球人類は、ねじくれた感情のはけ口を求めた。恥ずかしいことに、自分たちよりちょっと恵まれない立場にいる種族を見つけると——そんな種族は、銀河系には実にたくさん存在したんだが——急に居丈高になって傲慢《ごうまん》な態度を示すのが、当時の人類だった。スカテリ星人の、複雑で精緻な言語体系を分析すれば、彼らの本当の能力レベルがわかったはずだが、人類はまだ、それほど賢明ではなかったんだ。

おれたちは、セクルという星で、あるナイトクラブに雇われていた。半年間の専属契約で、あまりいい条件じゃなかったが、オーナーが全くと言っていいほど、選曲に口を出さないのが、気に入ったのさ。

いや、あんたがうるさいってんじゃないよ。わかるだろう？　おれたちは、時代遅れのバンドだ。当節の電子音楽だの、自然音楽、ハプニンギズムなんてのには、どうもついていけない。それは、三十年前の当時も、同じだったんだ。

セクルというのは、よくある工業惑星のひとつで、二万人ぐらいの地球人技師や管理職と家族、その百倍くらいのスカテリ星人が住んでいた。スカテリ星人の人件費は、かなり安かったんだろうな。もちろん、工場の経営者や株主は、全て地球人で占められていた。

クマは、ある形状記憶合金加工工場で働いていた。ほら、ＧＥＭのバンパーだの、お湯をかけると皿の形に変わるインスタント食品の入れ物だのを作ってる工場さ。ベテラン工員で、工作機械を扱わせたら右に出る者がないほどだったそうだが、おれたちは、もちろんそんなことは知らなかった。

おれたちが知っていたのは、奴がラッパをやっているってことだけだった。何で知ってたかっていうと、奴がいつも、楽器を店に持ち込んで来たからだ。

おれたちが出演していたナイトクラブは、高級なところじゃなかった。本当のところ、生バンドが入っているから、勝手にナイトクラブを名乗っていただけで、実体は場末のバーといったところだったのさ。オーナーは地球人だったが、お高くとまった連中の出入りするようなクラブじゃなかったから、スカテリ星人の客でも、金《かね》さえ払えば、店からつまみ出されるようなことはなかった。

クマは――いや、あいつには、もちろん本名があるんだが、おれにはうまく発音できないし、あいつもクマと呼ばれるのが好きなんだ——トランペットのケースを提げて、毎晩のように、クラブにやって来た。

　酒を飲みに来るわけじゃない。おれたちの演奏を聴きに来るんだ。おれたちには、すぐにそれがわかった。クマは、おれたちの演奏が始まると、体を揺らしながら嬉《うれ》しそうに聴いているし、終わるとすぐに店を出て行ってしまうからだ。

　それに、クマは、ホット・ミルクしか飲まなかった。それが、そこで一番安い飲み物だったからだ。奴はいつも舞台に近い席に座ると、ホット・ミルクを注文し、ポケットの中から取り出した堅パンをミルクに浸して齧《かじ》りながら、おれたちの演奏を聴くんだ。

　あのころのおれたちはクインテットで、メイがトランペット、ケンタがベースをやっていた。テナーのスタン・モハメドと、ドラムスのファッティ、それにおれのピアノは、今と同じだ。

　クマが来たのは、確かおれたちが着いた日じゃなくて、二晩目ぐらいじゃなかったかと思う。そう、おれたちは若かった。シャトルを降りた日の夜から、演奏を始めるのが普通だったんだ。

　その夜、クマが入って来たのは、演奏が始まってからだった。あとで本人から聞いたんだが、クマは、当時組んでた工場仲間のバンドで練習して、一杯ひっかけたあとだったらしい。クマのバンドってのは、すごいもんだったんだぜ。当時はもちろん、スカテリ星人のバンドなんか、相手にするエージェントはいなかったし、ただ楽しみのために組んでたバンドなんだが、そこでベースを弾いてたのが、なんとあのジュドリアルル・ビルルメだ。スカテリ人の、今じゃ有名な作曲家だよ。それからアルトが――まあ、それはまた、別の話だ。

とにかくクマは、一杯やって仲間と別れたあと、街をぶらついていて、生バンド出演中というレーザー・サインを見つけた。そんな有名なバンドじゃなかったが、とにかく、プロの生演奏を聴く機会は、セクルでは少なかったから、クマは入ってみる気になった。

楽器ケースを提げたスカテリ星人の姿は人目を引いた。バンドの連中の中で、真っ先に気づいたのはメイだ。やはり、同じ楽器をやっているからだろう。メイは、頭を振ってハイノートを吹きながら、おれに目くばせした。

おれは、ファッティのドラムスと、リズムの取り合いをしているところだったが、クマがケースを下に置いて、手近なテーブルにつくのを見て、ちょっと驚いたのを覚えている。馬鹿な話だが、その頃のおれには、スカテリ星人と音楽の取り合わせは、何だか妙なものに思えたんだ。

クマは、髭《ひげ》をふるわせながらおれたちの演奏に耳を傾けていた。中途半端な音楽ファンのように、足で拍子をとったりはしなかった。もっとも、スカテリ星人には、靴を履く習慣がないから、床を踏み鳴らすのは苦手なんだ。奴は演奏に満足したらしい。それからほとんど毎日、クラブに顔を見せるようになったんだから。

一週間ばかりたったころ、メイは、クマがやりたがっていることに気づいた。曲の途切れ目などで、クマはしきりに、自分の楽器ケースを撫《な》でさすり、錆《さ》びた留め金に指をかけるんだ。

「飛び入りする気だぜ、あいつ」

仕事を終えたあとで、メイはおれに報告した。

「見ればわかるさ。おれたちと一緒に吹きたくて、うずうずしてるんだ」

「天狗《てんぐ》になった素人か？」

おれたちは面白がったが、ケンタは違った。物静かなベーシストは、スカテリ星人の労働者がラッパを吹くことに、どんな困難が伴うかを指摘した。まず、練習の場所を確保することができない。地球人のオーナーたちは、スカテリ星人にスタジオを貸したがらないだろうし、公園や広場は地球人以外立ち入り禁止だ。工場には広い運動場があるが、これもスカテリ星人には開放されていない。

だからクマのバンドは、シフトの合間を使って、工場の片隅で練習するしかない。つまり、万能工作機がブンブン唸《うな》っている横で、ラッパを吹かなくてはならないわけだ。工場の点検休日は、三月に一回。その時だけ、クマやその仲間たちのバンドは、演奏会を開くことができる。

それに——これは、おれ自身が指摘した——スカテリのバンドには、ピアニストとドラマーがいない。ピアノは高価で重いし、ドラムスは場所を取る。工場に持ち込むことは困難なんだ。

だから、クマは、おれたちと一度共演してみたいんだろう。まともなジャズ・コンボでやったことがないんだ。

もちろん、クラブの経営者が、スカテリ星人を舞台に上げることを許すとは考えられない。クマは、困難な状況に置かれているわけだった。

「だけどさ」

メイが、同情的なムードを打ち砕くように言った。

「スカテリの熊なんかに、ラッパが吹けるはずはないぜ。どうせ、プープーガーガー真似事をやってるだけさ。一緒にやるなんて、とんでもない」

「ジャズを理解しないってことか？」

スタン・モハメドが、首をかしげた。

「ジャズは、理解するもんじゃない。感じるもんだ。連中は、よく聴きに来てるよ。しかも、なかなか行儀のいい客だ」

「聴くのとやるのとは別だよ」

と、ファッティが反対した。

「確かに、楽器は無理じゃないかな。歌なら、まだいけるかも知れんが」

おれはうなずいた。それが、その時には、おれたちの共通認識だったのだ。

その時から十日ぐらいだったかな、クマが辛抱していたのは。

奴は、毎晩楽器を持ってやって来ると、ホット・ミルクを飲み、堅パンを食い、おれたちの演奏を聴いた。退屈はしなかったと思うよ。おれは、毎晩演奏する曲目を変えるのが好みだったし、ラッパ吹きのメイは、アドリブが得意だった。ファッティのドラミングも、あの頃は、そんなに捨てたもんじゃなかったんだ。

クマは、一晩のうちに何度も、トランペットのケースに手をかけたが、それを開けようとはしなかった。

奴にしても、考慮しないわけにはいかなかったんだと思うよ。クラブのマネージャーは、ひどく偏狭な男だったし、樽《たる》のような胸をしてた。身長百五十センチのクマとしては、マネージャーとことを構えるのは得策じゃなかったんだ。

だが、十一日目に、クマは我慢ができなくなった。

長いドラムソロが終わり、スタン・モハメドのテナーが、身をくねらすウナギのように、官能的なフレーズを吹き始めたあとのことだったな。

ケンタとおれは、ファッティの代わりに出て行って、交互にリズムを刻んでた。演奏に集中してたもんで、おれは最初、クマがケースを開けたのに気がつかなかった。

中音域からメイのトランペットが加わった時、ケンタが息を呑《の》む音が聞こえた。どうしたのだろうと思って顔を上げると、こちらを向いている銀色のホーンが目に入ったんだ。

クマはもう、マウスピースをラッパに塡《は》め込んでた。ホーンを上げて、マウスピースを唇に当てようとしている。

メイは、吹き続けながら、目を剝《む》いていたな。得体《えたい》の知れない野蛮人が、彼とバトルをやろうとしてるみたいに、トランペットを構えているんだ。

だが、クマは結局、音を出すことはできなかった。誰かが、横から手を伸ばして、奴のラッパを弾きとばしたんだ。トランペットは、木の床に落ちて、やかましい音を立てた。

驚いたことに、それをやったのは、例のマネージャーじゃあなかった。常連のスカテリ星人だ。きっと、クマがおれたちの演奏の邪魔をしようとしていると思ったんだろう。

マネージャーのほうも、すぐに駆け寄って来ると、クマの胸ぐらを摑《つか》んだね。

「出て行け」

と、奴はわめいた。

「二度とこんな真似をしたら、承知しないぞ」

それから、クマの楽器を拾い上げ、乱暴に戸口の方へ投げつけた。

「いいか。楽器を持って来たら、この店には入れないからな。ここは、ナイトクラブで、お前らが遊ぶところじゃないんだ」

クマは、楽器を拾うと、もう一方の手に空《から》のケースをぶら下げて、歩き出した。奴の視線が、一瞬おれのとからみ合った。

まだ覚えてるよ。これ以上はないというぐらい悲しそうで、淋《さび》しげな目だった。

おれたちは演奏を続けた。

おれは、あの奇妙なスカテリ星人は、もうここに姿を現さないだろうと思ったよ。あれでは、楽器も壊れてしまっただろうってね。


クマは、予想を裏切って、翌日もやって来た。もちろん、楽器は提げていなかった。奴は、いつも通りホット・ミルクを注文し、体をゆらしながら、演奏を聴いた。

奴がおとなしくしているので、マネージャーも、うるさいことは言わなかった。たとえスカテリの熊でも、客は客だからな。

そのまた翌日から、奴は来なくなった。

おれたちは、一体どうしたんだろうと話し合った。

体をこわしたのか、金がなくなったのか、それともジャズをやめちまったのかって。どれが正解かわからなかったけど、奴は何か月も、クラブにやって来なかった。

おれたちがラッパを持ったスカテリ星人のことなど、忘れちまったころ、クマはもう一度、やって来た。

「来たぞ」

と、楽屋から外を覗《のぞ》いたメイが言った時、おれは何のことかわからなかった。

「誰が？」

「例の、ラッパを吹くクマさ。楽器は持っていない」

「確かかい？」

「もちろん。ケースを持って来てたら、ただじゃすまないはずだ」

「それじゃ、ラッパを吹かないクマじゃないか」

と、ファッティが軽口を叩いた。

おれたちは舞台に出て行って、演奏を始めた。

二曲目のイントロを弾いている時だったと思う。客席のほうから、シャンという金属音が聞こえた。そう、ちょうどハイハットが鳴るような音だ。

ふと目を上げたおれは、びっくり仰天した。なんと、クマの奴が、前と同じように、ラッパを構えて突っ立っているじゃないか！

今度ばかりは、常連客も、マネージャーも、どうしようもなかった。クマが楽器ケースを持って来なかったので、みんなすっかり油断していたのさ。

奴はどうやって、トランペットを持ち込んだんだろう？　おれは思わず、メイのほうを見た。ありそうもないことだけど、クマが奴の楽器を強奪したんじゃないかと考えてね。

メイは、ちゃんとラッパを持っていた。だが、奴は驚愕《きょうがく》のあまり、マウスピースを唇から離してしまっている。

おれは、アップテンポの前奏を弾き続けていた。ドラムス、ベース、そしてピアノが、呪術的なリズムを叩き出している。曲は、古いスタンダードナンバー――『キャラヴァン』。

すぐにトランペットの出番だが、メイがあの調子じゃあ――。

おれが、ベースに合図を送ろうとした時、クマが吹き始めた。出遅れだ、と、おれは思った。十六分の一拍子ぐらい、タイミングがずれてたのさ。

だがなんと、音は素晴らしかった。クマには、管を温める暇も、唇を慣らす時間もなかったはずなのに、深みと艶《つや》のあるいい音で、おれたちに合わせている。おれもメイも、びっくりして目を丸くしたね。馬鹿にしていたクマが、一流ジャズマンみたいに吹いてるんだから。

立ち上がったスカテリ星人の観客と、駆けつけたマネージャーを、メイが両手を上げて制した。クマは、目を閉じてテーマを吹き続けている。そのうちに、メイが加わり、クマに合わせて吹き始めた。

あのステージだけは、全部の音が耳に残ってるよ。だが、とにかく、素晴らしかったとだけ言っておこう。クマは何度かソロを渡されたが、メイも顔負けの吹きっぷりだった。

『キャラヴァン』が終わると、ケンタとメイが、クマに抱きついた。観客は総立ちで拍手してたね。そうとも、あの偏狭なマネージャーまでもだ。

おれたちはもう一曲、スロー・テンポのバラードをやり、それから、クマを正式にバンドの一員に加えたんだ。おれがオーナーだったから、誰にも文句を言わせなかったよ。

「そういうことさ。クマはたぶん、スカテリ星人として初めて、プロのバンドマンになったんだよ」

「だけど――」

わたしは、話を終えて、ビールを飲み干したテッドに質問した。

「彼は、どうやってトランペットを持ち込んだんだい？　ケースは持っていなかったんだろう？」

「その通り」

テッドは、くっくっと笑った。

「話は簡単。奴は、ポケットに入れて、ラッパを持ち込んだのさ」

「そんな――どんなポケットでも――」

「言ったろう」

テッドは、両手を大きく広げた。

「クマは、工場に勤めていた。奴は、形状記憶合金でラッパを作った。バルブの細工が、一番大変だったそうだ。それからそいつをプレス機にかけて、くしゃくしゃに潰《つぶ》したのさ。叩《たた》き潰して畳んだラッパなら、ポケットにも入る。そうやって持ち込んでおいて、奴はどうしたと思う？　頃合を見て、ホット・ミルクをぶっかけたんだ。シャン！　合金は、たちまち記憶していたラッパの形を取り戻したってわけ。さて、これで昔話はおしまいだ。ビールをどうもありがとう」

「もう一つ――」

わたしは、立ち上がって歩き出したテッドに向かって、最後の質問をした。

「『メモリーズ・オブ・ユー』って曲だけど、あんたたちは、なんて呼んでるんだい？」

テッドは振り返って、にやりと笑った。

「そう言えば、あれがあの晩の三曲目だったな。クラがなかったんで、ラッパをフィーチャーした。それに因《ちな》んで、おれたちは、『シェイプ・メモリーズ・オブ・ユー』って呼んでるのさ。あなたの形状記憶ってね」

お別れ

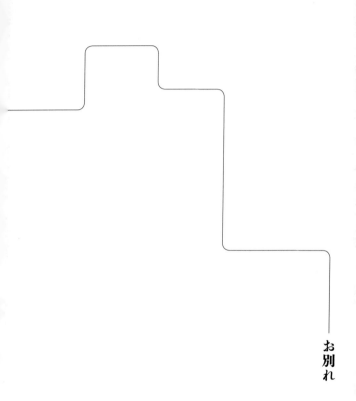

静子《しずこ》は来ない。

氷が溶けて、アイスコーヒーはすっかり薄くなってしまった。派手なコンプレッサーの音がする割に、店内の冷房は効いていない。

これが呪いの成果か？　生きている呪いの？

馬鹿なことを。

宮古《みやこ》伸一《しんいち》は苦笑して頭を振った。いくら進退きわまる状況にあるからと言って、そんな子供だましを信じるものじゃない。

いや、決して信じたわけではない。ただ、あの男は、別に金《かね》を要求するわけでもなかった。話を聞くだけなら、別に損はないと思っただけだ。

宮古は、腕時計を覗《のぞ》きこんだ。

静子は、めったに時間に遅れない。まさか、いや、ひょっとしたら——。

宮古伸一は、夢でも見たような先刻の体験を反芻《はんすう》した。

「別れたい人がいますね」

突然声をかけられた宮古は、びっくりして振り返った。

時刻は夕刻、場所は駅前の広い歩道。雑踏と呼ぶにはややまばらな人の流れが、宮古の左右を通り過ぎる。

一瞬、それらしい人物はいないと思ったが、ちょっと視線を動かすと、その男が目に入った。暗がりの中でひっそりとうずくまっていたような印象もある。実際には、そんなはずはない。街灯と駅舎の灯《あか》りで、あたりは明るかったし、静かだったわけでもないのだ。

「お会いするのは初めてです」

宮古の心を読んだかのように、その男は言ったものだ。

うずくまっているのではなかった。電動の車椅子に乗った男。金属の縁の、丸い黒眼鏡《くろめがね》をかけている。唇の端に、深く垂直な皺《しわ》が刻まれていて、かなりの老人のように見える。

「失礼」

宮古は、咳払いをした。

「私に言っておられるのですか？」

「そう。別れたい人がいますね」

と、男は繰り返した。低いが、明瞭な声だ。口をほとんど動かさない喋《しゃべ》り方で、彼は続けた。

「私がお助けしましょうか」

「馬鹿な」

宮古は踵《きびす》を返し、歩き出そうとした。こいつ、頭がおかしいに違いない。しかし、妙に腹が立つ。別れたい人がいる、という言葉が、見事に宮古の心情を言い当てていたからかも知れない。

「お待ちを」

落ち着いた声が、背中からかかった。

「私の頭がおかしいとお考えでしょう、私も、最初はそう思いました」

どうしたわけか、宮古は足を止めた。そして、自分の好奇心に腹を立てながら、男の話に耳を傾けたのだ。

男と話していたのは、ほんの短い時間だったはずだ。車椅子の男は、その間に、宮古に別れの呪いのことを語った。何百年も昔から生き延びて来たという呪い、どんな相手とでも別れることができるという呪いだ。普段であれば、宮古は一笑に付したろう。百年前ならともかく、あるいは南米かどこかの地ならともかく、呪いなどというものを、一人前の大人が信じるはずはない。宮古はもう三十五歳、ありあまる分別を持ち合わせていた。

だが、男の口調は静かで、妙な説得力があった。どんな論旨だったかは思い出せないが、宮古は、知らぬうちに引き込まれるのを覚えた。もちろん、最近の心理状態が影響していたのは間違いない。宮古には確かに、別れたい相手がいたのだ。

妻の真知子《まちこ》が妊娠中の、ちょっとした過ち。まだ若い宮古にとって、長い禁欲期間はきつかった。大きな仕事を仕上げた満足感と、久しぶりに口にした酒に酔ってもいた。

その晩、気がつくと、宮古は静子とひとつのベッドにいた。陳腐な話だ。男は一夜の関係を望み、女は別のことを考える。宮古にとって不幸なことに、静子は新しいタイプの女、男に束縛されるのを嫌うタイプの女ではなかった。おとなしく、古風で、ちょっと神経症的なところがある。

このままでは、まずいことになる、と、宮古にはわかっていた。真知子は気性の強い女だ。夫の軽い浮気を、決して見過ごしにはすまい。静子は静子で、次第に自分の領分を広げ、伸一に対する影響力を強めようとしているのが、はっきりと見てとれる。そのうちに、過大な要求を突きつけ始めるだろう。

取引先の女に手をつけたということがわかれば、会社もいい顔はすまい。解雇まではさすがにしないだろうが、苦労して乗った出世コースから弾《はじ》き出されることは、目に見えている。

行き着く先は破滅だと、宮古にはわかっていた。わかっていながら、ずるずると関係を続けていた。別れ話を切り出せば、静子がどんな反応を示すか、考えるだけでぞっとした。

自分の思い通りにならない状況というものに、宮古は慣れていなかった。本気で殺人を考えたこともある。呪いでも何でも、役に立つものならすがりたい気分だった。

「信じようと信じまいと結構です」

と、男は言った。

「答えてくれるだけでいい。今、私がその呪いを飼っています。どうです、お譲りしましょうか？」

他人の視線を気にして、宮古はあたりを見回した。誰かが見ているかも知れない、誰かが、この馬鹿げた会話に、耳をそばだてているかも知れない。

だが、足早に行きすぎる通行人たちは、車椅子の男とビジネスマンとの会話に、全く注意を払っていないようだった。都会では当然だ。みんなそれぞれ、別の用事を抱えている。

「どうです？」

と、男は畳みかけるように言った。

そして、宮古は思わずうなずいてしまったのだ。あやつり人形のように。

ふと気がつくと、車椅子の男はおらず、宮古は一人で立ち尽くしていた。初めから、誰もいなかったようだ。

男は、何の証拠も残してくれなかった。古い呪文を書いた紙も、魔法の粉も、石のナイフや、奇怪なシンボルもない。ただ、話をして、去って行っただけだ。男の最後の台詞《せりふ》が、まだ耳の中に残っている。

「この呪いは、生きています。別れさせることが、そいつの生きる目的であり、手段なのです。だから、用が済んだら、すぐに別の誰かに譲り渡して下さい。さもないと、大変なことになる」

譲り渡すにはどうすればいいのか、男は説明しなかった。宮古には何となく、誰か譲り受ける相手を探しさえすればいいのだとわかった。今日の自分のような相手を。

宮古伸一は、首を振り、待ち合わせ場所の喫茶店目指して歩き出した。あるいは、白昼夢というやつかも知れない。白昼と言うには、かなり時刻が遅すぎるが。

静子は来ない。

半ばほっとしながら、宮古は、約束の時間から一時間以上経《た》っているのを確認した。もう、帰ってもかまわないだろう。きっと、急に都合が悪くなったのだ。これ以上待たなくても、静子がヒステリーの発作を起こすことはあるまい。

呪いのおかげか。ひょっとすると、もう、静子と会うことはないのかも知れない。

宮古は立ち上がった。そして、いぶかしげにあたりを見回した。

どこかで、プツンという音が聞こえたような気がしたのだ。調子の狂ったギターの弦を弾くような、あるいは糸の切れたような音。

気のせいだ。古いエアコンがガーガーいっている他には、別に音などしていない。頭を振って、伸一は歩き出した。

本当に、その日から静子に会うことはなくなった。頻繁《ひんぱん》に会社にかかって来ていた電話も、ぱたりと止《や》んだ。

不思議だ。病気にでもかかったのだろうか。それとも、まさか死んでしまったなんてことは――。

さすがに気になった宮古は、用事を作って静子の会社に顔を出した。受付には、見知らぬ女が座っていた。

「あの、前にいた人は?」

「急に退職しまして」

「そう。結婚?」

「さあ――急だったもので」

それ以上、問い詰めるわけにはいかなかった。必要以上の関心を持っていると思われてはまずい。

まあいい、と、宮古は思った。少々薄気味悪い気もしたが、解放感のほうが大きかった。少なくとも、静子は急死したわけではない。これでもう、何の心配もなくなったのだ。

呪いなどとは関係のないことだ、宮古は、自分にそう言い聞かせた。静子はきっと、こんな関係を続けていてもロクなことはないと悟ったのだ。それで、身を引いたのだろう。

そう言えば、あいつはどこか古風なところもある女だったから。

あの車椅子の男だって、多分実在しやしないのだ。疲れた神経が生み出す幻覚というやつだろう。

車椅子の男の、最後の言葉だけは、ちょっとひっかかった。

「用が済んだら、すぐに別の誰かに譲り渡して下さい。さもないと、大変なことになる」

呪いが生きているというのは、どういうことか。死んだ呪いと生きた呪いは、どう違うというのだ。そして、大変なこととは、どんなことだろう。よほど恐ろしいことが起こるというのだろうか。

だが、そもそも幻覚の言うことだ。真《ま》に受けるにはあたらない。それに、誰かと別れたがっている人間を探して歩くなんて酔狂な真似は、とてもできない。

宮古は、少しだけ酒の量を増やして、忘れることにした。忘れるのは、思ったほど簡単ではなかった。何度か夜中にうなされて飛び起き、妊娠中の真知子を困惑させた。

だが、時が経つにつれて、宮古の記憶は曖昧《あいまい》になり、しまいには車椅子の男はもちろん、静子という女がいたことさえ、めったに思い出さなくなっていた。そして、宮古はもう一度、あの、プツンという音を聞くことになったのだ。

土曜日の正午前、仕事に身の入らない社員たちが、そわそわし始める時刻だった。部下の書いた見積書に目を通していた宮古は、ふと、聞き覚えのある音を耳にしたような気がして、書類から顔を上げた。

それとほぼ同時に、向かいの席の女子社員が、彼の名前を呼んだ。

「宮古さん」

クリーム色の受話器を差し出しながら、彼女は言った。

「外線です。島田さんという人から」

「島田？」

聞き覚えのない名前だった。社内にも主要な取引先にも、そういう名前の人物はいない。

宮古は、首をかしげながら、受話器を耳に当てた。

「もしもし、宮古ですが」

「あ、ご主人ですか」

受話器から聞こえて来る声は、中年の女性のものらしかった。やはり、聞き覚えはない。

「あの、向かいの島田ですが――」

宮古はやっと合点がいった。そう言えば、島田という表札を見たことがある。毎晩帰りが遅いし、休日は寝ているか、ゴルフに行っているかなので、近所の人と顔を合わせることは、めったにない。

「はあ、いつもどうも」

一体何の用だろうと思いながら、宮古は言った。

電話の相手は興奮していた。

「あの、奥さんが、奥さんが病院に——」

受話器を持つ宮古の指に、力が入る。

「真知子が？　どうかしたんですか？」

「階段で転んで、それであの、赤ちゃんが。わたし、救急車を呼んだんです」

真知子の出産予定日は、まだ二月ほど先だ。

「流産？」

「そ、そうみたい」

宮古の背筋に、なぜか冷たいものが走った。さっきの音は——確かに、楽器の弦が切れるような音がした。

宮古は、狼狽《ろうばい》する島田夫人から、近所の病院の名前を聞き出し、電話を切った。

「宮古さん、大丈夫ですか？」

しばらく、ぼんやりしていたのだろう。はっと気がつくと、女子社員が、気づかわしげな視線を、宮古の顔に向けていた。

顔が青ざめていることが、自分でもわかる。

「家内が、流産したらしい。今日は早退する」

「まあ」だの、「おだいじに」だのと、同僚や部下たちが浴びせてくる言葉を、宮古は聞き流した。頭の中には、一つのことしかない。呪いだ。生きている呪い、別れの呪い。

ほとんど忘れていた、車椅子の男の言葉がよみがえる。

「この呪いは、生きています。別れさせることが、そいつの生きる目的であり、手段なのです。だから、用が済んだら、すぐに別の誰かに譲り渡して下さい。さもないと、大変なことになる」

大変なことになる。大変な、大変なことに。

別れの呪い、別れを実現させることが、そいつの生存目的。別れさせるものがないと、そいつは欲求不満になる。男と女を別れさせ、胎児を母体から切り離す。

まさか、そんな馬鹿な。

しかし、そうなのか？

太陽の光、行き交う車、着飾った人々。そういった、目になじんだ光景が、非常に危うい基盤の上に立っているような気がして、宮古は眩暈《めまい》を覚えた。

それでも、いつものように手を上げると、いつものようにタクシーが止まった。宮古は、少し落ち着きを取り戻して、車に乗り込み、運転手に行き先を告げた。

二日後、妻が退院すると、宮古はすぐに彼女を実家に帰した。子供を失ったことで、真知子はかなり肉体と神経がまいっていたし、宮古はひとりで考える時間が欲しかったのだ。

落ち着いて考えてみると、やはり呪いなどというものは馬鹿らしく感じられた。世間では、別に流産など、珍しいことではない。妊婦が階段で転ぶのも、よくあることだろう。病院の妻を見舞い、その青ざめた顔を見た時は、すぐにでも外に飛び出して、あの車椅子の男を探したい気分だったが、一夜明けてみると、不合理な恐怖は色褪《いろあ》せて、取るに足りないものに思われた。

馬鹿ばかしい。呪いが、母と子のきずなを断ち切るなんて、そんなことがあるわけがない。それに、どうやって幻覚の男を探すのだ。

あるいは、どうやって誰か別れを欲しがっている人間を見つけるのだ。

弦の切れるような音？　そんなものは、何の証拠にもなりはしない。

宮古は、あいかわらず会社に通い続け、十日後の日曜日に妻を迎えに行った。

真知子は、まだ充分回復していないという理由で、彼と一緒に家に帰ることを拒んだ。

それでもまだ、宮古は気がつかなかった。自分が、引き返せない破滅に向かって歩いていることに。

流産から一カ月ほど経《た》った日曜日、宮古はまた、プツンという音を聞いた。

はっとして、読んでいた新聞から顔を上げると、開け放した居間の窓から、赤い自転車が見えた。

　宮古の家は、一戸建てだ。副都心からこんなに近いところに、一戸建ての家を持てるのは、六年ほど前に亡くなった両親のおかげだった。当時は土地の値段も今ほどではなく、相続税のために家を手放す必要はなかった。

　赤い自転車――耳の中に消えた音を追うように、宮古は首をかしげた。それから、ほっとため息をついた。郵便配達だ。

　何が弦の切れる音だ。金属製の郵便箱の蓋《ふた》が、閉じて鳴る音を聞いただけじゃないか、われながら、どうかしている。

　宮古は立ち上がり、玄関のドアを開けた。白い夏の日差しが、目に痛い。傘立ての横に置いた鉢の中で、朝顔がしおれかかっている。水をやらなければならないな、と、宮古は思った。

　メイルボックスは、外の門のところにある。サンダルばきでそこまで行き、裏蓋を開けて白い封筒を取り出した、宮古伸一宛で、速達の赤いスタンプが押してある。当然と言えば当然だ。今日は日曜日、普通郵便の集配業務は休みだろう。

　宛名書きの字に、妙に見覚えがあるなと思って、封筒をひっくり返してみると、差出人は坂上《さかがみ》真知子になっていた。宮古の眉が曇った。坂上というのは、妻の旧姓だ。

　その場で、封筒の上端を破る。

中に入っていたのは、便箋《びんせん》ではなかった、薄くてつるつるした紙。何かの公式書類のようだ。

広げて、その上のほうに印刷された文字を読んだとたん、宮古の指は震え出した。『離婚届』。既に、必要事項は記入され、妻の実印が押してある。夫が記入する欄だけが、空欄になっているのだ。

馬鹿な。あいつが、こんなことをするはずはない。離婚の理由がないじゃないか。これは、きっと誰かの悪戯《いたずら》だ。

いや、それとも、まさか静子が――。

宮古は家の中に飛び込み、電話機に突進した。まだ震えている指で、真知子の実家の番号をプッシュする。呼び出し音が三度鳴るのを聞いたところで、義理の母親が電話に出た。

「はい、坂上でございます」

「伸一ですが」

と名乗ったとたん、相手の応対は急に冷ややかになった。

「はい」

と返事をしたきり、何も言わない。

「あの、真知子と話したいのですが」

「申し訳ありません」

とり澄ました声が答える。

「真知子は、お話ししたくないと申しております」

「そんな」

宮古は思わず大声を上げた。

「大事な話なんですよ。真知子を出して下さい」

相手は、伸一の歎願《たんがん》など、耳に入らないようだった。

「それでは、失礼いたします」

「待って下さい。もしもし、もしもし」

宮古は、手にした受話器を、茫然《ぼうぜん》と見つめた。切れた。あのババア、電話を切りやがった。何てことだ。一体何が起こったというのだろう。やはり静子か？　真知子のことだ、自分が妊娠中に、しかも流産に終わった妊娠中に、夫が浮気をしていたと知れば、これぐらい思い切ったことをしかねない。静子が、真知子に話したのか。しかしあいつは、真知子の実家の住所はもちろん、電話番号だって知らないはずだ。

では――。

あの、プツンという音。生きている別れの呪い。馬鹿ばかしい、おれは信じないぞ。

背中に、誰かの息づかいを聞いたような気がして、宮古は思わず振り返った。

もちろん、誰もいなかった。宮古の手から、受話器がカーペットの上に落ち、ごとんという音を立てた。

確かに、おれはどうかしている。これは、何かの間違いだ。

宮古は、再び前を向いた。電話の横に、楕円形の鏡がかかっていて、そこに、目を血走らせた男の顔が映っている。自分の顔を見た瞬間、宮古は何かの間違いなどではないことを悟った。これは、正常な人間の顔つきではない。目に狂気を宿し、額に脂汗を浮かべている。恐怖の色が、顔全体に輪郭を与えていた。まさしく、何かにとりつかれた男の顔だ。

見るがいい、と、宮古はひとりごちた。

これが、世界一孤独な男だ。

愛人と別れ、子供を失い、妻に捨てられた。そのうち、会社も首になるだろう。それも、生きている呪いを飼ったばっかりに。そいつに与える、充分な餌《えさ》を持っていないばかりに。

そいつは、別れを食って生きているのだ。物事の繋《つな》がりを断ち切ることで、エネルギーを得ているのだ。おれが会社を首になったら、別れさせる相手がもういなくなったら、今度は何を始めるだろう。

「馬鹿な」

と、宮古は声に出して言ってみた。言葉と一緒に、何か塩辛いものが、口から飛び出して来た。

宮古は、カーペットの上から、それを拾い上げた。小さくて硬い。赤いものがこびりついている。それを掌《てのひら》に載せて、眺めていると、急に笑いが込み上げて来た。

「歯だ」

くっくっと笑いながら、宮古はつぶやいた。

「歯が、抜けた」

また、どこかでプツンという音がしたが、笑っている宮古は気づかなかった。自分の頭から、さらさらと音を立てて、何かが滑り落ちていくのにも気づかなかった。

宮古は立ち上がり、笑いながら、玄関のほうへ歩き出した。彼の歩いたあとには、黒い髪の毛が、少しずつ房になって、カーペットに貼《は》りついていた。


「宮古さん、出て来ないわね」

と、髪の長い女子社員が言った。

「ああ」

仕様書の束を繰っていた男が、面倒臭そうに答えた。

「何の連絡もないし、自宅に電話してもつながらないのよ。どうしたのかしら」

「休暇中なんだろう？」

「休暇はきのうで終わり。その休暇だって、急に電話をかけて来て、理由も言わずに取ったのよ。変だわ」

「蒸発ってやつじゃないの。奥さんとの仲も、ごたごたしてたみたいだし」

「あら、本当？」

「噂《うわさ》だよ。流産してから、ずっと別居してたそうだ」

「どうして？」

と、別の女子社員が訊《き》く。

「さあ」

男は首をかしげた。

「愛人でもいたのかな。宮古さん、もてたみたいだから」

「それにしても、家にいないなんて変だわ、捜索願いを出したほうがいいんじゃない？」

「首でもくくってたりして」

自分が口にした台詞の深刻さに自分でびっくりして、男は肩をすくめた。

「そう言えば、この前、誰かが宮古を見かけたって言ってたぜ」

外回りから帰って来たばかりの営業部員が、明るい口調で話に加わる。

「帽子をかぶって、駅前をうろついていたそうだ。別れがどうとかって言って、通行人にからんでは、笑ってるんだって。様子が変だから、声はかけなかったらしいけど」

「嫌だ。ノイローゼじゃない？」

「まさか。本当に宮古だったのかい？」

「さあね。やっぱり別人かな。とにかく、一度家を覗いて見たほうがいいな。熱でも出しているのかも知れない」

プツン、という音がした。同時に、右手の感覚が遠のく。

宮古は、血まみれになった右手を見下ろした。右手の爪は、もう全部剝《は》がれている。あいつがやったのだ。いや、おれがやったのかな。どこかで、ペンチを拾い上げたような気もする。

とにかく、痛みがなくなって、少し楽になった。くそっ、髪を抜き、爪を剝がすだけでは満足できなくなったあいつが、とうとうおれの神経を切断し始めたのだ。

宮古は、少し笑った。

奴は、おれの脳を孤立させる気だ。

今のうちに、何とかしなくては。究極のお別れ、この世とおさらばする前に。

最初に行きあたった人に、宮古は声をかけた。

「別れたい人はいませんか？」

相手は興味を引かれたようだ。そうだ。それでいい。早いところ、こいつを、おれから譲り受けてくれ。

「信じようと、信じまいとご自由ですが」

目の奥が痒《かゆ》くなって来た。右足も、何だかだるい。目も足も、おれから別れようとしているのか。このままでは、黒眼鏡と車椅子が必要になる。

「待って下さい。ちょっと、話を聞いて」

たのむ。うなずくだけでいいんだ。たのむ、たのむから、うなずいてくれ。大変なことになってるんだ。大変なことに。

プツンという音を立てて、今度は左手の神経が切れた。

宮古はうなずき、相手もやっとうなずいた。そして——。


「宮古さん、いないんですか？」

玄関のドアは、開け放しになっていた。傘立ての横に、茶色くしおれた朝顔の鉢がある。

「いないのか？」

二人づれの男のほうが先に立って、敷居をまたいだ。玄関はひんやりとしていた。

「おい、宮古」

返事はない。しかし、確かに人の気配があった。奥のほうで、誰かの話し声がしているようだ。それも、妙なことに、大勢が小声で話し合っているような感じだ。

「入るぞ」

男は靴を脱ぎ、上がり框《がまち》に上がった。女のほうも、薄気味悪そうな表情で後に続く。

ちょっと考えてから、男はドアをノックした。

人の声は、そこから聞こえているようだ。さては、女か？

と呼ばわりながら、男は廊下を進んで行く。突き当たりに、寝室らしい部屋があった。

「宮古」

「宮古、いるのか？　開けるぞ」

返事はない。

男はドアを開けた。

「こ、これは」

ダブル・ベッドの上には、女などいなかった。ただ、血まみれの肉塊が、のたうち回っているだけだ。

宮古ではない、と、男は思った。人間に似ているが、これは人間の動きではない。関節が外れたように引き伸ばされた手足が、てんでんばらばらに痙攣《けいれん》している。そのあちこちから、絶え間なく赤いものが流れ出している。

どこか遠くから、ギターのアルペジオのような音が聞こえる。ポロン、ポロン、ピン、ピンと。

吐き気が込み上げて来た。あれは人間ではない。人間が、あんな状態になって生きているはずがない。

肉塊の端で、赤いボールのようなものが持ち上がった。それが、人間の顔であることに気づくまでに、少し時間がかかった。毛のない頭、二つの赤い眼窩《がんか》。眼球はない。

男の肩越しに、中を覗きこんだ女が、高い声で悲鳴を上げ始めた。

「ワカレ、ワカレ――」

赤いボールの、歯のない口から、不明瞭な言葉が洩《も》れた。男の背筋の毛が逆立った。別の声がそれに答えた時、男の体は震え始めた。その声は、同じ口から出ているのに、明らかに別の人物の声だったのだ。

「タノム、タノム」

赤いボールが、さらに持ち上がった。まるでうなずくように、カクンと動き、それからまたベッドの上に落ちる、歯のない口から、今度は甲高い笑い声が洩れた。

「ハハ、ユズッタ、ヒヒヒ、ユズッタ」

女は、悲鳴を上げ続けている。ボールは、また別の声でしゃべり始めた。

分裂している、という考えが、男の脳裏をよぎった。こいつが何なのか、どうしてなのかはわからないが、こいつは分裂している。

大きく口を開けて、男は吐いた。そして、後ろを振り返った。

女は、目を見開き、両手を頬に当てて、立ち尽くしている。その喉からは、あいかわらず絶え間のない悲鳴が絞り出されている。

激しい、気の狂いそうな恐怖の中で、男は妙なことを考えた。

何て顔をしてるんだ、この女は。

どうしておれは、こいつと一緒になろうなんて思ったのだろう。

どこかで、楽器の弦が切れるような、プツンという音が聞こえた。

変身

そんな名前を持った男としては無理もないことだが、グレゴリー・タムサは大変な虫嫌いだった。小さな子供なら、たいてい蜘蛛《くも》やバッタ、かぶと虫やとんぼ、果てはミミズや毛虫にまで、興味と惜しみない愛情を注《そそ》ぐものだが、グレゴリーに限って言えば、そのような感情とは無縁だった。

足のあるものとないもの、羽のあるものとないものを問わず、彼にとって、小さなうごめくものは全て、何を考えているかわからない（実際のところ、たいていの虫は、何も考えていない）、従って、身震いするほど薄気味悪い存在だったのである。

少年時代のグレゴリー・タムサは、昆虫採集というものを一切しなかった。それどころか、友人が捕虫網か虫かごを持っている時には、絶対に一緒に遊びに行こうとはしなかった。彼の両親であるタムサ夫妻は、このことを怪《あや》しみ、やはり冗談好きの叔父《おじ》などに、名付け親なんか頼むんじゃなかったと言い合ったものだ。グレゴリーというのは、それほど変わった名前ではないが、問題の叔父が、タムサ家の跡継ぎに名前を与える時、あの有名な小説の主人公を念頭に置いていなかったはずはない。

とにかく、グレゴリー少年は虫嫌いのまま成長し、将来の進路を選ぶ段になると、迷わず生化学と化学を専攻した。ひどく女々しかった息子にしては、まともな道に進みそうだと、タムサ夫妻は安堵《あんど》した。彼らは安堵したまま、事故で亡くなったが、それは彼らにとって幸せなことだった。なぜなら、グレゴリーの病的な虫嫌いは、全く直ってなどいなかったからだ。

グレコリー・タムサが生化学と化学を専攻したのは、自らの生涯を、虫類との戦いに捧《ささ》げることを決意したためだった。

グレゴリーは、大学卒業と同時に、とある製薬会社に就職した。もちろん、強力な殺虫剤を製造している会社である。グレゴリーはそこで、強力な殺虫剤をさらに強力にすることに、精力的に取り組んだ。仕事に対する信念、そして、情熱と献身が、彼に目覚《めざま》しい成功をもたらした。その会社の作る殺虫剤は、ゴキブリを、シロアリを、ハエやカや毛虫を殺しまくり、会社はたちまち急成長した。

四十歳で、グレゴリー・タムサは、その功績を買われて、技術担当取締役に迎えられた。製薬会社は、経営多角化に乗り出しており、化学、生化学はもとより、遺伝子工学や電子工学、低温技術にまで、研究の手を伸ばしていた。グレゴリーのもとで、それぞれの研究所は、驚異的な成果を上げた。もっとも、グレゴリーは、実用化された技術を全て虫殺しに役立てることを忘れなかった。遺伝子工学は、虫を殺す細菌を作り出すために一役買ったし、電子工学は虫を研究するコンピューターや、圧電殺虫剤の部品に使われた。

彼が六十歳を過ぎたころ（彼はまだ独身だった）、グレゴリーの会社は、危機に見舞われた。環境保護を訴えるグループが、会社を告訴したのだ。連中の主張によると、会社が製造する殺虫剤が、街からゴキブリを一掃したのは恐るべき環境破壊であり、田園地帯からイナゴの害を取り除いたのは許し難《がた》い自然破壊なのだった。それは、あながち誤った主張とも言えなかった。世界的に、虫の数が激減しており、それには、大手の製薬会社が一役買っていたからだ。

やむを得ぬことながら、グレゴリーは取締役を辞すことになった。それからと言うもの、グレゴリーは、すっかり生きる目的を失い、体調を崩し始めた。

六十五歳を過ぎた時、グレゴリー・タムサは、死病を宣告された。そこで彼は、自分の部下たちが開発した最後の技術を使ってみることにしたのだ。彼の政治力と人脈は、まだ役に立った。彼は、会社の施設を使用することを許された。

冷凍睡眠。低温技術と生化学の応用だ。これを使えば、人間は、全ての生体活動を停止したまま、何百年も眠り続けることができる。

三百年か四百年、先の世界なら、医学も進歩していて、二十世紀の死病も治すことができるかも知れない。いや、たとえそうでなくても——。

残されたあと二、三年を、全ての虫が根絶された未来で過ごしたいというのが、彼の望みだった。

彼の望みは、かなえられた。

おれは、スリムなスタイルが好きだ。一番いいのは、ナナフシを使った棒みたいなやつだが、あれはもう、去年リックがやっちまった。それに、今どき棒なんて、面白くもない。女友達とつるむ時には、ちょっと変わった感じになるけど、それだけのことだ。

ありきたりのもんじゃだめだ。この大学の学園祭は、リーグの中でも過激で通っている。ミスターに選ばれるには、どこにでもありそうなファッションでは無理だということだ。

「おーい、タロ」

転がるようにして、イークが近づいて来た。相変わらず、サムい奴だ。ボールなんて、何世紀前のファッションだと思っているのだ。

「聞いたかい？」

おれの軽蔑の視線にもめげす、イークは陽気な声で言った。

「何を？」

「ミステリーさ」

イークは得意そうに、地面の上を跳ね回った。こいつのバイショーは、情報だ。どんなニュースでも、学内の誰よりも早く摑《つか》むことを誇りと生きがいにしている。

「何のミステリー？」

「空き地の」

こいつは、いつも情報を小出しにしたがる。自分が苦労して摑んだネタを、あっさり教えてやるなんて苦痛だと言わんばかりなのだが、なあに、本当は教えたくて仕方がないのだ。誰にも話を聞いてもらえなくなったら、こいつは多分発狂してしまうだろう。

「サムいな。空き地が何だ」

「空き地」

イークはさらに二、三回、跳ねた。

「薬学部の裏に、空き地があるだろう？」

「ああ」

おれは、いらいらしながら相槌《あいづち》を打った。今日は早く帰って、ファッション・コンテストの企画を練らなくちゃいけないのに、話を全部聞いてやるまで、こいつはおれにまつわりついて離れまい。

「何かの施設のあとだ」

「そうそう」

イークは嬉しそうに言った。

「それで、あそこに、古い倉庫みたいな建物がある」

「あのボロクズか。ニクい灰色してて、何で潰《つぶ》さないのかってやつ」

「それそれ。あれに、一応ドアがついてんだけど、今朝一番にビードロ親父《おやじ》が出て来た時、それが開いているのを見たんだってさ」

「サムくだらねえ」

おれは、そっぽを向いてやった。

「それがミステリーか。サカハヤったカップルか何かがしけこんだんだろ」

「そんな馬鹿いるもんか」

イークは、今度は怒ったように跳ねた。

「どこのトリウマが、あんなニクいとこ使うんだよ。それにさ、ドアは内側から開いてたって、ビードロ親父が言ってたぜ」

「ウソボロ。中から開けようが、外から開けようが、開いたドアは開いたドアだろが」

「いいや、こいつはミステリーさ」

イークは、頑として主張する。

「きっと、何か変なものが、あの中から出て来たんだよ、ホント」

「ホラー宇宙人かよ」

おれは、目玉をぐるぐる回して見せた。

「考えることがサムいね。それよりお前、ファッション決まったのかよ」

「まだまだ」

イークは、丸っこい体をゆらゆら揺すった。

「あのさ、今年の流行はエアロらしいぜ」

「ホントか？」

時には、イークの情報が役に立つこともある。

「ゲッキー・ホント。今年はエアロで決めよ。ゴリゴリ・ブッブッ・フサフサはなし。ツルンてやつがいいんだって」

「ツルンか」

おれは、去年のファッコンの時も、こいつにガセをつかまされたことを思い出した。モノトーンが主流だと言うから、それを真《ま》に受けたのに、周りは総天然色で飾った奴ばっかりだった。ゲロだ。

「じゃあな」

早く、次の犠牲者にミステリーを伝えたくてたまらないらしいイークは、せかせかとパスを転がりながら、行ってしまった。

「じゃあな」

と、おれも奴の背中から声をかけた。

「来週死ねよ」

最近はやりの挨拶だ。だが、こっちは、死ぬわけにはいかないんだと、おれは思った。おれは今年こそ、ミスターに選ばれるんだ。

冷凍睡眠装置は、故障なく動いた。蘇生システムもだ。彼がまだ死んでいないのだから、それは間違いのないところだろう。

だが、グレゴリーが目を開けた時、のぞき込んでいるはずの医師団の姿など、影も形もなかった。

冷凍睡眠槽が置かれていたのは、非活性化しかけたバイオルミネッサンス・パネルが二、三枚張られただけの、薄暗い地下室で、彼がかつて眠りについた、超近代的な研究室ではなかった。誰かが、勝手に移動したのだと、彼は思った。ひょっとすると、会社はとうに倒産し、閉鎖されたのだろうか。

睡眠槽のカバーは、完全に開いていた。立ち上がる前に、グレゴリー・タムサは、慎重にあたりを見回し、弱い照明の届く限り、部屋にゴキブリも、その他の害虫もいないことを確かめた。

彼はよろよろと睡眠槽から出て、足許《あしもと》に注意しながら、地下室の階段を上がった。すると、会社が倒産してはいないらしいことがわかった。

階上の部屋には、汚れた窓があり、そこから巨大なネオン・サインが見えたのだ。いや、本当はネオン・サインではあるまい。ネオンにしては、色が鮮やかすぎ、立体的すぎる。だがとにかく、その発光サインは、妙に略した感じのアルファベットで、『総合大学』という文字を、夜空に浮かべていたのだ。

そして、その大学の名前に冠されていたのは、グレゴリーがかつて、取締役を務めていた会社の名前だった。

グレゴリーはちょっと安心して、窓から外を眺め、誰か通りかかる者はいないかと探した。誰もいなかった。キャンパスに隣接する空き地のようなところに、自分がいるとわかったのが、せめてもの収穫だった。

まあいい、こんな夜ふけでは、彼を助けてくれる人もいないだろう。いや、そうも言えないか。

気候はよく（気候制御技術か？）、裸でも寒くはなかったので、グレゴリーは外に出てみることにした。腹の中に、あいかわらず不快なしこりのようなものがあったが、病気でいることには、もう慣れていた。

窓の横にドアがあった。乱数キイは閉まっていたが、グレゴリーが、自分の生年月日を叩《たた》いてみると、あっさり開いた。会社の技術者たちは、ちゃんと約束を守ってくれたのだ。

グレゴリーは、外に出た。右手にある、夜光塗料を塗った壁のようなものは、大学の建物らしい。それに沿って、視線を前方に動かして行くと、明るい通りらしいものが見えた。

グレゴリーは、自分の体を見下ろした。冷凍睡眠処置を受けていた者としては当然のことながら、裸だ。しかも青白く、肉のたるんだ、みにくい老人の裸だ。

かまうことはない。心ある未来の人々は、事情を話せば許してくれるだろう。それに、裸など、めずらしくもない時代になっているかも知れない。

グレゴリー・タムサは、通りに向かって歩き出した。口笛さえ、吹きそうになっていた。

通りに近づき、ざわめきが聞こえ始めると、彼は本能的に身を隠す分別を取り戻した。ここがどんな社会だか、自分が全く知らないということを思い出したのだ。

彼は、空き地の外れにあった立ち木の陰で立ち止まり、そこから通りの様子をうかがった。

人影が見えた。あるいは、グレゴリーは、見えたと思った。

その瞬間、グレゴリーの心臓は凍りついた。

あれは一体何だ？　あの、地面の上を這《は》い回っている奴らは。あの丸い玉のようなものは？　あのいやらしい、棒のような連中は？

唇から、甲高い悲鳴がもれそうになるのを、彼は必死でこらえた。

悪夢だ、と、グレゴリー・タムサは思った。人類は、一体どうなってしまったのだ？

虫どもだ。

いやらしい虫どもが、この地球を占拠している。

グレゴリーは、目を閉じ、気を落ち着けようと努めながら、ゆっくり十数えた。それから、再び目を開けた。

その光景は、変わっていなかった。

通りには、いくつもの影がうごめいていた。

人間はいない。犬や猫といった、見慣れた動物たちも見当たらない。いるのは、ただ、ただ、ああ、何と言ったらいいのだろう。長さ二メートルもある、巨大な蛇のような奴や、高さ一メートルほどのテントウムシの化けもの、巻いた絨毯《じゅうたん》ほどの色鮮やかな毛虫、立ち上がったザリガニ、それに——。

そんな連中が五、六人（？）、舗道で何やら話をしている。妙なことに、その言葉だけは、グレゴリーがかつて知っていたものにそっくりだった。

舗道の向こうは、かなり広い通りになっており、そこには、流線形の自動車に似たものが、音もなく行き交っている。但《ただ》し車輪はない。エアカーと呼ばれるものだろうか、と、グレゴリーは想像した。

落ち着くんだ、と、グレゴリーは胸の内でつぶやいた。これは悪い夢だ。それでなければ、何か、そう、映画の撮影か何かだ。

急に思いついた仮説に、少しだけ勇気づけられ、それを裏付ける証拠を探すべく、グレゴリー・タムサはこっそりあたりを見回した。

彼の希望は打ち砕かれた。

いくら目をこらしても、カメラや録音機材、それを守りながら忙しく立ち働いている、正常な外見のスタッフなどは見あたらず、それどころか、さらに奇怪な連中からなる集団が、通りを渡ってやって来て、こちら側のグループに合流したではないか。

くそっ、と、虫殺しに一生を捧げて来た男は思った。人類はどこにいる？　こいつらに、一掃されてしまったのか？　この化けものどもが、今や地球の主人なのか？　こいつらは宇宙人か何かか？　あるいは、もっと恐ろしいことだが、自分は予想よりも長く眠っていて、この連中は外見通りのもの、つまり、人類に代わって進化した蛇や昆虫、甲殻類なのだろうか？

逃げなければ、と、グレゴリー・タムサは考えた。とにかく、逃げて、隠れなければ。


マンションに帰るのにスピーダーは使わず、四本の足で歩いて行くことにしたが、みちみちいくら考えてみても、いい考えは浮かばなかった。蝶《ちょう》や蛾《が》は流行遅れだし、蟹《かに》や蜘蛛はいかにも平凡だ。ヒトデ型は？　いや、あれはマイケルのトレードマークだから、おいそれと使うわけにはいかない。早くクレイグのバイオ・ファッション・ショップに立電して、予約を取らなければならないのに、アイディアは一向にまとまらない。

とうとうおれは、何も考えつかないうちに、マンションの入口に着いてしまった。仕方がない。中に入って、煙でも一服やれば、ひとつぐらい、まともなファッションを思いつくだろう。

建物の中に入った時、カサコソという、何かが動くような音を耳にして、おれははっと立ち止まった。

最近、この近所では、麻薬中毒者《キージャン》どもがうろついている。隣の部屋のグルは、合成ハロピ半ダースほどを、ごっそり持って行かれたし、おれ自身、新しいケシを一箱、丸ごと盗まれたことがある。多分、同じ大学の学生だろうが、キージャンたちには、節操というものがない。サムきった奴らだ。

「誰だ」

と、おれは大きな声で叫んだ。キージャンたちは、武器を持っていることは少ない。ナイフなどを持っていると、自分で自分を傷つけるのがオチだからだ。

それに、このマンションにいるのは、大半がおれの友達だ。叫べば、いつでも助けを呼べる。

「そこにいるのはわかっている」

おれは、非常口の近くの暗がりに向かって声をかけた。

「誰だ。姿を見せろ」

「殺さないでくれ」

という、小さな声が聞こえた。

「頼む、殺さないでくれ」

キージャンにしては妙だ、と、おれは思った。奴らは普通、こんなことは言わない。それに、変に堅苦しいなまりでしゃべることもない。

「殺したりはしないさ、ゲキ大げさな」

と、おれは静かに言った。キージャンを下手に刺激するのは、自殺行為だ。

「とにかく出て来い」

誰かが、非常口の前に立ち上がった。その姿を見て、おれは思わず口笛を吹いた。

裸だ。震えている。だが、おれが驚いたのはそのせいではなかった。

オリジナルだ。まじりっけなしの、二十年代式オリジナル・クラシック・スタイルなのだ。二本ずつの手足、禿《は》げた頭、顔の皺《しわ》、つき出た青白い腹。今どき、こんな原版を保存しているのは、中央大図書館ぐらいだろう。奴の装いは、グリグリ完璧だった。

「あんたは、連中とは違う」

と、相手は震える声で言った。おれには、事情がわかった。きっと、道でたちの悪いキージャンにつかまって、身ぐるみ剝《は》がれたのだろう。こんなスタイルでいるところを見ると、金回りは悪くないのに違いない。

「ああ」

と、おれは答えた。

「おれはキージャンじゃない」

「だが」

相手は、まだ疑わしそうに、目を細めた。念の入ったことに、その目は赤く血走っている。

ワーオ、最高に本格的だ。

「あんたの、その格好――」

おれは、今日の自分のファッションを見下ろした。普通の金髪半人半馬、ケンタウロスだ。朝、大学に出かける途中で、バイオ・ショップに寄って、軽くセットしてもらったのだ。これでもけっこうクラシックなつもりでいたが、目の前の男のいでたちと比べるといかにも中途半端。まさに雲泥の差だ。

「サムいのはわかってる」

おれは、肩をすくめた。

「女友達で、弓を習ってるのがいてね、そいつの趣味さ。まあ、ヤスいやりかただけど。キージャンに襲われたのか?」

最後の言葉を除いて、相手は反応を示さなかった。

「む、虫みたいな奴らだ」

と、男は言った。

「逃げて来た」

おれは、安心させるように頷《うなず》いてやった。頭の中には、すでに計画ができあがっていた。

「連中、煙が切れると狂暴だからな。ま、おれの部屋に入んなよ。服ぐらいはある」

神経質になっているらしい男は、少し尻ごみするような様子を見せたが、おれがエレベーター・チューブに入ると、黙ってついて来た。

ちょいとイカれてるみたいだと、おれは思った。ニクっぽくノイロってる。このへんで見かけたことはないし、声にも聞き覚えがないから、たぶんトラベラだろう。大抵のやつは、バイオ・ショップの発現遺伝子操作で肉体ファッションは変えても、声まで変えることはしない。さもないと、誰が誰だかわからなくなってしまう。まあ、いつも判で押したようにでかボールのなりをしているイークは例外として。

旅行者なら好都合だ、と、おれは思った。このあたりは、学園何とか地区とやらで、短期滞在者用のホテルが少ない。この変な男が、大学関係者なら話は別だが、そうでないとすれば、泊まる場所を確保するのに苦労するはずだ。喜んで、おれのサム部屋を使って頂こう。おれとしては、学園祭の間だけ、こいつが人目に触れないでいてくれればいいのだ。

そうすれは、そう、今年のミスター総合大学は、このおれがいただきだ。ファッション・コンテストで優勝したとなれば、あらゆる優良企業から引く手あまたとなる。創造性のある学生というものは、いつでもひっぱりだこなのだ。

賞品と副賞に興味はない。だから、それは、この男にくれてやってもいい。

エレベーターの中で、おれの蹄《ひづめ》がパカパカと床を叩いた。結構。ゲッキー、結構だ。

ヴィノホロのレインボー光線が、洞穴を模した学生会館の内壁を撫《な》で回す。シンセドラムが、クラシックなロールを叩き上げる。

ファッション・コンテストは、例年以上の盛り上がりを見せていた。

学生たちの、三人に一人ほどが、イベントに参加している。いつもの通り、その九割はクズボロだ。無料の煙や、ホット・ショット、後夜祭のお楽しみを目当てにやって来た連中で、ファッションの方はサムいもんだ。イークのボールは別格としても、ちょっと毛足を長くしただけの毛虫スタイル（単なる、既存発現遺伝子の配合）、結び目があるところが、ちょっと目新しい程度の蛇型、銀ラメのハエ、下半身だけの猿に、真っ赤なカツオノエボシ。

この街のバイオ・ショップのマイスター、クレイグは、相変わらずいい腕をしている。まさに人体彫刻家で、発現遺伝子操作と物質合成機でできることなら、クレイグは何でもやってのける。奴は今、液体ファッションというのを研究しているらしい。ミラノからも声がかかっているということだ。変形・変身技術の天才。人体ファッション・デザイナーの鬼才。さすがに、この大学の母体となったある民間企業で、遺伝子工学の研究をやっていた祖父を持っているだけのことはある。

だが、クレイグの提供する変身メニューの中から一つ（場合によっては二つか三つ）選ぶだけなら、誰だってできる。

ミスかミスターに選ばれたかったら、オリジナリティーを持たなければならない。

例えば、このおれのように。

舞台に立った瞬間から、おれは目論見《もくろみ》が成功したことを悟った。

例の変な男の立体写真をもとに、クレイグに調整してもらったおれの人体ファッションは、まさにクラシックそのものだった。二十年代から抜け出したようだと、学生新聞なら書くだろう。

「ワーオ」

おれがスポットライトを浴びた瞬間、誰かが叫んだ。

「ウソボロ！」

「ゲッキー、レトロじゃん」

「ヒャー、イッてる。こりゃあ、イッてますよ、ニクウマ！」

「ねえねえ、まさか、人間協会じゃないよね。アオザメーッ」

人間協会というのは、半世紀ほど前におこったムーヴメントの一つで、人類は基本遺伝子に忠実に生きるべきだ、従って人体改造ファッションは禁止すべきだという時代遅れの主張を行ない、十年かそこらでつぶれてしまったものだ。

おれは、自信に満ちた足取りで、舞台を横切った。みんながため息をついているのがわかる。ふん、いただきだ。これぞ、オリジナリティーガチ。みんな、来週死にやがれ。

おれは、なんなく予選を通過し、二次審査を通った。最終審査まで残ったのは、実のところ大学生活で初めてだ。

シンセドラムのビートが、ますます高まる。おれは、さすがにドキドキするのを抑え切れなかった。サムボロ心臓め。あのイカレ茄子《なす》スタイルを見ろ、ただ黒いだけのXファッションを見ろ。あんな奴に負けると思うか？

奴らに言ってやるんだ。肉体をいじるなら、こんなふうにやるもんだと。

ミス候補はドングリだったが、ミスター候補には、銀と黒のトゲトゲをくっつけた雲丹《うに》みたいな奴が一人いて、おれと同じくらい注目を集めていた。ライバルがいるとしたら、こいつぐらいだ。イークのサム野郎め、何が今年はエアロファッションだ。

「さあ、いよいよわが学園祭の華、ファッコン・アクメ。最終選考結果の発表だよ」

控え目なシルバー蜘蛛ファッションの司会が、触覚を震わせながら言う。ヴィノホロのスポットが、ますます目まぐるしく、舞台の上を這い回る。おれは、自分の心臓に向かって、悪態をつき続けた。

「今年のミスター大学は」

古式ゆかしく、本物の紙をひろげながら、司会はちょっと間を置いた。

「ミスターは、おいらどもにオールド・ファッションを思い出させてくれた。百九十七番のタロ・キグチ！」

半ば予測していたことなのに、茫然《ぼうぜん》とした表情を作るには苦労はいらなかった。何とボロウマ、おれだ。おれが、本当にミスター大学に選ばれたのだ。

そのあと、ミスの発表があったが、おれはろくに聞いていなかった。おれの周りに殺到し、口々にお祝いの言葉を述べる級友たちの声だって、耳に入らなかった。ただ、これは本当なんだと、自分に言いきかせていた。今年のミスターは、おれだ、おれがファッション・マスターをとったんだ。


夜を徹して続けられた宴会のあと、上機嫌でマンションのそばまで戻ると、ガシャーンという、サムでかい音が聞こえた。

おれはびっくりして見上げた。すると、おれの部屋の窓に、人型の穴が開いている。そこから何かが落ちて来て、どしんとクッション舗道にぶつかった。

あのイカレ男だ。

十秒も立たないうちに、建物の入口から、エリザベス・ネッケンがころげ出して来た。約束通り、去年、ミス大学を受賞した時のファッションだ。今ではちょっと時代遅れだが、前年ミスを受賞したクイーンと一夜をともにできるというのが、ファッション・コンテストの副賞なのだ。

「死んだの？」

と、ベスは舗道から鎌首《かまくび》をもたげながら聞いた。かすかにうめいている。

おれは、舗道の上に伸びている男を見た。

「いや、生きてるみたいだ。ベス、一体どうしたんだよ？」

「わかんないわ」

ベスは、太い紫色の首節をかしげた。

「あんたに頼まれた通り、あの部屋に行ったら、こいつ、眠ってたの。この人、あんたのファッション・モデルだって言ったっけ」

「そんなところだ」

「ふーん。協力者に感謝して、あたしと寝る権利を譲ったってわけね。とにかく、一夜を過ごすのが約束だから、こいつの隣にもぐり込んで、あたしも寝たのよ。こいつったら、目が覚めたとたん、わけわかんないことをわめき散らしたかと思ったら、窓から飛び出してっちゃったの。サムいったらないわ」

確かにサムい。ベスのスタイルは、流行遅れだが、イ丶丶モムシ丶丶が横に寝ていたからと言って、何も十メートルジャンプすることはない。

「クソボロ。どうする？」

「とにかく、クレイグんところへ連れてこう。移植だな。こいつの体はもう駄目だ」

「予備の体、持ってんの？」

「ファッコンの賞品がある」

おれとこの男の関係を、正確には知らないエリザベスは、目を丸くした。

「モッタイナ。あれ、本物のアウトドア・クレッチ・デザインよ。今あたしが着てるのに似てるけど、体節にラインが入ってて」

「仕方がないさ」

おれは、肩をすくめた。

「ニク友達なんだから」

こうして、グレゴリー・タムサは、ある朝目覚めると、自分が、一匹の巨大な毒虫に変身しているのを発見したのである。

お父さんの新聞

しまった。

寝床の中で、昨日お父さんが買って来てくれた本を読んでいて、ぼくははっとした。花を、表に出すのを、すっかり忘れていたのだ。

お父さんは、まだ寝ている。

お母さんは、昨晩から、太り病にかかったオールドクロウ大叔母《おおおば》さんのお見舞いに行っている。

そのお母さんが、昨日の夕方、言っていたことを、ぼくは今になって、思い出した。

「花を出すのを忘れないでね」

と、お母さんはぼくに頼んだのだ。

「お父さんは、起きた時に新聞がないと、とってもご機嫌が悪いんだから」

寝る前には、お父さんも言っていた。

「明日の朝は頼むぞ、ピム。お父さんは、少し寝坊させてもらうからな」

もちろん、頼むというのは、花のことだ。なのに、ぼくは、早く新しい本が読みたくて、そのことをすっかり忘れていたのだ。

ぼくは、壁にかかっている鳥時計を見た。ミズナガドリのクチバシは、もう、七の字を回っている。

大変だ。

新聞がないと、お父さんは機嫌が悪い。特に、今日は休みの日だから、新聞なしでは退屈してしまうだろう。それだけじゃない。どこかで遊び祭りがあっても、新聞を見なければわからないから、ぼくはどこにも連れて行ってもらえなくなる。ひょっとすると、お父さんに、新しい本も取り上げられてしまうかも知れない。こんなことなら、昨日のうちに、花を出しておけばよかった。

どうしよう。

ぼくは、そっと寝床を抜け出し、小走りで玄関まで駆けた。寝間着のままで、玄関のオオシロバナの鉢植えを抱えて、外に出る。

いい天気。空気は葡萄酒《ぶどうしゅ》のような香りがして、緑の森の樹や草は、朝の光を体いっぱいに染み渡らせようと、露に濡《ぬ》れた体をぴんと伸ばしている。朝の早いソラヒラメが一、二尾、薄青い空を悠々と横切っている。小妖精たちは、まだ起き出していないらしくて、休みの日の朝は、とても静かだ。

もちろん、トンスエロ親方が育てた新聞の姿は、どこにも見えない。庭のゴネンソウと、トビダシユリは、まだ咲いていなかった。それに、どっちにしろ、オオシロバナでなければ、役に立たない。オオシロバナがどこにもないので、お腹を空かした新聞は、きっともう、どこかに飛んで行ってしまったのだ。

ああ、どうしよう。

ぼくは、寝室に戻り、急いで枕元に置いてあった服を着た。隣の部屋のドアが開けっ放しになっていたので、そっと覗《のぞ》いてみる。お父さんは、大きな口をあけて、何の心配もなさそうな顔で眠っている。今朝は新聞が読めないことに、まだ気づいていないのだ。

気づいたら、大変なことになる。

探しに行かなくちゃ。

お父さんが目を覚ます前に、飛んで行った新聞を見つけなければならない。

ぼくは、そっと家を出た。

ご近所の家からは、何の物音もしない。みんな、まだ寝ているのだ。

隣のリーブルスさんの家では、うちと同じように、トンスエロ親方の新聞を取っているから、玄関にコドモリンゴの鉢植えを出している。その、ピンク色の可愛《かわい》らしい花には、大きな新聞蝶《ちょう》が休んでいた。刷り上がったばかりのきれいな活字が、真白い前羽と後ろ羽に並んでいる。

ぼくのところからは、後ろ羽の端っこにある、四コママンガが読み取れた。マンガは、それほど難しい綴《つづ》りを使っていないので、ぼくにも読める。お父さんは、休みの日の朝には、真っ先にマンガを読ませてくれる。でも今日は――。新聞がなければ、もちろんマンガだって読めない。ぼくは、オオシロバナの鉢植えを、地面に下ろした。今さらそんなことをしても、手遅れだ。

ぼくの頭の中で、一瞬、とんでもない考えが閃《ひらめ》いた。うちの、オオシロバナの鉢植えを、あのコドモリンゴの横に置けば、蝶はこっちに来るかも知れない。それを持って帰って、お父さんに新聞を渡しても、誰にもわからないだろう。リーブルスさんは、新聞蝶が来なくて腹を立てるかも知れないが、きっと、新聞屋のトンスエロ親方のせいにするに決まっている。

いい考えのように思えた。

でも、それはいけないことだ。誰も見ていないからと言って、恥ずかしいことをするわけには行かない。白ひげのセル先生が、いつもそう言っているではないか。恥ずかしいことは、自分だけが知っていても恥ずかしいのだ。

ぼくは、リーブルスさんの新聞蝶から目をそらし、あたりを眺めた。

庭の端の生け垣のところに、ソラヒラメの子供がとまっていた。尾鰭《おびれ》が、透き通るようなライトブルーで、小さなダークブルーの斑点がある、ぼくの掌《てのひら》ぐらいの大きさのソラヒラメだ。

「おはよう」

と、ぼくは声をかけた。

た。

「新聞を見なかったかい」

ソラヒラメの子供は、斜めに並んだ目玉をぐるりと回し、リーブルスさんの玄関口に向けた。

「目がないのかい」

甲高い、耳障りな声で、ソラヒラメは言った。

「あれが新聞だ。ヒラメにだって、見えるぞ」

ぼくは、生意気なソラヒラメに対する怒りを抑えつけた。

「あれじゃなくて——もう一匹、見なかった？」

「さあね」

と、ソラヒラメは、あさっての方向に、目玉を向けた。

「見たような、見ないような——とにかく、このへんにある花は、あれしかなかったから、長居はしなかったと思うな。どうしたんだい」

「花を出し忘れたんだよ」

と、ぼくは説明した。

「そりゃあ、駄目だ」

と、ソラヒラメは嬉《うれ》しそうに言った。

「誰でも知っている。花を出さなかったら、新聞は来ない。花がなかったら、生まれたばかりの新聞蝶に、どうして、配達先を見つけられるだろう」

意地の悪いやつだ。もちろん、誰だって、そんなことは知っている。ぼくも知っている。でも、知っているからと言って、それを忘れないとは限らないじゃないか。

「どっちに飛んで行ったか、わからないかな」

「さあね。何しろ、ヒラメには、方角はわからないことになってるからね。ほら、君たちが、いつも囃《はや》すじゃないか。ヒーラメーの目ーは、あっち見ーる目ーって」

「意地悪言わないで、教えてよ」

ソラヒラメの子供は、青い胸鰭をバタバタさせた。

「本当に知らないんだよ。さっき、降りて来たばかりだからね」

さっき降りて来たばかりだというのは、本当だろう。ソラヒラメは、それほど朝が早い生き物じゃない。

「ありがとう」

あまり役に立たなかったが、ぼくがとにかくお礼を言うと、ソラヒラメは嬉しそうに、身をくねらせた。

「もしかすると、君の新聞は、オオワシに食べられちゃったのかも知れないね」

「オオワシは、新聞を食べないよ」

と、ぼくは言った。

「オオワシは、活字が嫌いなんだ」

「じゃあ、この先の花畑に行ってみたら？　あそこには、蝶がたくさんいるよ」

いい考えだ。ぼくの気持は、少し明るくなった。

「ありがとう」

今度は、心をこめてお礼を言うと、ぼくは花畑を目指して、歩き出した。

朝の花畑には、蝶が群れていた。

赤い蝶、黄色の蝶、白い蝶、青い蝶、ピンク色の蝶――。みんな、楽しそうに、ニジスミレや、ツメクサの花の間を飛び回っている。

色とりどりの絵模様を、広い羽に載せたマンガ蝶もいるし、グラビア写真だらけの雑誌蝶、新聞蝶もいる。中には、どこかで迷ってしまったらしい、小さな葉書蝶まで、交じっていた。

この花畑は、蝶たちの天国なのだ。

ぼくは、そっと近づいて、蝶たちの羽に目をこらした。

よく見ると、羽の端が折れたり、ちぎれたりした、年寄りの蝶が多い。新聞蝶たちの多くは、黄ばんだ羽をしていて、今朝、刷り上がった記事を載せているものは、見当たらなかった。僕の気持は、また暗くなった。ここにいるのは、昨日や一昨日より前に羽化した蝶たちばかりらしい。

「おはよう、みんな」

と、ぼくは声をかけた。

「今朝の新聞を、見なかったかい」

蝶たちは、飛び回りながら、一斉に、鈴を振るような声で笑った。

「そんな蝶はいないよ」

一週間前の妖精会議の記事を載せた、大きな白い新聞蝶が、みんなを代表して答えた。

「ほら、わしたちは、羽化した最初の日には、ここに来てはいけないことになってるんだ。最初の日には、みんなに読んでもらわなくちゃならないからね」

「家の前の鉢植えにとまるのさ」

若いタブロイド判の新聞蝶が、前羽の一昨日《おととい》の記事をひらひらと振りながら、言う。

「そうすれば、誰かが家の中に入れて、読んでくれるんだ」

別の蝶が、ぼくの顔のあたりを飛び回りながら、小さなため息をついた。

「新聞蝶はまだいいよ。ぼくたち雑誌蝶なんか、一週間も、家の中にいなくちゃいけないんだぜ」

「最悪なのは。歯医者の待合室だな」

「いや、図書館だよ」

「実は――」

話がそれて行きそうなので、ぼくは慌てて、事情を説明した。

「花を玄関に出すのを忘れたんで、今朝の新聞蝶が来なかったんだ」

「そりゃあ、いけない」

年とった新聞蝶が、さっきのソラヒラメと同じことを言った。

「花がなかったら、生まれたばかりの新聞蝶は、どうやって配達先を見つけるんだい？」

「見つけられないだろうね」

と、ぼくは悲しくなって言った。

「見つからなかったら、蝶はどうするだろう」

「見つかるまで、飛び続けるだけさ」

と、年とった新聞蝶は答えた。

「それで、どこの新聞だい？」

「トンスエロ親方のだよ」

羽の端が黄色くなった蝶は、ニジスミレの花びらにとまり、蜜を吸いながら、ちょっと首をかしげた。

「トンスエロ親方か。それなら、オオシロバナかコドモリンゴだな。その花を見つけるまで、蝶はまっすぐ飛び続けなければならん」

オオシロバナとコドモリンゴは、目印の花だから、新聞を取っていない家では、庭に植えたりしない。花を見つけた新聞が、それぞれどこかの玄関口に舞い降りてしまったら、どう

して も、一匹余るだろう。

「それでも、見つからなかったら？」

「そうさなあ」

年寄りの蝶は、ニジスミレの花から飛び上がった。若い雑誌蝶が、横から口を出す。

「一日飛んでも花が見つからなかったら、あとはどこへ行ってもいいんだ。いいよなあ、新聞蝶は。お勤めが一日だけなんだから。そこへ行くと、おれたちは、一週間も我慢しなくちゃいけない」

ぼくは、途方に暮れて、花畑の上に広がる空を眺めた。

うちに来るはずだった新聞蝶は、きっと、このどこかにいる。でも、どうやって探せばいいのだろう。

「どこを飛んでるか、わからないかなあ」

「わからないね」

と、年寄りの新聞蝶が、ちょっと怒ったような口調で言う。

「心配するなよ、きみ」

と、タブロイド判が口吻《こうふん》を拭きながら言った。

「明日になったら、きっとこの花畑にやって来るさ」

「ああ」

明日では、役に立たない。お父さんが言うには、新聞というものは、刷り上がったその日のうちに読まなければ、いっそ読まないほうがいいのだそうだ。

「いいかい、ピム」

と、お父さんはいつも言っていた。

「新しいから、ニュースなんだ。新しければ新しいほどいい。だから、新聞は、毎日読まなくちゃいけないんだ。昨日や一昨日のニュースなんて、もうニュースじゃないのさ」

だから、空を飛ぶものに、新聞を刷る。そこが、紙の本とは違うところらしい。

「君のうちはどこだね」

極彩色の、派手なマンガ蝶が、ぼくの親指にとまって、尋ねた。前羽の長さは、ぼくの肱《ひじ》よりも長いのに、とても軽い。うっかりすると、とまったことにも気がつかないくらいだ。

「テンテン森の、西のはずれだよ。ねえ、迷子になった新聞蝶は、森の中に入ると思う？」

「入るかも知れん」

と、マンガ蝶は、真面目くさって答えた。

「はたまた、入らないかも知れん。だが、わしだったら、あんな森に入ったりはしないね」

「どうして？」

ぼくは、ちょっとびっくりして、質問した。

「どうして、あなただったら、森の中には入らないの？」

「それは、だな、きみ。あの森は、危険だからだよ。ふむ。つまり、若い新聞蝶にとっては、という意味だがね」

「危険って？」

さっきのタブロイド判が、ばさばさとはばたきしながら言った。新聞蝶は大きいので、ひらひらという感じはしない。

「ほら」

マンガ蝶は、もったいぶった仕草で、触角をうごめかせる。

「あそこには、トンビグモが、巣をかけているだろう。森の真ん中あたりにな」

「何だ、トンビグモか」

タブロイド判は、笛のような声で笑った。

「あんなのに、ひっかかる馬鹿はいないよ」

「わしたちは、生まれたばかりの蝶の話をしてるんだぞ」

マンガ蝶が、気を悪くして、極彩色の羽を振った。

「お前さんだって、生まれた時から、ちゃんとした飛び方を知ってたわけじゃあるまい」

「知ってたさ。新聞蝶なら、誰だってそうだ」

「おっと。そりゃ、一体どういう意味なのか、聞かせてもらえないかね」

「まあまあ」

喧嘩《けんか》が始まりそうなので、ぼくは手を振った。ぼくの親指にとまっていたマンガ蝶が、驚いて飛び上がった。

「とにかく、森の中にも行ってみるよ。みんな、いろいろありがとう」

蝶たちは、羽を振って、ぼくの挨拶に応えた。

「もしも見かけたら、若い新聞蝶が言ってくれた。

と、若い新聞蝶が言ってくれた。

「明日だったら、もういいからね」

と、ぼくは答えた。


花畑からちょっと歩くと、テンテン森の北のはずれに出る。

ぼくはそこから、森の中に入った。

マンガ蝶は、森の真ん中あたりに、トンビグモが巣をかけていると言っていた。だからぼくは、ずんずん歩いて、奥へ奥へと進んで行った。薄暗い森の中は、いつもよりひっそりしていた。やかましい妖精や鳥たちは、まだ家の中で休んでいるのだろう。

少し歩き回ると、見事なトンビグモの巣が見つかった。

渦巻きのように張られた巣は、おとなの背丈よりも大きい。どの糸も、たくさんの朝の露を、ビーズ玉のように貫いて、キラキラと輝いていた。

トンビグモは、巣の中央に、じっとうずくまっていた。

黒光りする体も、赤いルビーのような目も、輝く露で濡れている。その格好は恐ろしげだったが、ぼくは、トンビグモが人間を襲わないことを知っていたので、平気だった。

「おはよう」

と、ぼくは言った。

「このへんに、若い新聞蝶が、迷って来なかった？」

「蝶だって？」

トンビグモは、古いドアがきしるような声を上げた。

「ここ何年も、そんな獲物にはありついていないね。若いころには、ずいぶんつかまえたもんだが」

「だって、あなたは、クモなんでしょう？」

ぼくは、びっくりして言った。

「蝶たちが、この森は危険だって言ってたよ」

「ほらほら」

トンビグモは、悲しそうにため息をついた。

「そう言ってもらえるのは嬉しいがね。だが、そんな評判を立てられたら、クモはもうおしまいさ。羽のある弱い虫たちは、森に遊びに来なくなってしまった。今じゃ、たまに、腕白《わんぱく》ものの妖精が、からかいに来るぐらいだよ。あいつら、人の巣を切って、喜んでるんだからな。わしはもう、葉っぱでも食べようかと思ってるんだ」

「葉っぱだって？」

「ああ、時々、落ち葉が巣にかかるんだよ。あれは体にいいそうだ」

「ふーん。とにかく、蝶は見なかったんだね」

「そう言ったろう」

トンビグモは、スルスルと巣を横切って、端のほうの糸の具合を、ちょっと直した。

「そんな結構な獲物には、ここ何年も、ありついていない」

「この森には、他にクモはいないの？」

「いるさ。老アネットと、老ステファニー、それに、ツチグモのペンがいる。だが、連中の巣に何かかかったら、まず、わしに知らせてよこすはずだよ。つまり、おすそわけってわけだ。それぐらいの人情は、まだ残っているからね」

「そう」

ぼくはがっかりして、樹の根を蹴った。でも、巣にかかった蝶を持って帰ろうとしたら、トンビグモのほうが、もっとがっかりするだろう。礼儀正しい生き物だから、よそのうちの新聞だと聞いたら、返してはくれるはずだが。

「一体、どうしたんだね？」

と、トンビグモが尋ねた。

「今朝の新聞が、どこかへ行っちゃったんだ」

と、ぼくは答えた。

「ぼくが、花を出すのを、忘れてたんだよ」

「そりゃあもう、戻って来ないいんじゃないかね。新聞蝶は、あれでなかなか気難しいからな」

「それで、困ってるのさ。どこを探したらいいか、知らない？」

「知ってたら、獲物にしてるよ」

と、トンビグモは言った。ぼくは、それももっともだと思った。

「蝶には、羽があるからなあ。飛んでるものを探すのは、大変だよ。そうだ。いっそ、トンスエロのところに行ってみたらどうだね」

「トンスエロ親方のことかい？」

「そうさ。やっこさん、森の中に住んでるよ。この奥に入ったところに、樹の皮で作った小屋がある。前に会った時、蝶を分けてくれないかと頼んだんだが、商売ものだから駄目だと断わられちまった」

「じゃあ、ぼくが頼んでも、分けてくれないいんじゃないかな」

「字は読めるかい？」

「やさしい綴りだったらね」

「なら、まだ見込みがある。トンスエロは、自分の新聞を、みんなに読んでもらいたいんだよ。記事を読んでもらうのが好きなんだ。わしに分けてくれなかったのは、わしが字を読めないからかも知れない」

「ふーん」

「ほら、新聞ってのは、多めに刷るだろう。きっと、たくさん余ってるはずだよ。行って、頼んでみてごらん」

「そうか。どうもありがとう」

ぼくは、トンビグモに教えてもらった通り、大きなコブ杉の間を通って、歩きにくい道を進んだ。

トンスエロ親方の小屋は、すぐに見つかった。

古い胡桃《くるみ》の樹に、寄り掛かるようにして立っている。横には、森を切り開いた畑があり、新聞蝶の幼虫に食べさせるツブミカンの木が植えてある。トンスエロ親方の家を見たのは、初めてだったので、ちょっと意外だった。ぼくは何となく、新聞というものは、工場のようなところで作っているんだと思っていた。親方というぐらいだから、何人も職人を使って、機械を動かしているんじゃないかと、勝手に想像していたのだ。

「誰だね」

という声が聞こえたので、ぼくは慌てて振り返った。

何度か町で見かけたことのあるトンスエロ親方が、古ぼけた鋤《すき》をかついで立っていた。親方の髪は真っ白で、顔はその反対に真っ黒だった。背は低かったが、背筋をぴんと伸ばして、まっすぐに立っている。

「おはようございます、親方」

と、ぼくは挨拶した。

「おはようと言うには遅いな」

と、親方は言った。

「もう、昼近くだよ。おやおや、誰かと思ったら、ピムの坊やじゃないか。森で遊んでいるのかね」

「遊んでいるわけじゃないんです」

と、僕は言った。

「実は、新聞蝶を探しているんですよ」

「おお、新聞蝶か」

しわだらけのトンスエロ親方の顔が、ぱっと明るくなった。

「坊やは、うちの新聞を、読んでくれているのかい？」

「お父さんが、読んでます。ぼくも——まだ、読めるのはマンガぐらいだけど」

「ほう、そうかそうか」

トンスエロ親方は、鋤を胡桃の樹に立てかけ、嬉しそうに両手を擦り合わせた。

「新聞を読むのは、いいことだよ。世の中の動きがわかるからな。それで、マンガは面白いかい？」

「面白いですよ」

正直に答えることができて、ぼくは嬉しく思った。

「毎週、楽しみにしています」

「そうかそうか」

トンスエロ親方は、また両手を擦り合わせた。それから、人差し指を自分の額に当て、トントンと叩いた。

「あのマンガはな、わしが考えているんだよ」

「親方が、描いているんですか？」

「いやいや、わしは、絵は描けんよ。ただ、筋を考えながら、ツブミカンを育てるだけさ。あとは、新聞蝶が編集してくれる。絵や写真ってのは、そうやって刷るんだ。活字は、そうはいかない。何しろ、芋虫や蝶は、ちゃんとした綴りを知らないからね」

「あのう」

と、ぼくはおそるおそる言った。

「実は、今朝、花を出し忘れてしまったんで、新聞が来なかったんです。もしよかったら、かわりの新聞を、分けて頂けないでしょうか」

「何と」

トンスエロ親方は、自分の額を、ぴしゃりと叩いた。

「うちの新聞を、逃しちゃったのかい。そりゃあ大変だ。今日のやつを、見逃す手はないぞ、ピム坊や。トンベの森火事の話も載ってるし、泥棒小鬼の記事もある。あれを読まなかったら、時流に遅れちまうことになる」

親方の話を聞いて、ぼくはますます心配になった。もう昼近い。お父さんは、時流に乗り遅れたくはないだろう。

新聞が届かなかったとわかれば、きっと、すごく腹を立てるに決まっている。

「親方のところに、余った新聞はないでしょうか」

「うーん」

トンスエロ親方は、骨ばった鳥のような首を捻《ひね》った。

「弱ったなあ。ほら、今朝のやつは、記事がいいもんだから、ベルリン駅の売店でも、多めに注文してくれてね。全部、飛び立たせてしまったんだ」

がっかりしたあまり、ぼくの足の力は、抜けてしまった。

「全部、ですか？」

「一匹残らずだ。困ったねえ。いつもなら、ピム坊やのことだ、一匹ぐらい、分けてあげられるのになあ」

「そうですか」

ぼくは、ため息をついた。

仕方がない。家に帰って、お父さんに謝ろう。あとで、リーブルスさんのところに行って、読み終えた新聞を貸してもらってもいい。お父さんは、怒るだろうが、本を取り上げることまでは、しないかも知れない。

「残念だねえ」

と、トンスエロ親方が頭を掻いた。

「もう少し早く、来てくれればねえ。売店の追加注文の前だったら、まだ残ってたんだけど」

「すみません、無理なこと言って。でも、もういいんです」

「そうだ」

トンスエロ親方の顔が、またぱっと明るくなった。

「芋虫ならいるよ。持って行くかい？」

「芋虫、ですか？」

「そうだよ」

親方は、得意そうに、ツブミカンの畑のほうを指差した。

「ほら、ああして、ツブミカンの活字の葉を食べさせているんだ。活字を、記事の順番通りに、葉っぱに書いてやってね。そうやってきちんと食べさせれば、蝶になった時、立派な新聞が出来上がるって寸法だ。食べさせる順番を間違えると、綴りが滅茶苦茶になってしまう」

「へええ」

ぼくは、本当に驚いて、言った。

「新聞って、そうやって作るんですか」

「知らなかったかい？　それで、みんな、昨日、さなぎになるはずだったんだが、のんびりした芋虫が一匹いてね、まだ、さなぎになっていないんだ。よかったらあげるから、持ってお行き」

芋虫では、読むわけにはいかないと思ったが、せっかくの親切なので、ぼくは頷いた。トンスエロ親方は、芋虫が、なかなかさなぎになる気を起こさなかった時のためにと、活字の葉っぱも何枚かくれた。

「この葉っぱから、食べさせるんだよ。ほら、ここの端のところから、だんだん真ん中に、渦を巻くようにしてね。そうすれば、立派な新聞が刷り上がる」

「ありがとう。でも、ちゃんとさなぎになってくれるかなあ」

「うーん、ずいぶんのんびり屋の芋虫だからねえ。そうだ、この奥に住んでいる魔法使いに、相談してみるといい」

「魔法使い？」

トンスエロ親方は、笑顔で頷いた。

「会ったこと、ないかい？　気のいいおばあさんだよ。うちのツブミカンが、霜枯れ病にやられた時や何かに、いつも助けてもらってるんだ。きっと、何かいい考えを教えてくれるよ」

魔法使いか。最後の子供歯を抜いてから、魔法のお世話になったことはない。でも、お父さんの新聞のためだ、思い切って会ってみるか。

ぼくは、トンスエロ親方に、詳しい道順を教わると、木の葉の間から覗く日の高さを気にしながら、森の中を歩いて行った。

魔法使いの家は、なかなか見つからなかった。魔法使いの家というのは、たいがいそういうものだ。だって、すぐに見つかってしまうような家に住んでいる魔法使いなんかに、誰が、大事なことを頼もうとするだろう。

ぼくはもう、お腹がぺこぺこだった。昨日、お母さんが用意しておいてくれた朝御飯にも手をつけずに、慌てて飛び出して来てしまったのだ。ぼくのポケットに入った芋虫のほうは、お腹は空いていないらしい。トンスエロ親方がくれた活字の葉っぱには、見向きもしなかった。それでも、まださなぎになるつもりはないらしく、ポケットの中を、もぞもぞと探検している。

もう昼だというのに、灰色の大きなフクロウが、コブ杉の枝からぼくを見下ろして、ホウと鳴いた。

「魔法使いを知らないかい」

と、ぼくはそのフクロウに声をかけた。

きっと、魔法使いか、その使い魔の一人だと考えたのだ。

「ホウ」

と、フクロウは鳴いた。

それから、金色の大きな目をぱちくりさせると、だしぬけに喋り出した。

「知ってるよ。でも何の用だね。何かを売りつける気なら、魔法使いは外出中だし、苦情か何かなら、今病気で寝ている。郵便なら、そこに置いて行ってくれればいいし、子供歯を抜くなら、まず予約してもらう。惚《ほ》れ薬だったら、品切れだ。誰かをこらしめて欲しいというなら、そんな魔法は扱っていない。魔よけの呪文なら、わたしが代理を務めるが、とかげの目玉が欲しかったら、その先の沼地から、勝手に取ってってくれればいい。命の水は、作るのに一週間かかるし、青い薔薇《ばら》なら一ヵ月だ。さあ、何の用だね」

フクロウが、あんまり早口でまくし立てるので、ぼくは頭がぼんやりして来た。

「えーと。新聞を探してるんです」

「新聞だって？　新聞なら、来るところを間違えてる。トンスエロ親方の家は、その道を戻ったところだよ」

「ごめんなさい。そうじゃなかった」

と、ぼくは言い直した。

「新聞じゃなくて、いいえ、新聞は新聞なんですけど、つまり、ええと、のんびり屋の芋虫を、どうしたらいいか聞きたくて」

「のんびり屋の芋虫だって？」

フクロウは、首をかしげて考えこんだ。どうやら、のんびり屋の芋虫については、早口の口上を用意していなかったらしい。

「魔女は、そこの太い木の中だ」

と、フクロウはとうとう言った。

「一番低い枝を引っ張れば、入れてくれる」

それは、子供が五人がかりでも抱えきれないような、年を経た太いオオガシの木だった。魔女が住めるような大きなうろがあるのなら、とっくに枯れていてもおかしくはないのに、曲がりくねって伸びた枝には、青々とした葉をつけている。

入口らしいものは、どこにも見当たらなかったけれど、教えられた通りに枝を引っ張ってみると、幹の一部が内側に開いて、まん丸い顔をした、白髪のおばあさんが顔を出した。

おばあさんは、茶色の、変なガウンのようなものを着ていて、髪は整えられていなかった。でも、それを除けば、親切な雑貨屋のおばあさんにそっくりだった。鼻はとんがってはおらず、顔に刻まれているのは、笑い皺《じわ》らしい。小さな茶色の瞳が、キラキラと輝いている。あんまり、魔法使いのようには見えない。

「誰だね」

と、おばあさんは尋ねた。

「ぼく、ピムです」

と、ぼくは答えた。

「ほほう」

おばあさんは、首をかしげた。

「外で、フクロウに会ったかね」

「会いました」

「ほほう。じゃあ、あいつも、ちゃんと仕事をしているわけだ。あんたはきっと、あのフクロウを困らせたんだよ。中にお入り」

ぼくは、木の中に入った。魔法使いの家にしては、中はきちんと片付いていて、普通の人の家のようだった。ぐつぐつと、いやな臭いのするスープを煮立てている釜《かま》もなければ、奇妙な形をしたランプもない。小さな食卓と、座り心地のよさそうな椅子、手作りのベッドと、壁に取り付けられた薬棚があるだけだった。ごく普通に見える、菜種油のランプが、うろの天井からぶら下がっているが、ただのランプではないらしい。その光は、普通のランプ五個ぶんくらいの明るさがあった。

「どうしたんだね？」

ぼくが、立ったままあたりを見回していると、魔法使いのおばあさんが言った。

「芋虫なんです」

と、ぼくは言い、花を出し忘れたことから始めて、ここに来るまでのいきさつを話した。

「なるほど、なるほど」

まん丸い顔をしたおばあさんは、何度も頷いた。

「それで、困ってるんだね。どれ、その芋虫というのを、見せてごらん」

ぼくは、芋虫をズボンのポケットから出して、おばあさんに見せた。芋虫は、ぼくの掌の上を、もぞもぞと這い回った。

「ははは あ」

と、おばあさんは言った。

「これはどうやら、特別ののんびりした芋虫らしい。少しばかり、せわしな粉をふりかけてやらなきゃいけないだろうね」

「せわしな粉？」

「そうだよ。気が早くなる粉だ。その粉をかけられた生き物は、途端に慌て出すのさ」

おばあさんは、薬棚に向かって、骨ばった指を、棚にそって滑らせていたが、やがて、白い粉の入ったガラス罎《びん》を選び出した。

「これだよ」

おばあさんは、罎を持って来ると、それを食卓に載せ、蓋を開けた。

「芋虫を、ここにお置き」

ぼくは、のんびり屋の芋虫を、ガラス罎の横に置いた。

おばあさんは、どこからか小さな銀のスプーンを出して来て、それで、白い粉をすくい取った。

「粉の量を間違えないようにしないとね」

と、おばあさんは言った。

「たくさんかけすぎると、目に見えないくらい、速く動くようになっちゃうから」

おばあさんは、スプーンを持ち上げると、目をつぶって、ふっと息を吹きかけた。

粉は、魔法使いの息に乗って、芋虫の背中にかかった。のんびり屋の芋虫の背中が、粉で真っ白になった。

「おやおや、ちょっと多すぎたかしらね」

魔法使いの言葉が終わるか終わらないかのうちに、芋虫は変身を始めた。

まず、体が茶色くなり、ぼくの掌の上で、芋虫はのけぞるように身をそらした。そして、一瞬、霧のようなものが、芋虫の体を覆ったかと見る間に、親指よりも太く、中指よりも長い、見事なさなぎがひとつ、ぼくの手の上に転がっていた。

「すごいや」

ぼくは、思わずため息をついた。

「それを持ってお行き」

と、おばあさんは言った。

「家に着くまでには、きっと新聞になるだろうよ」

ぼくは、魔法使いにお礼を言って、オオガシの木から出ると、足取りも軽く歩き出した。

森の中を突っ切って行けば、家の前に出られる。

家に着くのは、昼過ぎになるだろうが、ちゃんと新聞蝶を持って帰れば、お父さんも許してくれるだろう。

午後には、どこかの遊び祭りに、連れて行ってもらえるかも知れない。

ポケットの中のさなぎは、じっとしていた。

さなぎなのだから、じっとしているのが当たり前だ。

ぼくは、グーグー鳴るお腹を抱えて、大急ぎで、森の中を歩いて行った。

家までの道のりの、半分も行かないうちに、ポケットの中のさなぎが、何だか動いているような気配を感じた。

どうしたんだろう。

ぼくは立ち止まり、ポケットからさなぎを出した。

さなぎは、確かに動いていた。

さなぎの背中に、白い線のようなものができて、その線が、だんだん太くなって来ている。

ぼくは驚いた。新聞蝶は、もう羽化しようとしているのだ。さっき、さなぎになったばかりだというのに、せわしな粉の働きで、もう、蝶になろうとしている。いや、あの白いものは、新聞の羽だ。なろうとしているだけではなくて、本当に、新聞蝶が出て来るのだ。

ぼくは、新聞蝶のさなぎをポケットに戻して、足を早めた。

あんまり早く、蝶が出て来てしまったら、困ったことになるような気がする。

ぼくの心配は、当たっていた。

それから、百歩も歩かないうちに、ぼくのポケットから、白い大きな蝶が飛び出した。

あんなに小さなさなぎに入っていたとは信じられないくらい、大きな蝶だ。前羽には一面から四面まで、後ろ羽には五面から八面までの、新聞記事が印刷されている。

ポケットから飛び出すと、蝶はそのまま、空に舞い上がろうとした。

苦労して、やっと手に入れたのに、ここで逃げられてはたまらない。ぼくは、大声で、新聞蝶を止めた。

「待ってよ。君は、うちの新聞なんだよ！」

「花はどこ？」

小さな女の子のような声で、新聞蝶は叫び返した。

「花はどこ？　花はどこ？　花はどこ？」

せわしな粉のせいか、この蝶は、ずいぶん慌てているようだ。

「花ならうちにあるよ」

と、ぼくは答えた。

「そんなに慌てないで、ぼくについておいで」

「花はどこ？　花はどこ？　花はどこ？」

と、新聞蝶は繰り返した。

「慌てるなって。家に着いたら、オオシロバナが出してあるから。その蜜を吸ってから、お父さんに読んでもらうんだよ」

「早く読んで」

ぼくの頭にとまって、新聞蝶は言った。

「読んで、読んで、読んで、読んで、読んで」

「ぼくは、マンガしか読めないんだよ」

「読んで、読んで、読んで、読んで、読んで、読んで」

ぼくは仕方なく、右手を伸ばして、新聞蝶の羽を摑んだ。新聞蝶は、おとなしく、ぼくの顔の前まで、下がって来た。

「読んで、読んで」

ぼくは、右前羽の裏にある、四コママンガを読んだ。

ケチンボの妖精、グウィリーが、欲ばりすぎて失敗する話で、けっこう面白かった。

「読んだ？」

と、新聞蝶がきいた。

「読んだよ」

と、ぼくは答えた。マンガを見ていて、ぼくは、少し気になることがあった。新聞蝶の羽の端が、早くも黄色くなりかけているようなのだ。

「葉っぱ」

と、今度は新聞蝶が叫んだ。

「葉っぱ、葉っぱ、葉っぱ、葉っぱ」

「葉っぱだって？」

ぼくは、ポケットを探った。

「ぼく、こんなのしか持っていないよ、ほら」

「葉っぱ、葉っぱ、葉っぱ、葉っぱ」

新聞蝶は舞い上がり、ぼくが差し出したツブミカンの活字の葉っぱに、ちょっととまった。それからまた、ばさばさとはばたきして、活字の葉っぱから離れた。

「ちょ、ちょっと待ってよ」

と、ぼくは叫んだ。

「まだ行っちゃ駄目だ。お父さんに読んでもらってないじゃないか」

せわしな粉をかけられて、大急ぎで蝶になった新聞は、返事もせずに、そのままばさばさと舞い上がって行く。

「おーい、君は、丸一日、家の中にいなくちゃいけないんだよ。どこへ行くんだ」

返事はない。ぼくは、ふいに気がついた。せわしな粉をかけられて、大変な慌て者になった蝶は、もう記事を読んでもらって、一日が過ぎたと思い込んでいるのだ。

ほんの二十分ぐらいで、芋虫からさなぎに、さなぎから蝶になってしまったので、時間の感覚が、普通とは違っているのだ。新聞の端も、もう古びて黄ばんで来ているし——。

「おーい」

ぼくは、声を限りに叫んだ。

「おーい、戻って来てくれよ」

でも、せわしない蝶には、その声は届かなかった。新聞蝶は、どんどん、どんどん上がって行って、森の樹よりも高く昇り、空に溶け込んでしまった。

どうしよう。

ぼくは、途方に暮れて、手の中の葉っぱを眺めた。葉っぱに書いてある活字は、とても小さくて、虫眼鏡があっても読めない。

これだけがんばったのに、ぼくはまた、新聞蝶を逃してしまった。

お父さんに、何と言えばいいだろう。

ぼくは、とぼとぼと、森の道を歩き出した。


ぼくは、そっと、家のドアを開けた。

「お父さん――」

「ピムか」

という、お父さんの声が聞こえた。寝室からだ。声の調子だけでは、怒っているのかどうか、よくわからない。

「お父さん、あのね」

なるべく早く、言わなくてはならないことを言ってしまいたくて、ぼくは廊下を歩きながら、声を張り上げた。

「ごめんなさい、新聞のことなんだけど」

寝室の前まで来ると、ベッドの上であぐらをかいているお父さんが見えた。

「遊びに行っていたのか、ピム」

と、お父さんは言った。

「新聞がどうした？」

ぼくは、答えるどころではなかった。びっくりして、口がきけなかったのだ。

お父さんは、新聞を広げていた。間違いなく、今朝の新聞だ。マンガの絵がちらりと見えたので、ぼくにはそれがわかった。

一瞬、さっき逃した新聞蝶かと思ったが、それにしては、ページが黄ばんでいない。

そうか。

ぼくが探しに行っているあいだに、新聞蝶はあたりを飛び回って、ぼくが遅れて出したオオシロバナの鉢植えを見つけたのだ。

何も心配することはなかった。

新聞蝶のほうで、配達先を見つけてくれたのだ。ぼくは、すっかり安心して、体じゅうの力が抜けてしまうような感じがした。

「おいおい」

と、お父さんが不思議そうに言った。

「一体、どうしたというんだね、ピム」

「何でもないよ、お父さん」

と、ぼくは答えた。新聞蝶を探した話をするのは、さすがにきまりが悪かった。朝御飯も食べず、一人で大騒ぎをしていたのだ。

「何でもないことはあるまい。確かに、おまえは、新聞のことを言っていたぞ。お父さんに話してごらん」

「本当に、何でもないんだよ」

ぼくは、ズボンのポケットに、手を突っ込んだ。すると、ポケットの中から、何かがころがり落ちた。

「これはなんだ？」

お父さんは、読んでいた新聞蝶をわきに置いた。それから、ベッドの上からかがみ込んで、床に落ちたものを拾った。

ぼくにも、何だかわからなかった。ポケットに入れていたのは、トンスエロ親方からもらった、活字の葉っぱだけだ。葉っぱは、床の上をころがったりしない。

「さなぎだ」

と、お父さんは言った。

「おやおや、それも、蝶が出て来ようとしてるぞ。どうやら新聞蝶らしい」

本当だった。さなぎの背中には、あの白い線ができている。でもどうして、ポケットにさなぎなんか、入っていたのだろう。

　首をかしげてから、ぼくは、あの気の早い蝶が、活字の葉っぱにとまっていたことを思い出した。あの時、きっと、慌てものの蝶は、慌てものの卵を生んだのだ。慌てものの卵は、ぼくのポケットの中で孵《かえ》って、慌てものの芋虫になり、慌てものの芋虫は、大急ぎで活字の葉っぱを食べ、大急ぎでさなぎになって——。

　新聞蝶は、あっという間に、さなぎから這い出した。

　お父さんは、さっそく、その新聞蝶を広げた。

　そして、口笛を吹いた。

「すごいぞ、ピム。こいつは、明日の新聞だ。ちょっとばかり、綴りが間違っているところもあるが、一体、どこで手に入れたんだね」

「トンスエロ親方に、芋虫をもらったんだ」

　と、ぼくは用心深く答えた。

「それに、活字の葉っぱもね」

「今日の活字の葉っぱだったら、明日の新聞用のやつだ。しかし、どうしてこんなに早く、蝶になったのかな」

「せわしな粉のおかげさ」

　と、ぼくは答えた。

「そのう、お父さんが、ニュースは新しいほどいいって言ってたから、森の魔法使いに、せわしな粉を分けてもらったんだよ」

「ふむふむ」

お父さんは、夢中で、最新のニュースに読みふけった。

それから、にこにこ顔を上げると、こう言った。

「よくやったぞ、ピム。午後から、遊び祭りに連れて行ってやろう。さっそく町のみんなに、明日のニュースを話してやらなければな」

「うん」

ぼくは、すっかり嬉しくなってしまって、大きく頷いた。それから、お父さんに頼まれないうちに、慌ててつけ加えた。

「でも、お父さん、また、明日の新聞を持って来てくれなんて、言わないでよ。これを手に入れるのは、ただ鉢植えを出すのと違って、とっても手間がかかるんだから！」

ダイエット・ペット——

今日のディナーは、最高だった。

房枝《ふさえ》は、満足してお腹《なか》を撫《な》でながら、コースの内容を思い出した。

前菜のサーモンとフォアグラ、海亀のコンソメ。鳩《はと》のグリル。ロックフォール・チーズ入りのサラダ。羊肉《ひつじにく》のソテー山小屋風。ライムのシャーベットに、虹鱒《にじます》のムニエル。スパイス入りのチーズ。ケーキとコーヒー。それにブランデー。おっと、食前のシェリーと、食事中のワインも、忘れちゃいけないわ。

完璧だわ。完璧なフルコース・ディナー。だいぶ、芳夫《よしお》に散財させちゃったかしら。ちょっと可哀相《かわいそう》。いつものように、ホテルへ行こうって言い出さなかったのは、お金がなくなったからかも知れないわね。思ってたより、時間がかかったってこともあるけど。とにかく、早く帰れたのは助かったわ。ホテルに行くと、芳夫、しつこいんだから。

ちょっと疲れた。今日は、シャワーを浴びたら、すぐに寝ることにしよう。

房枝は、居間のソファーから立ち上がり、縦長のドレッサーに、自分の身体《からだ》をうつして見た。

悪くない、と、自分でも思う。

短いツイードのスカートから伸びた脚は、すらりとしていて、足首がきゅっとしまっている。シフォンのブラウスをふくらませている胸はほどよい大きさで、ヒップラインも申し分ない。ちょっと前まで、肥満体で、デブとかブタとかいう陰口に悩まされたなんて、嘘《うそ》みたい。

その、お腹は——。

房枝は、注意深く鏡像を検分した。やはり、フルコース・ディナーの影響は避け難いか。ガードルをつけていても、横から見ると、ぷっくりと盛り上がっているのがわかるような気がする。

でも、心配ないわ。

房枝は、鏡に向かって微笑《ほほえ》んだ。

わたしには、ペットのルイがいるもの。

房枝は、軽く頷《うなず》くと、ソファーに戻った。コーヒーテーブルの上を、手早く片付ける。ルイの居場所を作ってやらなければならない。

背筋を伸ばして、ソファーに座り直す。頭を、少しのけぞらせる。

これでいい。

「ルイ」

と、房枝は呟《つぶや》いた。

それから、低く口笛を吹く。メロディーのない、低く長い音。それが、いつもの合図だった。

「ルイ、出ておいで」

「ルイ？」

　房枝は、首を傾《かし》げた。口笛を吹くと、ルイはその住み家で身じろぎし、それから、喉まで上がってくる。それが習慣だった。いつもなら、口笛を吹くとすぐ、お腹の中の動きが感じられる。ところが、今日はそれがないのだ。

「ルイ、どうしたの？　早く出てらっしゃい」

　もう一度、口笛を吹く。低く長い音。骨伝導で、ルイにも必ず伝わるはずの音。

　やはり、何も感じられない。

「ルイ。寝てるの？」

　房枝は、軽く自分のお腹を叩いた。

「しょうがない子ね。もう、出てくる時間よ」

　口笛。

　二度。そして三度。房枝の顔が青ざめ、不安の色が走る。

「ルイったら。ふざけないで。早く出て来ないと、承知しないわよ」

　反応はない。房枝は、今度はさっきより強く、胃のあたりを叩いた。

「ルイ、ルイ、どうしたの？　早く出て来て。お願い。もうすぐ、寝ないといけないんだから。食べ過ぎたの？　ねえルイ、ルイったら。返事をして！」

房枝は、パニックに襲われたように、ペットの名前を呼び続けた。だんだんと、彼女の声は、泣き声に近くなって行った。

「ルイ、ねえ、起きてよ、ルイってば――」


「何ごとですか？」

獣医の声は、いかにも眠たそうだった。

「こんな夜中に」

房枝は、素早い一瞥《いちべつ》で、獣医を眺め渡した。急いで着替えたらしく、ワイシャツのボタンをかけ違えていて、ズボンにベルトも通していない。背が低く、貧相な顔の上の髪の毛はぼさぼさに突っ立っている。房枝は、ただちに結論を出した。仕事外のおつき合いをしたくなる相手ではない。

「ルイの様子がおかしいの」

と、彼女は単刀直入に言った。

「おたく、二十四時間営業でしょう？　電話帳に、そう書いてあったわ」

「そりゃ、そうですがね」

獣医はドアを開け、房枝を待合室に通した。

「失礼。こんな時間に来る人は、あまり多くないんで」

獣医は、椅子を指し示したが、房枝は、のんびり座り込むような気分ではなかった。今日、あれだけのディナーを食べたのだ。時間は切迫している。彼女は腕を組み、突っ立ったまま、睨《にら》むような目で、若い獣医の顔を見つめた。

「で、どうしました？」

ひとつ、欠伸《あくび》をしてから、あきらめたように、獣医は質問した。

「言ったでしょ」

と、房枝は早口で答える。

「ルイがおかしいの。呼んでも出て来ない。それどころか、全然反応しないのよ」

「なるほど」

若い獣医は、のんびりと頷く。まだ、頭がはっきりしていないようだ。

「ルイね。いい名前だ。で、そのペットはどこに？」

「ここよ」

房枝は、自分のお腹、ツイードのスカートと、ブラウスの境い目あたりを指差した。ルイの住み家である大腸は、確かそのあたりだったと思う。

「何ですって？　そんなところ――ああ、そうか」

獣医の顔に、理解と、微《かす》かな軽蔑の色が広がった。

「お腹の中。ということは、ルイっていうのは——」

今ごろ気づいたのか、と言いたげに、房枝は激しく頷いた。

「そう、ダイエットヘビ。ねえ、早く何とかして」

「何とかって言われてもねえ」

獣医は、ごしごしと頭を掻《か》いた。

「あなたの腹の中にいるものを、診察するわけにも行かないし、人間の手術をするわけにも——大体、うちじゃ、ダイエットヘビは扱ってないんですよ。まともな医者なら、どこでもそうじゃないかな。ああいうペットは、よくありませんね。大体——」

獣医は、一旦《いったん》言葉を切り、詫《わ》びを入れるように咳払いした。それでも、言うべきことは言っておくつもりらしい。早口で、先を続けた。

「人間の腹の中で、ヘビとサナダムシのあいのこを飼うなんて、とても正気の沙汰とは——」

「余計なお世話よ」

房枝は、つんと顔をそらした。何を飼おうが、個人の自由だ。ルイは確かに、ヘビとサナダムシの性質を併《あわ》せ持っているが、別に、品評会に出したり、散歩に連れ歩いたりするわけじゃなし。誰にも迷惑はかからないんだから、貧相な顔の獣医風情に、とやかく言われる筋合はない。

「じゃあ、診てもらえないってわけね？」

「残念ながら、そのようですな」

獣医は、意地の悪い口調になって、言った。

「ペット用の虫下しでよければ、分けてあげられますが――」

「結構よ」

房枝は、憤然として、ドアの方に後退した。

「ルイを殺すわけにはいかないわ。とっても高かったんだから」

実際、ダイエットヘビは、房枝の月給の何倍もの値段だった。虫下しなんか飲んだら、たぶん、保証がきかなくなる。

「お邪魔しました」

切り口上で言い捨てて、獣医科のドアから飛び出す。

獣医は、バタンと音を立てて閉まったドアを、悲しげに頭を振りながら眺めた。

全く、最近の女の子と来たら――。

好きなものを食いまくりながら、体形だけは崩すまいっていうんだから。

ダイエットヘビ。

何てペットだ。自分の代わりに、腹の中の虫――寄生虫に食品を消化してもらうなぞ、それこそムシがよすぎる。

ルイだと？　ふん、馬鹿ばかしい。遺伝子技術だか何だか知らないが、バイオテクノロジーも、余計なものを作り出したものだ。

獣医は、頭を振り振り、大きな欠伸をした。


房枝が、次に足を向けたダイエット・ショップの夜勤店員は、獣医よりも親切だった。ダイエットへビは、かなり高価で、よほどの金持ちか、ダイエット願望の強い若いＯＬでなければ、手を出せない。つまり、房枝は、この店の、いいお得意様なのだ。

「わたしどもで、お買上げになったへビですね？」

と、夜勤店員は、欠伸ひとつ洩《も》らさずに言った。

「そうよ」

と、房枝は答えた。

「買ったのは先月。レシートはなくしちゃったけど——」

「結構でございます」

中年の店員は、ベルトにつけた鍵束《かぎたば》を外して、ダイエット食品や、へビのカラー写真を並べたショーケースを開け、銀色の笛のようなものを取り出した。それから、好色なところのないではない視線を、ちらりと房枝のスカートに向ける。

「で、今、その、お腹に――」

「ええ」

房枝は頷いた。

「今朝、会社に出かける前に呑《の》んだの。それが、さっき呼んでも、出て来ないのよ」

「ちょっと、口を開けて下さい」

房枝は、立ったまま、店員の方に顔を突き出し、大きく口を開けた。食事のあと、いつもうがいをしているので、口臭はないはずだ。

「ははあ」

ポケットから出した小型の懐中電灯で、店員は房枝の口を覗《のぞ》き込む。

「見えませんな」

当たり前だ、と、房枝は思った。懐中電灯で照らしたって、腸の中まで見えるものか。しかし、彼女は黙っていた。口を開けているので、喋《しゃべ》ることができない。

「では、ちょっと失礼」

店員は、懐中電灯をポケットに戻し、銀色の笛を、口に銜《くわ》えた。房枝の口の中に笛の先端を向けて、強く吹き鳴らす。

ぴいいいいい。

「動きはありませんか？」

わりと原始的な呼び方だ。

房枝は、口を開けたまま、首を横に振る。

お腹の中に、動きは感じられない。ルイは相変わらず、反応を示さない。

「では、もう一度」

ダイエット・ショップの夜勤店員は、さっきよりも強く、笛を吹き鳴らした。

ぴ、ぴいいいいいいい。

「今度は？」

房枝はまた、首を横に振った。やはり、大腸にぬくぬくと納まったダイエットヘビのルイは、ぴくりとも動かない。店員は、もう一度笛を吹いてから、あきらめた。

「駄目か。口を閉じていいですよ」

房枝は口を閉じ、それから喋り出した。

「どうしたのかしら。昨日までは、こんなことはなかったのに」

「どうしたんでしょうねえ」

店員は、儀礼的に首を傾げると、ダイエットヘビを呼び出すための笛を、またショーケースの中にしまい、鍵をかけた。

「うちじゃあ、ヘビたちを、ちゃんと訓練してから出荷してます。お腹の中でふんなんかしないように、口笛を吹いたらちゃんと出て来るようにね。製品検査体制も万全ですから、不良品が混在するはずはないんですが。ひょっとして、お客さん、呑むのを忘れたか、吐き出したのを忘れたなんてことは――」

「そんなこと、忘れると思う?」

房枝の言葉は、冷たかった。店員は慌てて、弁解するように両手を振った。

「そりゃまあ、そうでしょうな。だとすると、冬眠してるか、死んでるか。死んでるとなると、ちょっと厄介ですね」

「厄介って?」

房枝は、厳しい声で問い返した。

「ちゃんと、保証はしてくれるんでしょ? 確か、保証書をもらったと思うけど」

「保証はいたしますとも」

店員は、何度も頷いた。

「新しいダイエットヘビと、交換させて頂きます。ただ、そのう、もし死んだヘビが、消化されたりすると、あの、ダイエットヘビは、非常に栄養価が高いもんですから――」

「栄養価が高い?」

房枝の眉が、きりきりと上がった。

「それ、つまり、太っちゃうってこと?」

「そうですなあ」

中年の店員は、銀縁の眼鏡《めがね》を押し上げて、宙を睨んだ。

「カロリーが吸収されれば、即ち血となり肉となる。つまり、これは、一般には、太るという事態につながるわけで」

房枝は、ハイヒールで、ドンと床を踏んだ。怒りで、頭に血が昇っている。太る、という言葉ほど、房枝を苛立《いらだ》たせるものはない。中学高校を通じての肥満から、やっと脂肪除去手術で脱出したばかりなのだ。

「どうしてくれるのよ。何のために、ダイエットへビを呑んでると思ってるの？　今日だって、たっぷりディナーを食べたんだから。コーヒーにお砂糖まで入れてね。それだけでも大変なのに、ルイまで消化しちゃったら、わたしのお腹、どうなっちゃうわけ？」

店員は、また、房枝のツイードのスカートに視線を注《そそ》いだ。

「そりゃあ、膨らんでしま——いえ、その、まあ、何とかいたしましょう」

「何とかって、どうするのよ」

「ええと、どうしようかな。そうだ。こちらにおいで下さい」

店員は、房枝を店の奥に導いた。

レジの後ろの扉を開けると、そこは、飾り気のない小部屋になっていた。

房枝は、騙《だま》したら承知しない、という顔つきで、店員のあとから、扉をくぐった。

番号札をつけられたプラスティックの箱がいくつも、その小部屋には並んでいた。

「倉庫みたいね」

と、房枝が感想を述べる。

「倉庫なんです」

と、店員は説明した。

「うちの、ダイエット製品の在庫は、ここに保管してあります。ご好評を頂いている無カロリー米、ベストセラー製品の低カロリー合成肉。新発売消化防止スプレー。それに、あっちのが、お買い得自動運動装置――」

「宣伝は結構よ」

房枝は、苛々しながら店員の台詞《せりふ》を遮った。のんびり、講釈を聞いている場合ではないのだ。今、この瞬間にも、ダイエットヘビは消化されつつあるかも知れない。また、肥満体に戻るくらいなら、死んだほうがましだ。

「いやいや、決して宣伝ってわけじゃあ――ああ、これです」

店員は、スチールの棚から、黄色いプラスティックのケースを下ろし、房枝に手渡した。

「こいつは、モニター用の試供品。うちの最新作ですよ」

房枝は、手の中の箱を見下ろした。

四角くて、ちょうど弁当箱ぐらいの大きさだ。表面には、小さな空気穴が、たくさんあいている。

「なあに、これ？」

「新開発、強烈ダイエットウワバミです」

店員は、誇らしげに箱をポンと叩いた。

「消化能力は、一日四千キロカロリー。こいつなら、腹の中の食品だけじゃなくて、ダイエットヘビの死体だって食ってしまう。口笛を吹いて出てくるのは、ダイエットヘビと同じですな。フッ素樹脂加工だから、丸呑みにするのは簡単。どうです？」

房枝は、ちょっと考えた。二匹目のヘビを呑む？　もし、そっちも出て来なくなったら、どうしよう。強烈ダイエットウワバミという以上、ダイエットヘビよりも高カロリーだろう。そいつも、消化する羽目にでもなったら――。

「お金はいらないのね？」

「もちろん」

店員は、両手を大きく広げた。

「モニター品ですから、無料にさせて頂きます」

無料という言葉が、房枝の気持を決めた。

「頂くわ。今すぐに呑んでいい？」


今日のディナーも、最高だった。

房枝は、お腹を撫でながら、コースの内容を思い出した。

前菜に雲丹《うに》の冷製、グリーンピースのスープ。チーズと挽《ひ》き肉入りのラザニア。牛ヒレ肉のステーキとシェフサラダ。エスカルゴとフランスパン。アイスクリームに、苺《いちご》のタルト。みんな、とってもおいしかった。

そして、カロリーもたっぷり。でも、そっちの方は心配ない。みんな、強烈ダイエットウワバミが消化してくれるから——。素敵だわ。たいして努力しなくても、わたしは、完璧な体形を保つことができるのよ。

「フィル？」

と、房枝はお腹の中のウワバミに呼びかけた。

「フィル、出てらっしゃい」

口笛。ルイの時と同じように、低く長く。フィルはいつも、すぐに出て来てくれる。もう何ヵ月も、フィルは具合よく、お腹の中に納まっていてくれて、わたしが呼ぶと、すぐに出て来てくれた。

いつも、すぐに——。

「フィル？」

房枝の顔から、血の気《け》が引いた。

また？

まさか、また、頼りないダイエットウワバミが、食べ過ぎで死んじゃったなんて――。フィルも、ルイと同じように、死んじゃったなんて――。

「フィル、ふざけないで、早く出てきて――」

また、同じことの繰り返し？　また、前より強力なヘビを呑み込んで、そいつに始末してもらうしかないの？　大きくなるにつれて、ヘビは呑み込みにくくなるし、死んだ時の危険は大きくなる。やはり、あの獣医が言ったように、お腹の中でペットを飼うなんて、よくないことなのかしら。

フィル。わたしのダイエットウワバミ。それに、わたしのイタリア料理――。早く、身体の外に出さないと。

「フィル。出てきて頂戴《ちょうだい》。お願いだから――みんな一緒に、早くわたしの中から出て。すぐに、そこから出て来るのよ」

房枝の口笛がかすれ、声が震え始めた。

「下剤を飲んだ？」

ダイエット・ショップの店員の声も、震えていた。

「お客さん、何てことしたんです？　どうして、その前に、一言うちに相談してくれなかったんです？」

「だって、しょうがないじゃない」

膨れ始めたお腹を抱えながら、房枝は言い返す。

「すぐに、外に出さなくちゃいけなかったんですもの。あなたに相談したら、どうせ、また、ダイエットドラゴンか何か呑まされると思ったし。違う？」

「違います」

と、以前と同じ中年の店員は冷たく答えた。

「今度の試供品は、超強力ダイエットヒドラです。お客さん、それで、ダイエットウワバミは、排泄《はいせつ》されて来ましたか？」

「いいえ」

房枝は、唇を噛《か》んだ。このお腹を見れば、そんなことわかるはずでしょ。

「当たり前です」

店員は、重々しく頷いた。

「お客さん、ダイエットウワバミの説明書を読まなかったんですか？」

「ざっと、目を通しただけ」

房枝のお腹が、また一回り、膨らんだ。房枝は、恐怖の目差《まなざ》しで、自分の胃のあたりを見下ろした。

「説明書には、ちゃんと、印刷してあったはずですよ」

と、店員はかさにかかって言う。

「ダイエットウワバミをお腹に入れている時は、決して下剤を飲んじゃいけないって。縦横二ミリの活字でね」

「知らないわよ、そんなの」

房枝は、膨張を止めようとするかのように、両手でお腹を抱え込んだ。腹は既に、妊娠六ヵ月の妊婦ほどの大きさになっている。

「それで、下剤を飲んだら、どうなるわけ？　ウワバミが死んで、消化されちゃうの？」

「そんなもんじゃありません」

中年の店員は、どちらかと言うと、小気味よさそうな口調で言った。

「ダイエットウワバミは、めったなことでは死なない。ただ、下剤なんか飲むと、あなたのお腹の中の強烈ダイエットウワバミが、強烈な下痢《げり》を始めるんです。そして、取扱説明書に縦横一ミリ半の活字で印刷してあるように、ダイエットウワバミの排泄物ってやつが、また非常な高カロリーってわけでして――」

「何てこと」

まだ膨れ続けるお腹を見下ろしながら、房枝はついに悲鳴を上げた。

「強烈な下痢ですって？　わたしのお腹の中で？　おまけに、超高カロリー？　何て失礼な。どうにかならないの？」

ダイエット・ショップの店員は、悲しげにかぶりを振った。

「どうにもなりませんな。どうにも。超強力ダイエットヒドラも、強烈ダイエットウワバミの排泄物までは、消化できません。整腸剤でも飲んで、奴の下痢が止まるのを待つしかないでしょう」

「ああ、神様」

と、房枝は叫んだ。

「お願いです。何とかして下さい。もう決して、決して、お腹の中でペットを飼うなんて、不謹慎なことは致しません。お願い。助けて。誰か助けて――」


例によって、晩御飯は最高だった。

房枝は、ふくらんだお腹を撫でながら、今夜の食事の内容を思い出した。

フカヒレのスープ。若鶏と銀杏《ぎんなん》の炒め物。野菜と牛肋肉《ばらにく》のうま煮。海老のチリソース。鯉《こい》の甘酢あんかけ。蟹《かに》の四川風。紹興酒《しょうこうしゅ》とワイン。杏仁豆腐。あんまりおいしかったから、芳夫をマンションに招待しちゃった。わたしの、感謝の気持よ。

でも、もう、わたしのお腹の中には、ダイエットへビなんて不粋なのはいない。あの時は、本当にひどい目にあった。大体、お腹の中でペットを飼うなんて、不自然で不謹慎よね。

もう、わたし、そんなことはしないの。

そんなものなくても、ちゃんと体形を維持できるから。

房枝は、手早く服を脱ぎ、髪を頭の上にまとめた。

洗面所の鏡に、すらりとした上半身が映っている。房枝は、満足して自分の裸体を眺めた。悪くないプロポーションだ。ところどころに、赤い斑点が浮いているが、これも、体形を維持するためなのだから、まあやむを得ない。

浴室のドアを開け、中に入った。足許《あしもと》に気をつけながら、浴槽に身を横たえる。房枝は、楽しそうに、ペットたちに声をかけた。

「レイモンド、ビル、サイモン、ジョルジュ、元気だった？　まあ、ピーター、お腹が空いたのね。すぐに御飯にするわ、リッキー、そんなに焦らないで」

そうだ、房枝の頭に、いい考えが閃《ひらめ》いた。何も隠すことはない。芳夫に、この子たちを紹介してあげようか。みんな、お腹が空いてるみたいだし、芳夫のダイエットにもなるから、一石二鳥じゃない？

紹興酒の酔いも手伝って、房枝は少し大胆になっていた。

「芳夫」

と、彼女はドアに向かって呼びかけた。

「何してるの？　入って来てもいいのよ」

「本当？」

嬉しそうな声が、浴室のドアごしに聞こえる。ここんとこ、ずっとお預け食わしてたからね、と、房枝は微笑んだ。あんなに喜こんじゃって、可愛《かわい》いとこあるじゃない、芳夫も。

ドアの外で、芳夫が大慌てで服を脱ぐ気配が伝わって来る。ネクタイを取り、シャツのボタンを外し、袖を抜く。それから、ズボンのベルトを――。

焦ったら、かえって時間がかかるのに、と、房枝は思った。

「入るよ」

弾《はず》んだ声とともに、浴室のドアが開いた。

「嬉しいな。房枝。君は本当に――」

浴室には、湯気はなかった。房枝の裸体を見た途端、芳夫の顔が強ばり、歪《ゆが》んだ。

「うわあ」

と、彼は叫んだ。

「うわ、うわ、うわ、うわーっ」

芳夫は、半ばはうように、後じさりに浴室から出、そこにあった衣類をかき集めた。それから、最後に一声、狂ったような悲鳴を上げると、靴を履くのも忘れて、房枝のマンションから飛び出して行った。

「変な人」

と、房枝は呟いた。

「せっかく、うちに招待してあげたのに。その上、お風呂にまで、一緒に入ってあげようってのに。一体どうしちゃったんだろう。ねえ、ジョルジュ」

房枝は、さっそく脇腹に取りついて、さかんに食事を吸い込んでいるジョルジュをつまみ上げた。

「お腹の中に、ペットを飼うなんて、もっての外だわ。こっちの方が、よっぽど健康的よ。わたしが思いついて、あのダイエット・ショップに特注しただけのことはあるわ。ねえ、レイモンド、そうでしょ？」

房枝は、灰色のペットたちが、自分の白い裸身に取りついて、食事を楽しんでいるのを、目を細くして眺めた。房枝の身体から、何百もの蠟涙《ろうるい》のようにぶら下がったペットたちの体は、次第にきれいな桜色に染まって行く。

これでもう、ダイエットは大丈夫。

この子たちがいるんだから。口笛を吹くたんびに、ちゃんと出てきてくれるかしらと、心配する必要もない。この子たちは、わたしの口笛の合図で、食事をやめるの。もし、どこか具合が悪くて、口笛が通じなくても、別に心配はない。この子たちは、ただ、いつまでも食事を続けるだけだから。ダイエットへビみたいに、失敗して太ってしまうことはないわ。この子たちが言うことをきかなければ、わたしは、どんどん、どんどん痩《や》せることになるだけなんですもの。

「いい子たちねえ」

と、房枝は夢見るような声で呟いた。全身の、ちくちくする痛みも、最近では、むしろ心地好い。房枝は、うっとりと目を閉じ、身体の力を抜いた。

ペットは、やっぱり身体の外で飼うほうがいいわ。

わたしが遺伝子合成をオーダーした、この三百二十六匹の、脂肪／血液吸引蛭《ひる》ちゃんたちみたいに、ね。

公聴会

「これはもちろん、正規の裁判などではありません」

と、白髪の、上品な顔をした弁護士が言った。

「単なる公聴会であり、製造者であるあなたが、消費者と語り合うための場なのです。互いに本音で語り合い、どこに問題があるのかを探る。それだけです。いいですね」

「しかし――」

神は、困惑した顔を上げた。

「どうして、わたしがこのような場に呼び出されなければならないのか、さっぱりわからない。わたしは、何も悪いことをしたわけではないし、欠陥品を彼らに押しつけたわけでもない。わたしは、長年にわたって、優れた製品を提供し続けて来た。もし、問題があるとすれば、それは、使用法を誤った消費者の責任だと思うのだが」

「いやいや」

白髪の弁護士は、悲しそうにかぶりを振った。

「あなたは、製造物責任の原則を理解しておられない。いいですか、最近の判例によれば、あなたのようなメーカー、つまり製造者は、無過失でも、責任を負わなければならないのです。メーカーは、消費者に比べて強い立場にある。従って、消費者の安全、健康、財産を守るために、あらゆる手段を講じる必要があるのです」

「わたしが、強い立場にあることはわかる」

と、神はしぶしぶ同意した。

「ところで、あなたが、先日話してくれた例のことだが、正直言って、わたしはいまだに理解できない。どうして、猫を電子レンジになぞ――」

「そこですよ」

弁護士は、神の肩に優しく手をかけた。

「あの消費者は、電子レンジで、濡れた猫を乾かそうとしました。消費者全てに、電子工学の高度な知識を期待するのは間違いなのです。電子レンジの原理やマイクロウェーブの作用について、あらゆる消費者が、知り得る立場にあるわけではない。従って、製造者である家電メーカーは、消費者に対して、猫を電子レンジに入れた場合に発生し得る危険について、あらかじめ警告しておく義務があるのです」

「猫を電子レンジに入れたら、黒焦げになる場合がある、ということをかね？」

「その通りです。これは、アメリカ合衆国で、実際にあった事例なんですよ。実際に、製造物責任訴訟が提起され、家電メーカーは敗訴しました」

神は、鼻を鳴らした。

「じゃあ、犬はどうなんだね？」

「もちろん、犬を電子レンジに入れた場合に起こる危険についても、警告する必要があります」

「馬は？」

弁護士は、白い頭を傾けた。

「馬ね。通常、馬は、電子レンジの中に入るとは思えませんが。まあ、馬の前脚、後脚、頭部、尻尾《しっぽ》等については、警告しておくべきだと考えられますね」

「そんなことをしたら――」

神は、両手を広げて、肩を竦《すく》めた。

「あらゆる商品の取扱説明書は、百科事典なみの厚さになってしまう」

「もちろんです」

弁護士は、デスクの引き出しから、分厚い法律書のように見えるものを取り出した。

「これは何だと思います？　わたしの、デジタル式腕時計の取扱説明書ですよ。何でも書いてあります。腕時計のバンドで崖からぶら下がった場合の危険性についてや、竜頭《りゅうず》で歯を磨いてはならないということ、それに、水に濡れても、オーブンの中で乾かしたりしてはいけないこと、なんかを含めてね」

「それだけ書いてあれば、どんな消費者にも充分だろう」

少しばかり皮肉な口調で、神は言った。

弁護士の悲しそうな顔が、さらに翳《かげ》った。

「不幸にして、充分ではありませんでした。本棚に置いた取扱説明書が落下して、頭を怪我《けが》した男が、メーカーを訴えたんです。取扱説明書の取扱いについて、何の警告も受けていなかったという理由でね。もちろん、腕時計メーカーが敗訴しましたよ」

神は、あきれ返って、頭を振ることもできなかった。

「そして君は、わたしも提訴され、負けるだろうと思っているんだね？」

「まだ、わかりません」

と、弁護士は、相手を慰めた。

「今日の公聴会の出来如何《いかん》だと思っています。運がよければ、訴訟は起こされずに、示談か何かで済むかも知れません」

だが、弁護士の顔は、彼が本当はどう思っているかを物語っていた。訴訟は提起されるだろうし、神に勝ち目はないと思っているのだ。

「わかった」

と、神は言った。

「とにかく、やってみよう」

「それでは、消費者代表団の方からの意見及び質問を受け付けます」

と、壇上に立った弁護士は言った。

「発言されたい方は挙手を。はい、そちらの眼鏡をかけた方」

「おれは、三十年近くにわたって、神の製品を使って来た」

と、若い男が話し始めた。

「自分の身体《からだ》だの地面だのをな。でも、はなっから、取扱説明書なんてものは、見たこともないぜ」

「そんなはずはない」

弁護士の、とがめるような視線を無視して、神は弁解を試みた。

「基本的な注意事項は、いつでも閲覧できるようになっていたはずだ」

「あれのこと?」

若い男の隣に座っていた、乱れた服装の女性が、黄色い声を張り上げる。

「あの、十項目っぽっちの取扱説明書?」

「十戒だ」

と、神は弱々しく訂正したが、誰も聞いている者はいなかった。女性が、言葉を続けた。

「あんなもの読んで、わかると思う? あたしの弟は、ヘロインの打ち過ぎで死んじゃったわ。あの説明書に、ヘロイン打ったら駄目なんて、書いてあったっけ」

　そんなことは自明の理ではないか、と、神が言い始めるのを待たずに、若い男がまた話し始めた。

「だいたい、あの旧約聖書って奴、おれの近所じゃあ、学校と図書館にしかなかったぜ。今どき、誰が、わざわざ図書館まで行くって言うんだよ」

「説明書の書式も、充分ではありませんでしたな」

　発言者の後ろから、禿頭《とくとう》の紳士が口を挟んだ。

「取扱説明書は、少なくとも英語、スペイン語、中国語、ドイツ語、フランス語、日本語、ロシア語で併記されねばならない。しかるに、あれは――」

「各国語に翻訳されているはずだ」

　と、神が口を挟んだが、またしても黙殺されてしまった。禿頭の男は、冷静に、自分の発言を終えた。

「確か、ヘブライ語じゃありませんでしたかな、石に刻まれた原典は」

「そんなことは――」

　白髪の弁護士が、黙っていろと言うように、神に向かって手を振った。

「地球がこんなになっちまったのだって、メーカーの責任だ」

　別の男が、発言許可も求めずに立ち上がった。

「地球をどうやって管理すべきかってことも、われわれは一切知らされていなかった。だから、廃液を垂れ流したり、オゾン層をぶち壊したり、炭酸ガスをばらまいたりってことになったんだ。原発と核実験について、十戒に何か書いてあるかい？」

「そうよ。そういったことを警告しておくのは、メーカーの責任だわ」

「それどころか、メーカーは、消費者を騙《だま》そうとしたんだぜ」

と、さっきの若い男が言い出す。

「よくわからないが、どうも神は、地球が平らだというイメージを、消費者に植え付けようとしたらしい。こりゃあ、とんだぺてんだ」

「おかげで、地球の正しい使い方を思いつくまでに、長い時間がかかったんだわ。重力の働きなんてことまで、あたしたちは自分で発見しなくちゃいけなかった」

「諸君」

神はついに、発言の機会をとらえた。

「諸君は、造物主、つまりメーカーとしてのわたしの責任を訴えるが、わたしは、諸君に物を売った覚えはない。見返りを求めた事実は、一切ないのだ。諸君は、無償で与えられた事物に対して、わたしの責任を問うのかね？　それは、少しばかり、身勝手というものではないだろうか」

神は、公聴会に集った何百何千という人々の顔を眺めわたした。怒った顔、悲しげな顔、当惑したような顔――神に見据えられた顔には、少しばかり畏《おそ》れと恥じらいの色が浮かんだように見えた。

「ナンセンス」

と、ジーンズ姿の若い男がわめいた。

「ロハだからって、メーカーの責任がなくなるもんじゃないだろ」

若い母親が、目を伏せたままで立ち上がった。

「あなたは、小さな子供たちにとって、もっと安全な世界を造るべきだったと思いますわ。私の五歳の娘は、変質者にいたずらされて、殺されたんです」

神は、優しい視線を、その母親に送った。

「それは、わたしのせいではない。あなたがたみんなが背負った、罪によるものだ。わたしが、あなたがたの祖先を、楽園から追放した時――」

「そこで、まず、製品の欠陥が露呈するわけだ」

瘦《や》せた小男が、神の御言葉を遮《さえぎ》った。

「第一に、楽園には、禁断の果実なんてものがあったし、第二に、誘惑する蛇がいた。こういった危険なものを放置しておくとは、管理者として無責任極まるんじゃないのかね」

「わたしは、諸君の先祖に、誘惑に負けるよう、勧めたりはしなかった」

神は、心底から当惑した。

「あれは言わば、諸君が、自ら招いたことだ」

「ナンセンス」

と、さっきの若者が反論する。「あんた、全能なんだろ。だったら、どういうことになるか、最初からわかってたはずだ。つまり、あんたは、人間に食わせるために、あの果実を置いたんだ。おれたちじゃない。あんたが招いたことだよ」

「だいたい、失礼です」

きりっとしたスーツを身につけた、キャリアウーマンといった感じの女性がつけ加える。「男の肋骨《ろっこつ》から、女を作るなんて。手抜き工事と言われても、仕方ないんじゃないですか」

「洪水の時だってだね。あんたは、まずいことになると、ただ雨を降らせて、何万という人間を殺戮《さつりく》したんだ。ただ、あんたの言葉に耳を傾けなかったという理由だけで」

「ひどい仕打ちだ」

「全くだよ」

非難の声があちこちから沸き起こって、たちまち、誰が何を言っているか聞き取れなくなった。神は、身をすくませることもなく、ただ、人間たちの非難に耐えた。

「それで」

やがて、それ以上聞いていられなくなると、神は、朗々たる声を張り上げた。

「諸君は、わたしに、製造者としての責任を取らせようと言うのだね？　わたしが、人体や、天地や、他の動物たちについて、正しい使用法を説明しなかったという理由で」

「製造者としてだけじゃない」

　と、禿頭の紳士が言った。

「使用者として、あなたには十字軍や、異端審問官や、他の戦争犯罪人たちの行為に責任がある。また、管理者として、楽園の維持運営に疎漏があったこと、数々の天変地異に対し、何らの対策を講じなかったこと――」

「わかった」

　神は、片手を上げて、紳士の言葉を遮った。

「その、全てについて、責任を認めよう」

「駄目です」

　白髪の弁護士が、壇上から悲痛な声で叫んだ。

「さっきも言ったように、今日はただの公聴会で、裁判の場ではありません。しかし、公の場で、全面的に責任を認めるなど、言語道断――」

「裁判などくそ喰《く》らえだ」

　神はうんざりしたような顔で、瀆神《とくしん》的な悪態をついた。

「弁護士君、製造物責任者は、普通、どういった償いをするのだね？」

「えー、しかし、今、そのようなことは」

「答えたまえ」

神の声には、有無を言わせぬ響きがあった。何しろ、相手は神なのだ。正規の弁護士といえども、その言葉には逆らえなかった。

「あの、まあ、そうですね。程度にもよりますが、危険度が高い場合には、市場から全ての製品を回収し、さらに、被害者に賠償を――」

「わかった」

と、神は言った。その顔つきを見て、誰かが高い声で悲鳴を上げた。

「わたしも、そうすることにしよう」

神は、手を一振りすると、ただちに、全ての製品を回収した。あらゆる物の造り主である神が、一瞬にして、全製品を回収したのだ。

誰もいなくなった。何もなくなった。公聴会場も、そこを埋める消費者たちも、前の高層ビルも、高速道路も、地面も、空も、風も、全てが、一瞬のうちに消え失《う》せた。光さえも。

神は、次に賠償を行なおうとして、賠償すべき相手が、誰も残っていないということに気づいた。

神は、仕方がないなというように、ゆっくりとかぶりを振った。

もうこりごりだ、と思う。メーカーには、常に、不条理な責任がつきまとうものらしい。造物主などという割に合わない仕事は、これっきりにするとしよう。

その代わりに――そうだ。食いっぱぐれのない、いい職業がある。

今度は、弁護士でもやってみるとするか。

オーバードーズ

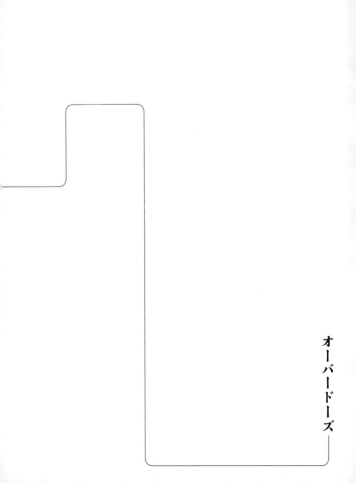

「くそっ、何て臭いだ」

「ひでえな」

「ひでえよ。こりゃ、垂れ流しだぜ」

「垂れ流しだ。旦那《だんな》はどこかな」

「あっちだろう。奥の部屋だ。ぷんぷん臭ってくるじゃないか」

「きっともう、ホトケ様だぜ」

「たぶんな。何日出て来ないって？」

「丸四日。よくもまあ、それまでほっておいたもんだ」

「今日び、気がつくほうが珍しいよ。親兄弟だって、この街じゃ他人なんだから」

「わざわざおまわりを呼ぶなんざ、見上げたもんか？」

「見上げたもんだ。ほら、開けるぞ。うえっ」

「おえっ」

「こいつだ。ひゃあ、何てこった。ゲームマシンをつけっ放しだぜ」

「おい、起きろ、おい、死んでるのか？」

「こいつ、自分でマシンを改造してやがる。違法改造だ。もし死んでなきゃ、パクるべきだな」

「こいつ、まだ生きてるぜ」

「それじゃ、パクろう。見ろよ、ゲームの進行速度を滅茶苦茶に上げて、自動停止装置を切ってる。あのインターフェース・メットは何だ。わーお、スピードハットだ。脳神経刺激ブースターだ。懲役五年はかたいぞ。権利を読み上げてやれ」

「待てよ。それどころじゃない。パクるより前に病院だ。ほっといたら、こいつ、ほんとにくたばるぞ」

「ゲームマシンのスイッチを切ろう」

「駄目だ。こいつの脳みそは、インターフェース・メットでマシンに直結してる。一千万倍速で、ゲームに没頭してるんだ」

「じゃ、切ったら死ぬか」

「死なない。廃人になる」

「くそっ。こいつらはみんな同じだ。何だってこんなアホな真似《まね》をするんだろう」

「刺激が欲しいのよ。シミュレーション・ゲームは人生よりも刺激的だ。電子の囁《ささや》きは蜜のように甘い」

「詩人め。このマシンごと運ぶのか？」

「いや、コードでも外れたらやばい。救急隊を呼んだほうがいいだろう」

「呼ぶよ。責任転嫁は得意だ。それに、こいつはどえらく臭い」

「シミュレーション・ゲームの過剰摂取だと言ってやれ。何だかそれ用のガラクタがあるはずだ」

「了解。こいつ、病院に行ったら助かるかな」

「多分、植物人間だ。早く連絡しろよ」

「はいはい。全く、ゲームってのは、そんなに面白いのかね」


「この国にはびこるゲーム熱を、何とかしなければなりませんな、大統領」

「全くだ。国防大臣、SS／670ミサイルの配備は完了したのかね」

「海峡地帯への配備は完了しました。北洋艦隊のうち数隻が、今、ドック入りの順番を待っております。一両日中には、積み込みが終わるでしょう」

「昨日も、ゲームのやりすぎによる死者が出ました。これで今月は二十人目です。脳が焼き切れるようなゲームは、危険すぎます。もっと取り締まりを強化しなくては」

「そうしてくれ、検察庁長官。どんなゲームが流行《はや》っているのだ？」

「大規模な戦争ゲームです。特に、闇ルートで出回っているやつは、とんでもない代物のようです。何千人というキャラクターを操って――」

「キャラクターとは何だね？」

「ゲームの登場人物です。そいつを操って、世界大戦を戦うのです。それも、まず戦争の種を蒔《ま》くところから始めるらしい。大変複雑なゲームですよ」

「そんなものを、一人でやっているのかね、近頃の若者は」

「そうです。脳に負担がかかるので、ドラッグや刺激装置を使います。思考速度を何万倍にも高めるわけですね。これを何時間も続けると、脳がいかれてしまう」

「理解できんな。自殺するようなものではないか。外務大臣、何か変わった動きはないかね？」

「砂漠地帯の動きが不穏ですな、大統領。五課の特務員の報告によると、物資の移動が活発化してます」

「軍需物資か？」

「まずは食糧品と人員です。機械化部隊は、まだ動いていません」

「北方国境への監視を強化しろ。それから、外交ルートで、柔らかめの非難を。いつものように、どうにでもとれるやつだ。それでいて、相手の痛い腹を探るような。頼むぞ。ええと、国防大臣？」

「はい」

「空艇《くうてい》師団を待機させろ。砂漠地帯に一番近い空軍基地は？」

「サン・バラーディアです。三十分で二個師団を送り込めます」

「よし」

「海峡艦隊を北上させますか？　海兵隊の揚陸舟艇《ようりくしゅうてい》なら、ピラド湾から侵入できます」

「準備してくれ。何か言ったかな、検察庁長官」

「取り締まり予算を。違法ゲーム機撲滅のためには、専門家の助けがいります」

「ゲーム？」

「戦争ゲームですよ。さきほどから申し上げている通り、精巧な疑似体験ゲームです。何世代にもわたって、主人公を成長させ、仲間を増やし――」

「許可する。全く、最近の若い連中は、何を考えているんだ」


「どこまで行った？」

「青銅器時代。もうちょいんとこで、やられちまってよ。またやり直し」

「セーブしてんだろ」

「うん、ステージは。だけど、キャラが死んじまったら、いったん知恵と経験がゼロに戻るじゃん。もう一度成長させることを考えると、うんざりだね」

「早いよ、二度目は。潜在能力が蓄積されてるから。何ポイント？」

「潜在知識14300に、潜在経験値37600。でも楽じゃないよ。だって、ほら、味方キャラは、一人や二人じゃないんだぜ」

「何人死んだの？」

「ざっと五百人。あーあ、おれもブースター使おうかな」

「やばいよ、ありゃあ。おれのクラスで、先月一人死んだ。噂《うわさ》じゃ、最終ステージの終わり近くで餓《が》死《し》だと」

「ストッパー切ってたんだろ。休みなしにやろうとするからだよ。ヒトシなんか、うまくやってるぜ。ブースターだけ使って、もう最終ステージまで行っちゃった」

「ブースターだけでもやばいよ。あれ、頭バカになるんだから」

「嘘《うそ》よ、そんなの。ほんとにやばいのはストッパーさ。あれ切ると、すごい雰囲気になるって」

「それで、終わりたくても終わらなくなるんだろ。最終ステージのどんづまりに行くまで。ちょっとドジ踏んでみろよ、帰って来られなくなる」

「そうそう。そこまでやる気はねえよな」

「ああ。ゆっくりやるのが一番。ジョイみたいにさ。聞いたか？」

「何を？」

「ジョイな、まだ原始時代を抜け出せないらしいぜ。キャラが、棒の使い方を憶《おぼ》えられないんだと」

「あいつらしいね」

「そうだろ。きっと、石を使いこなす前に棒を持たしたんじゃないかと思うんだ」

「だな。そのうえ、棍棒《こんぼう》に石つけたりして。あせりすぎなんだよな、あいつ」

「そうそう。もっと冷静にやらにゃ。熱くなっちゃ駄目だよね」

「そうそう。じゃあ、おれ、これからゲームだから」

「ああ、がんばれよな」

「うん。あのさ」

「何だよ」

「ひょっとして、知らないかな。どこで、ブースターが手に入るか」


「駄目だな、こりゃ」

「そのようですね」

「駄目だ。何てヘルメットだ、これは」

「スピードハットです」

「知ってる。質問したんじゃない。何てひどい代物なんだと言っとるんだ」

「非常にひどい代物です」

「ありがとうよ、教えてくれて。とにかく、この状態では、どうにもならん。全ての脳細胞が興奮しておる。手術もできんし、機械を止めるわけにもいかん。どうしたらいいもんかね」

「どうしようもありません」

「その通り、その通り。この馬鹿《ばか》は、自分でも、そろそろゲームとやらをやめたいと思ってるんじゃないかな。だが、かわいそうにそれができん」

「できません」

「だから、とにかく点滴を続けて、待つしかないな」

「何を待つんですか？」

「おやおや、他ならぬ君から、質問を受けるとは思ってもみなかったよ。決まっとるじゃないか。このゲームとやらが終わるのを待つんだ」

「終わるんでしょうか」

「運がよければな。それにこいつが、自分で思っとったほど、このゲームの達人であれば、だが」

「難しいですよ」

「難しい？」

「ええ、このゲームです。今まで、最後のステージを終わらせた人はいないそうです」

「やれやれ、まさか、お前もゲームをやるというんじゃあるまいな、え、そうなのか」

「昔。学生時代に。今はやってません。時間がないから」

「全く。何てゲームだ、これは」

「ハルマゲドンです」

「何だと」

「ハルマゲドン。ゲームの名前ですよ」

「質問したんじゃない。ひどいゲームだと言っとるんだ。ほんとに、一体誰が、こんなものを作ったんだろう」

「ビーダ・メッシンジャー・ジュニアです。作者はね。もう死んでますが」

「何てこった。待て、いや、答えんでいいぞ。答えるな。いやはや、わしは何ちゅう部下を持ってしまったんだ」

「はい、私の名前は——」

「ええい、答えるなったら！」


「大統領、公安予算を下さい」

「公安予算だと？」

「ゲーム取り締まりに反抗する若者たちが、各地でデモを行なっています。今の人員では、鎮圧のための広域展開は無理です」

「何てことだ。この重大な時期に。学生たちは、どういうつもりなんだ？」

「大統領、敵戦闘機が、東方海上から侵入して来ました」

「確認情報か？　国防大臣」

「間違いありません」

「偵察機ではないのだな」

「空対空ミサイルを搭載し、爆装していました」

「交戦したのか」

「空軍のロードバット編隊が海上で交戦し、空対空ミサイルで見事撃墜しました、大統領。わが方の損害はゼロです」

「嬉《うれ》しそうに言うな。これは事実上の宣戦布告だぞ」

「学生たちが、大統領」

「学生などほっておけ？　交戦準備だ、国防大臣」

「はっ」

「通常戦を想定。北洋艦隊に打電。公海上で敵艦と遭遇した場合は、警告の上、発砲を許可する。海峡附近の空軍基地から、短距離戦闘機をスクランブルさせろ。索敵開始だ。静止衛星の遠隔兵器を活性化。わかったか」

「ミサイル基地群に待機を命じますか」

「いい考えだ。戦略空軍に連絡。司令部を地下に移す」

「ゲーム機の取り締まりは――」

「そんなことを言っている場合か、検察庁長官。これは戦争なんだぞ」

「しかし、学生たちは武装しています」

「しかしもかかしもない。たった今から、戦時体制だ。くだらないことに費やす時間はない」

「大統領」

「何だ」

「気を悪くされると困るんですが、何だか楽しそうですな」


「どこまで行った」

「やっと一回目の大戦が終わったとこ」

「やったじゃん」

「まだまだ。ここまでは誰でもうまくいくんだよな。単純な戦争だもん。これから経済操作をしなくちゃいけないし、二回目からが難しい」

「そうだよな。近代戦は、簡単にはいかないよ。回避圧力が強くなって来るし」

「暗殺なんてのもある」

「D組のダノンなんか、もう三回も暗殺されたって言ってた。キャラが生まれ変わるたんびに暗殺されるんだ」

「暗い時代だな」

「だから有望なんだってさ。来月までには、きっと世界を壊滅させるって」

「おっ。一番乗りを狙ってるな。負けてたまるか」

「あれまあ。お前もか」

「何のために、ブースター買ったと思う？　わが青春の記念碑よ」

「記念碑はいいけど、死ぬなよな」

「死んでも早く進んだほうがいい。潜在経験値が増えるし。そりゃ、生まれ変わったら子供に戻っちゃうから、また何年も成長させなきゃならないけど」

「そうじゃないって」

「え？」

「本当に死ぬなって言ってんの。ブースターには気をつけろよ」

「大丈夫さ。ストッパー切らない限り」

「危ないよ。オークラなんか、こないだ入院した」

「だからさ、ストッパー切るから、オーバードーズになるのよ。馬鹿なんだよね。ところで、お前」

「何だい」

「ひょっとして、交感神経刺激剤持ってない？」

「興奮してるな」

「興奮してます」

「そろそろ、終わりに近づいているのかも知れん」

「そうかも知れません」

「うまくいくことを祈るよ。うちだって、ベッドが余っているわけじゃないんだ。こんな馬鹿のために、いつまでも手間はかけられない」

「でも、保険に入ってますから」

「そう、健康保険が諸悪の根源だ」

「あれはいけません。保険料が高すぎます」

「そうじゃない。医療を画一化するからいかんと言ってるんだ。病院はスーパーマーケットではない」

「確かに、日用品は売っていません」

「今や似たようなものだよ。感冒用医療セット一式。心臓外科手術パック。その他いろいろ。どこの病院で買っても、大差はない」

「なるほど」

「そのうち、医者なんかいらなくなる。医療技術者がいれば充分だ」

「まだ興奮してます」

「誰が。このわしが興奮してるとでも？」

「クランケですよ。ほら、このグラフを見て下さい」

「ふむ。今度こそ、目を覚ますかな」

「今度こそ、目を覚ますでしょうか」

「あまり期待はできんな」

「あまり期待はできません」

「いやはや、この嫌らしい機械を見ろ。自分の脳みそをゲームマシンに転用しとるようなものだ。恥ずかしいと思わないのかな」

「思わないでしょう。これも流行です」

「脳みそを腐らすのがか」

「ゲームマシンとリンクするのがです。疑似体験は非常に精巧なものだそうですよ」

「シミュレーションはシミュレーションに過ぎん。シミュレーションで飯が食えるか」

「食えます」

「栄養がつかんだろうが。シミュレーションで女が抱けるか」

「抱けます」

「子供ができんだろうが。全く、何て世の中だ」

「ひどい世の中です」

「同感だ。こいつは、目を覚まさないほうがいいのかも知れんな」

「目を覚ましたいはずです」

「こんな世の中でもか？」

「こいつはゲーム時間で、何万年間もプレイしてます。何度も何度も生まれ変わってね。もう、完全に飽きがきてるでしょう」

「わしだって、飽きがきてるよ」

「ゲームにですか？」

「そう。人生とかいう実ゲームにな」


「とうとう、こんなことになってしまったか」

「やむを得ません、大統領。仕掛けて来たのはあちらです」

「どちらが仕掛けたとも言えんよ、国防大臣。とにかく、こんなことを始めるべきではなかった」

「しかし、始まってしまった」

「あるいは、始まるべくして始まったのかも知れんな。われわれは、この日のために準備を重ねて来た」

「何十年にもわたって、ですね」

「いや、何世紀にもわたってだ。よくわからないが、これが目的だったのではないかという気がする」

「どういう意味ですか、大統領」

「忘れてくれ。疲れているんだ。ただ、ある意味でほっとしたような――。このボタンを押して、戦略空軍に司令を出せば、全てが終わるような」

「確かに、全てが終わります」

「それが、重荷を下ろすということなのかも知れん。人類は、長い道のりを歩んで来た。長すぎる道のりを」

「はあ？」

「気にするな。キイを持っているか？」

「はい」

「では、そろそろ始めよう。いや、終わらせようと言うべきかな」

「大統領閣下」

「何だね、検察庁長官」

「連中が、地下司令部に侵入して来ました」

「連中とは誰だ」

「若者たちです。ゲームマシンを取り上げられて逆上した」

「聞いたか。国防大臣。空に死の鳥が飛び立とうとしている時に、人類が滅亡のふちに立っている時に、ゲームマシンを返せというデモ隊だそうだ。これは笑えるぞ」

「笑いごとではありません、大統領。彼らは武装しています。上の階は、既に制圧されています」

「武装だと？　ははあ。これが最後のどんでん返しか。もっと早く、連中を始末しておかなければ、このステージは終わらないというわけだな」

「大統領、今何と？」

「何でもない。世界は簡単には滅びないということだ」

「あっ。誰だ」

「メッセージを持って来た。受け取れ」

「何をする」

「わっ。誰か、誰か大統領を」

「大統領」

「大統領！」

メイン・キャラクターが死亡しました。
停止ルーチンが活性化されていません。
このゲームは自動継続します。
キャラクター死亡時経験値：198700
体力：334200
知力：112000

「まあ、可愛《かわい》い」

「女の子ですって？」

「元気そうね。こんにちは、おばちゃんでちゅよう」

「あら、泣いちゃった。こわいのかしら」

「ほらほら、ばばばばあ。よちよち、うばうば。よく泣くこと。元気な証拠よ」

「泣くのがお仕事」

「ほんとによく泣くなあ。どうして赤ん坊って、こんなに泣いてばっかりいるのかな」

「こんな世の中に生まれてきちゃったからだろ」

「またおじいちゃんはあんなこと言って」

「でもそうかも知れないよ。お母さんのお腹《なか》にいるほうが、楽に決まってるもの」

「考えてみたら大変よね。これから何年も何年も、いろんなこと憶えて、学校行って」

「おれだって、やり直せって言われたら嫌だものな」

「そうしたら、これぐらい泣く？」

「そりゃあ、泣きたくなるさ」

「もう。みんな変なことばかり言うんだから。ほら、お腹がすいたのよねえ。よちよち、よちよち」

国境の南

「中身は何？」

『運び人』セジは、丁寧《ていねい》に油紙で巻かれた包みの重さを、片手で量りながら尋ねた。

「ジャムと砂糖」

黒い丸帽と、古びた褐色のトーガを着た、職人らしい客は、落ち着かない様子で答える。この店に来るのは初めてで、少し緊張しているらしい。

「それに、手紙だ」

「送り先は？」

「あんたには関係なかろう」

セジは肩をすくめた。

「武器なんかを送られると困るんでね。危険分子宛《あて》の手紙も駄目だ。陰謀の相談でもされては、大目に見てもらえなくなる」

客は、胸から紙紐《かみひも》で下げた木製の護符に、節くれだった指で触れた。

それから、観念したように答えた。

「家族だ。女房と娘。もう五年も会っていない」

セジはうなずいた。

「別れ別れか」

「五年前の洪水だ。家が流された。生きてるだけでも幸運だった。おれはシーゲル様のところの仕事に出ていた。岸近くに家を建てたおれが間抜けだったのさ」

「あの年の洪水はひどかった。神の思《おぼ》し召しだ」

セジは、両手の中指を額に当てた。客も、彼の動作にならった。

「神は王を定めたまい、住む国を定めたもう」

「水と血と、日々の幸を与えたもう」

「栄あれ」

「栄あれ」

セジは、油紙の包みを、胸の高さのテーブルに置くと、ガチョウの羽根で作ったペンで、草紙に宛先を書きつけた。

「二百二十ダカドだ」

「高いな。確かに、向こう岸に届くのか」

「届かなければ、金《かね》は返す」

客は、十一ダカド銀貨を一枚ずつ数えながら、テーブルの上に置いていった。二百二十ダカドと言えば、一月ぶんの職人の手間賃より多いだろう、と、セジは思った。それを考えれば、高い。だが、サダの店で『貴婦人』たちを相手にすれば、一晩で飛んでしまう金額である。

「いつごろ、届く？」

セジは、戸口の外に顎をしゃくった。

「天候次第だ。そろそろ降るとは思うがね」

「ジャムに黴《かび》が生える前に。大丈夫なのか」

「空に聞いてくれ」

客は、セジが銀貨をしまいこむのを、無表情な目で追った。

「あっちに届いたとしても」

怒ったような口調で言う。

「誰か別の奴《やつ》が、横取りするようなことは？　それでは、何にもならない」

「そこのところは大丈夫だ」

ペンを骨のインキ壺《つぼ》に浸して受取を書きながら、セジは答えた。

「あっちに、同じ商売をしている男がいる。わたしの目印を知っているから、その男が掘り出すことになるだろう」

「正直な奴か？」

「正直者だ。わたしと同じさ」

セジは、職人に受取を渡した。男は、それを丸い帽子の中に入れた。

「神のみめぐみを」

「地の幸を」

中指を額に当てて、挨拶《あいさつ》をしてから、客は出て行った。カラカラという軽い音とともに、格子戸が閉まる。

セジは、土間に落ちる格子の影を眺めた。三時ごろだ。大道の市はそろそろ店をたたむ。ということは、うちも閉めてもかまわないということだ。セジは、戸口に、藁《わら》を編んで作った覆いを下ろし、テーブルの後ろにあるはしごを登り始めた。

セジの店にある塔は、シーゲル様のお屋敷にあるものを除けば、この町で一番高い。大工のクルペが、竹と皮紐を使って建ててくれたもので、人の背丈の五倍ほどの高さがある。風が吹けばさんざんに揺れるが、まだ倒れたことはない。

セジは、塔の頂上に立つと、南の空に目をこらした。そっちのほうには、高い建物はほとんどなく、イズシャーの森とタイ草原、遥《はる》かなるティノ山、それに、母なるグイロン河の流れが、一望のもとに見渡せる。

南の空には、雲ひとつなかった。セジは顔をしかめ、腰の帯から、見事な細工の遠眼鏡《とおめがね》を抜いた。鏡胴を伸ばし、右目に当てる。

東の空のかなたに、小さな灰色の雲が見える。雨を含んだ、鈍い灰色。だが、たいした大きさではない。セジは、指に唾をつけ、高くかざした。ゆるい南風。強くなる見込みはない。シーゲル様のところの風見学者が、市場に貼《は》り出した予想と同じだ。

暦の上では、そろそろ、『長い雨の季節の始まり』がやってくるはずだ。だが、セジが見るところ、それは何日か先のことだった。

セジは、遠眼鏡を回して、グイロン河の流れに向けた。グイロン河の水面には、老人のしわのようなさざなみが立ち、午後の白っぽい光が躍っている。水かさは、やや減っているようだ。緑色のテリ草が生えた岸近くには、茶色の線のような河床がのぞいている。岸には、五百歩おきぐらいに、長槍《ながやり》と弓を持った歩哨《ほしょう》が並んでいた。こちら側も、向こう岸も同じだ。装備も、背の高さも、立っている姿勢も、あまり変わらない。皮鎧《かわよろい》の下に着ているトーガの色だけが違う。向こう岸の兵士は、濃い緑色。そしてこちら側の兵士は、国境守備隊長のシーゲル様が、国王陛下から使用を許された色——藤《ふじ》色のトーガを身に着けている。

兵士たちが持っている弓は、泳いだり、ボートを使ったりして、誰かが国境を渡って来るのを阻止するためのものだ。わがハーク王国のシャン・ハーク三世王は、他国民の入国を禁止している。出国は、特に禁止されてはいないが、対岸のセスタ王国でも、同様の政策を採っているので、禁止されているのと同じことだった。事実上、両国の国交は断絶していると言っていい。人だけでなく、物品についても同じだ。

兵士に発見されれば、矢を射かけられ、命を失うことになる。それがわかっていても、河を渡ったり、ティノ山の峻険《しゅんけん》な岩肌を、水源地まで攀《よ》じ登って、国境を越えようとする者は、あとを絶たない。

古諺《こげん》にあるように、対岸の草は旨《うま》い。ハーク王国の自由な政治体制と活発な商業活動、セスタ王国で高度に発展した芸術と占術は、対岸の人々の憧れの的だった。

また、二つの王国が国交を断絶する前、家族を対岸に残して来ていて、別れ別れになってしまった者もいる。さきほどの職人のような例は珍しいが、何人かはいる。

それに、一旦《いったん》越境に成功してしまえば（全てをみそなわす神のご意志によって）足を踏み入れた国の正式な国民とみなされ、咎《とが》めを受けることはない。水を流し、国と国の境を決定なさるのも、それぞれの国の王を定められるのも、神だ。この大陸には、全部で七つの国があると言う。神は、それぞれの国を、山河で隔てたもうた。だからこそ、七人の王が存在するのだ。古書には、こうある。

『国とは、山河によって仕切られた神の土地の範囲を言う。一つの国には、ひとりの王が定められ、神の代理として、そこに住むものを統べる』

信心深いシャン・ハーク三世王は、この定義を重く見て、神がお助けにならない限り、別の国と行き来するのは定めに反すると判断した。そこで、二十年前に、入国禁止の布告を出したのだ。隣国のセスタ王も、すぐにそれに倣《なら》った。神のご意志ならば、その者の越境は成功するだろう。さもなければ、国境守備隊によって、その者の越境は阻止される。

越境を困難にするために、兵士たちはいる。神のご意志がどこにあるか、その者の越境を許されるか、あるいはその者の死を望まれているか、試みるチャンスを与えるために。ほとんどの場合、神は越境を許されないようだったが。

セジは、兵士たちにはあまり関心がない。彼が真剣に眺めているのは、グイロン河そのものだ。その方向、曲がり方、深さ、各地点での幅と流速、あちこちの岸の盛り上がり方。それらは、すでにセジの頭に叩《たた》きこまれているはずの事実だったが、セジはなめるように、水面の観測を続けた。

やっと満足がいくと、セジはほーっとため息をついて、遠眼鏡を畳んだ。

大体見当がついた。と言うか、三ヵ月近くかけてつけた見当に自信が持てた。あとでもう一度、自分で描いた地図を見直しておこう。

腰の痛みを気にしながらはしごを降りると、セジは麦精をジョッキに一杯注《つ》ぎ、土間の隅に置いてある素焼の椅子《いす》に、腰を落ち着けた。小さなテーブルに向かい、格子戸の隙間から、それほど多くはない人々の往来を眺めながら、喉をうるおす。セジが、一日のうちで最も好ましいと思う時間だ。

間もなく、酒の匂いを嗅ぎつけたのか、トヤがやって来た。

「セジ、いるかい」

と言って、返事も待たずに、格子戸を引き開け、覆いをめくり上げる。

セジは黙って、麦精のジョッキをもう一つ、用意する。

「おお、これはどうも、悪いな」

トヤは、セジの向かいに腰を下ろすと、両手を額に当てた。

「人の幸を」

「地の幸を」

トヤは、遠慮する気配もなく、テーブルからジョッキを持ち上げ、ぐいと傾けた。

「こいつはいける。仕入れ直したのかね」

「ビグの店。三年花だそうだ」

「さもあろう。口に、かすが残らない」

トヤは、セジより四つ年下の四十二歳だ。薄い髪と目尻のしわのせいで、年よりふけて見える。セジと同じく、未だに独《ひと》り身だ。木製の飾り物を作る職人で、市が立つ日には、それを売りに出かける。腕は悪くないが、商売の才があるとは言えない男だった。蛙《かえる》の形をした幸運の護符が、町で流行した時も、それを作ろうとはしなかった。蛙が嫌いだから、と言うのだが、単なるへそまがりなのではないかと、セジは思っていた。ところが、そのへそまがりも、なぜかセジとだけは、うまが合うらしく、しょっちゅう店に立ち寄って行く。

「市はどうだった？」

と、セジが聞いた。

「あいかわらずだよ」

と、トヤは答えた。

「あいかわらず、しみったれた客ばっかりだ。鳩《はと》の置物が二つと、小函《こばこ》が一つ売れた。八日ぶんの飯代にもならねえ」

「神の恵みを。何も売れないよりは、ましだろう」

「そりゃそうだが」

トヤは、麦精を飲み終え、長いため息をついた。

「こんな日ばっかり続くと、思うことがあるね。いっそ、シーゲル様にかかえてもらおうかって」

馬鹿《ばか》なことを、と、セジは思い、トヤの真剣な表情に、吹き出しそうになるのをこらえた。トヤのような気まぐれな男に、シーゲル様のおかかえ職人が務まるはずはない。たまに客から注文があっても、細かい指示は全部無視して、自分が好きなものを作ってしまうような男なのだ。

「ところで」

トヤは、市の話などしたくもないというように、話題を変えた。

「河のほうはどうなんだね、セジ。そろそろ来そうなのかい？」

「まだまだだな」

　本当は、こういうことを他人に教えてはまずいのだが、トヤにだけは、つい話す気になってしまう。これも人徳というやつかな、と、セジは思った。

「まあ、あと五日は来ないだろう」

「今度はどこに埋める？」

　セジは立ち上がり、自分とトヤのジョッキに、もう一杯ずつ、麦精をついだ。

「そいつだけは、教えるわけにはいかないよ。みんなが自分で埋め出したら、こっちの商売は上がったりだ」

「違いない」

　トヤは、太い声で笑い、うまそうに酒をすすった。

「向こう岸へ、何か送りたいのか？」

　セジの質問に、トヤは奇妙な表情で、首を横に振った。

「いや、だが、そのことで、実はちょっと相談が――」

「何だね。料金なら、お前のことだ、少し安くしてやってもいいぞ」

　トヤは、しばらく、瞬《まばた》きもせずに、セジの浅黒い顔を見つめていた。それから、また首を横に振る。

「いや」

と、彼は言った。

「やめておこう。まだ、決めたわけじゃない」

「おかしなことを言う奴だ」

セジは、爪の先で、テーブルを一直線に引っ掻《か》いた。

「何を決めてないんだ？」

トヤは、掌《てのひら》を上に向けて、両手を大きく広げた。

「何でもない。忘れてくれ」

「そう言うなら、忘れよう」

と、セジは答えた。

「すまん。また頼むかも知れない」

「いつでも言ってくれ。だが、『長い雨の季節の始まり』が過ぎたら、『長い雨の季節の終わり』まで、何月もあるぞ」

「わかってる」

トヤは、ジョッキを干した。

「まあ、別に急ぐ話じゃないから」

妙な奴だ、と、セジは思った。こいつの考えていることは、どうもよくわからない。いつか、丸と三角を、でたらめに組み合わせたような代物を作って来た時もそうだった。何に使

うんだと尋ねたら、置物だと言う。一体何の形かと訊《き》くと、別に何の形でもない、ただこう
いうのが作りたかっただけだと笑っていたっけ。

「あんたの仕事は、いい仕事だよ」

と、トヤが唐突に言った。

「いい仕事？」

「あっちの国と、こっちの国を結びつける。交流ってやつだ。それはいいことだ。国王陛下
の政策は、間違ってると思うね」

「危険思想だぞ」

セジは、びっくりして、トヤをたしなめた。

「シーゲル様の部下に聞かれでもしたら、どうする」

「別に危険思想じゃないさ。あんたの商売が繁盛してるのは、神がそれをお望みになってい
る証拠だ。もしも、おれが王だったら——」

「トヤ、いいかげんにしろ。河の数は決まっていて、それに仕切られる国の数も、王の数も、
神が定められたものだ。神の仕事に、差し出口をはさむ気か？」

「そんなつもりはない」

トヤは、ジョッキで、何かを押しやるような仕草をした。

「まあ、いい。この話も忘れてくれ」

トヤは、それっきり、その話題は持ち出さず、しばらく当たりさわりのない話をして帰って行った。

セジは、店の入口に鍵《かぎ》をかけると、奥の部屋に引っ込み、もう何百回目にもなるが、グイロン河の流れを精密に描いた、自作の地図を検討した。

埋める場所は、もう決まっていた。

今年は、まず間違いない。目盛のついた竹の棒を持って、あちこちの岸を回り、深さを測った。その数字は、セジの几帳面《きちょうめん》な文字で、全て地図に記入してある。木片や紙片を水面にばらまいて、流速も測った。古い樽《たる》を利用して作った水槽と、河原から取って来た砂を使って、実験までした。

だから、セジの予測は、充分正確なはずだ。ここ三年ほど、彼の予測は外れたことはなく、おかげで、商売のほうは驚くほど繁盛している。『長い雨の季節の始まり』のために請け負った荷物は、もう十八個もあるし、『長い雨の季節の終わり』の予約が、早くも五人の客から入っているほどだ。

この評判は、維持したいものだ。いや、是非とも維持しなければならない。

さまざまな角度から、予定している埋め場所を検討してから、やっとセジは晩飯を食うことにした。

雨。

額に、最初の雨つぶが当たった。ひどく冷たい。セジは、空を見上げた。濃い灰色の雲が、ほとんど全天を覆いつくしている。

いよいよだ。

『長い雨の季節の始まり』が、やって来たのだ。

請け負った荷物は、入れ終わっていた。セジは、穴の中に入ると、樽の蓋《ふた》を閉じ、手早く釘《くぎ》を打ちつけた。それから、用意した速乾性のパテを、厚く塗りつける。

樽は、河岸に掘った、差し渡し半背丈、深さ一背丈ほどの穴に入れてあった。ほぼ五トーロの時間をかけて、セジが穴を掘ったのだ。

穴は、昼すぎから掘り始めた。その間、若い歩哨がひとり、じっと眺めていたが、止めようとはしなかった。シーゲル様配下の守備兵たちは、たいていセジの顔と、その特殊な商売を知っている。水面に樽を浮かべて、向こう岸に渡そうとするならともかく、何かを埋めるだけなら、別に違法ではない。

それに、セジは、（国家の職務を果たす若者への厚意として）三年花の麦精を一壺ずつ、彼を含む四人の歩哨に与えてあった。守備隊は誇り高いから、金貨や銀貨を受け取ることはまずない。だが、長い立ち番の退屈を紛らす、ちょっとした飲み物なら、いつでも大歓迎なのだ。

いい頃合だ、と、セジは、壺の蓋の上に、重しの石を載せながら思った。雨つぶは、次第に勢いを増しながら、次々と落ちて来る。

埋めるのが早すぎると、歩哨が交替する時、他の者に埋め場所を話す危険が出て来る。素人たちが、自分で荷物を埋め始めたら、セジの商売は上がったりだ。だが、大雨が始まってしまえば、誰であろうと、セジが慎重に決めた場所に近づくことはできないし、荷物を横取りすることもできない。

上流では、もうだいぶ前から、雨が降り続いている。グイロン河の水量は、普段の倍以上まで増していた。間もなく、堤防が決壊し、歩哨たちは、後退を余儀なくされるだろう。

セジは、慎重に選んだ十個以上の石を、樽の上に載せ終わると、目印である緑色の布を、石のひとつに結びつけ、穴を埋め始めた。樽の底にも、重しを仕込んであるから、これぐらいで大丈夫のはずだ、長い布の先が、ほんの少し砂からのぞくように、土砂をかぶせていく。

埋める場所を選ぶのが、彼の腕だ。洪水によって、グイロン河の流れがどのように変わるか、正確に予測する。ここまでは、運に恵まれた素人でも、成功することがある。だが、グイロンの流れが濁流と化した時、樽が土砂と一緒に流されてしまっては、何にもならない。どの場所なら、それを避けることができるか。それを予測するには、知識と経験、粘り強さ、それに、ささやかな幸運が必要だ。

今回も、幸運に恵まれたいものだ。

セジは、樽が埋まっている地面を、掌《てのひら》で軽く叩くと、穴を掘るのに使った道具を、長い藁《わら》編みの袋にしまい始めた。

雨はもう、土砂降りになっている。セジの髪を、顔を、トーガの肩を、滝のような雨が流れ落ちていく。その感触は、決して不快ではなく、むしろ爽快《そうかい》だった。

顔なじみになった歩哨が、セジに近づいて来た。

「そろそろ危ないぞ」

雨と、吹き始めた風のせいで、声が通りにくい。

「今、引き上げるところだ」

袋の口を閉めながら、セジは言った。藁が水を吸って、樽がそのまま入っているかのように、袋は重くなっている。

「この雨じゃあ、方角が取りにくいぞ。大丈夫か」

視界を邪魔する土砂降りの雨に、方向感覚を失って河岸をさまよい、濁流に呑《の》み込まれる者が、毎年何人か出る。

「大丈夫だ。慣れている」

「河岸の住民は、すでに避難したようだ。われわれも、もう少ししたら待避する」

河岸の住民とは、まともな家を持てない貧乏人たちだ。定期的に掘っ立て小屋を流される可能性があるとわかっていても、彼らには他に住む場所がない。

兵士の言葉通り、大半は避難したのだろうが、中には洪水の規模を甘く見て、流れに呑み込まれる者も出るだろう。

「気をつけてな」

と、セジは言った。

「そちらこそ」

と、気のよさそうな兵士が答える。二人は、それぞれ額に中指を当てた。

「神のみめぐみを」

「水の幸を」

大いなる水の幸だ、と、セジは思った。今度の洪水は、だいぶ大きそうだ。


南の空は、二日前までの暴風雨が嘘《うそ》だったように、晴れ上がっていた。グイロン河の水面はきらきらと輝き、水かさはまだ多いが、赤黒かった土砂の色も薄れた。草原からは、湯気がたちのぼっているように見える。風に乗って、うれしそうな鳥の声も聞こえた。嵐の間、どこに隠れていたのだろう。

もちろんこの晴れ間は、いつまでももつわけではない。断続的な雨が三月以上続くのが『長い雨の季節』だ。もう一度グイロン河を溢《あふ》れさせる大嵐とともに、この季節が終わりを告げるのは、まだだいぶ先のことだ。

セジは、満足げに遠眼鏡を回した。それから、筒を閉じ、腰に挟む。トーガの中から、折り畳んだ草紙を取り出して、広げた。自作の地図と、目の前の景色とを比べると、セジの顔に、得意げな微笑が広がった。

ぴったりだ。

洪水のあとのグイロン河は、セジが予測した通りの形になっている。カグの峠があったあたりで、かつて大きく南に蛇行していた部分は、濁流の勢いでまっすぐになり、その下流で、イムノの丘にぶつかって、北西に曲がっていた。まさに、ぴったりだ。

新しいグイロンの岸に、早くも歩哨が並んでいるのを見て、セジは感心したように頭を振った。さすがだ。洪水後のどさくさにまぎれて、越境しようという者がいても、成功はおぼつかないだろう。

セジが樽を埋めた場所は、河の向こう側になっている。洪水が河の流れを変え、同時に国境も変えたのだ。神のご意志により、セジの託された荷物は、無事に、そして適法に、国境を越えた。いや、荷物はそのままの場所にとどまり、国境が、グイロン河のほうが動いたのだ。神が、ご自身だけの知ろしめす理由で、またしても国境を動かされた。

本当に無事だろうか。

セジは、再び遠眼鏡を手に取った。対岸の河原に沿って筒を振り、何かを探し始める。間もなく、狭い遠眼鏡の視界に、一人の男の姿が入った。

「あいつだ」

くっくっと笑いながら、セジはつぶやいた。見覚えのある、ひょろ長い体、跳ね上がるような歩き方、右手に持った、太い握りのついた杖《つえ》。間違いない、あの男だ。同業者。セスタ王国における、セジの代理人。

例によって、あいつの勘は確かだ、と、セジは思った。あの男もまた、河の流れがどうなるか、正確に予測していた。さらに、セジがどこらあたりに樽を埋めるか、ちゃんと読んでいる。まさに職人芸だ。セジと同じだけの技術と知識を持った男。

一度会ってみたいものだと、セジは思っている。だが、もちろんそれはかなうまい。洪水の季節に、樽の中に仕込んだ手紙で文通するぐらいが、関の山だ。

あの男を知るまで、セジの商売は、極めて不安定なものでしかなかった。誰か人のいい歩哨が拾ってくれることを当てにして、樽を埋めるだけ。あまり深く埋めることはできない。砂から顔を出していなければ、誰も見つけてくれないからだ。

浅く埋めるので、樽は流されることが多かった。セスタ王国の歩哨は、樽を開け、中の手紙を読んだとしても、ちゃんと宛先に届けてくれるとは限らなかった。

だから、そんなあやふやなことのために、セジに金を払って、荷物を届けてもらおうと思う者は少なかった。

だが、ある年の洪水のあと、セジは河岸を散歩していて、あの男が埋めた樽を見つけた。

彼は、中に入っていた手紙を読んで、その荷物を請け負った同業者の名前を知った。セジは、荷物をちゃんと宛先に届けた。

　次に荷物を送る時、セジは、お客に頼まれた手紙と一緒に、自らの手紙を樽の中に入れた。同業者に宛てた手紙だ。

　返事は、やっと二年後に届いた。セジの提案に同意するという返事だ。協定が結ばれたのだ。互いに、相手の樽を回収し、確実に、中の荷物を宛先に届ける。樽は、グイロン河の流域のうち、セスタ側の第八守備隊を基点として、上下五十ザイドの範囲に埋める。樽の埋めてある場所は、互いに推理できるから、今までより深く埋めることができる。

　それからずっと、ふたりはうまくやって来た。荷物が無事に届く率は、飛躍的に高まり、手紙であれば、次の洪水の時期に返事をもらうこともできるようになった。

　当然ながら、商売も繁盛し、かなり高い料金を取っても、客が来るようになった。家族と別れ別れになっている者や、こちらの特産物を対岸に送り、代りに金や向こうの特産品を手に入れたいと思っている者などが、洪水の前になると、決まってセジの店を訪れるようになった。

　セジと同業者の男は、互いの取り決めに満足していた。そして、相手が埋めた場所を探すことが、半ばゲームのようにもなっていた。相手の癖と知識を考えて、予測されそうな場所を避け、同じぐらい安全だが、少しだけずれた場所に埋める。セジは、相手が自分と同じことをやって楽しんでいると確信していた。

「うまいぞ」

遠眼鏡を覗きながら、セジはつぶやく。例によって、やつはかなりいいところまで近づき、水たまりだらけの地面を見回している。杖を使って、そこらへんをほじくり返し、緑色の布を見つけ出すのは、時間の問題だろう。

おっと。

こちらも、あいつが埋めた樽を掘り出さなければならない。多分、イムノの丘のそば、新しいグイロン河が、大きく蛇行したあたりだ。

セジは、名残《なご》りおしげに遠眼鏡を畳むと、腰帯に差し、暴風でだいぶ痛みのきたはしごを降り始めた。

一階に着いたセジは、ちょっとぎくりとした。土間の隅の椅子に、トヤが腰を下ろしていたのだ。

「来てたのか、トヤ」

セジが声をかけると、トヤは、怒ったような顔で振り向いた。

「ああ、勝手に入って悪かった。セジ、人の幸を」

「地の幸を、トヤ。飲み物でも出そうか」

トヤは、片手を振って、セジの誘いを断った。

「いや、今はいい。セジ、荷物はどうだった？」

「いつも通りだ」

いぶかしみながら、セジは答えた。

「いつもの通り、ちゃんと届いた」

「さすがに、いい腕だな」

トヤは、顔の半分だけを使って、笑った。

「これで、何回成功した？　六回連続か？」

「七回だ」

セジは、戸口の横にかけてある、革の日除《ひよ》け帽をかぶった。道具を入れた袋を、肩にかける。

「トヤ、悪いが、これからちょっと出かけなければならない」

「樽を掘り出しに行くのか？」

「そうだ」

どうもおかしい、と、セジは思った。トヤの髪の毛が逆立っているのは、いつものことだが、思い詰めたような表情は、尋常ではない。何か、悩みごとでもあるみたいだ。

椅子から立ち上がりかけて、トヤは、少しよろけた。酒を飲んでいるらしい。

「話があるんだ、セジ」

と、彼は言った。

「おれも、一緒に行っていいか？」

セジは、じっとトヤの顔を見つめた。確かに、飲んでいる。小さな炭のような目の動きに、落ち着きがない。きっとまた、何かよくないことを思いついたのだ。

セジは迷った。洪水のあとなら、樽を埋めた場所を他人に知られたところで、どうということはない。第一、埋めたのはセジではなく、セスタ王国の男だ。

だが、今、こいつの話を聞いたら、何かろくでもないことが始まりそうな気がする。トヤは、いつだって、他人には考えられないような、突飛《とっぴ》な思いつきを持って来る男なのだ。

「いいだろう」

結局、セジはそう言った。

「では、ついて来い」

トヤは、大通りを抜けるまで、口を閉ざしていた。話を、他の者に聞かれたくないらしい。市の立つ日ではなく、人通りは極めて少なかったにもかかわらず、トヤは無言で、ただ足を動かしているだけだった。

変な奴だ。

セジも、もともと無口なたちだったので、あえて話しかけようとはしなかった。

大通りはまだ濡《ぬ》れていて、あちこちに、茶色の水をたたえた水たまりができていた。地面から湿気が立ち昇り、強い日差しとあいまって、むっとするような暑さになろうとしている。

通りの両側では、何人かの男たちが、雨水の浸入を防ぐために戸口に詰め込んだ藁を取り除いている。そのうちの一人に、セジが声をかけると、相手は陽気に手を振り返した。

洪水のあと、人々は、決まって陽気になる、と、セジは思った。河のめぐみによって、土地が肥沃《ひよく》になるからだろうか。それとも、また一つ、『長い雨の季節』を乗り越えて生き延びたという解放感からだろうか。

「こっちだ、トヤ」

二人は、大通りを抜け、河へ向かう道に入った。こちらは、大通りよりひどくぬかるんでおり、魚の死骸《しがい》や、河に捨てられていたらしいゴミ、誰かの家から流された陶器のかけら、泥にまみれたサンダルなどが、ところどころにころがっている。セジは、ちらりと友達の表情をうかがったが、トヤは、まだ口を開こうとはしない。

道の長さは、かつての半分ほどになっていた。ものの十分も歩くと、ふたりは河原に着いた。岸に立ったシーゲル様の歩哨に、セジが手を振って挨拶する。

「上流だ」

セジにうながされて、しばらく歩いてから、トヤはやっとしゃべり始めた。

「このあたりは、河の底だったたんだな」

「そうだ」

と、セジは答えた。

「洪水の前には、グイロンの底だった。もちろん、その時には、こんなに土砂が積もっちゃいなかったろうがね」

トヤは、口笛を吹いた。それから、あたりを見回して、歩哨が遠く離れたところにいることを確認すると、いきなり言い出した。

「おれ、向こうに渡ろうと思うんだ」

「何だって？」

セジは思わず足を止め、トヤの顔を見つめた。トヤは、真剣な眼差《まなざし》で、見返して来る。

「気違いざただ」

再び歩き始めながら、セジは言った。

「どうやって渡るつもりだ？　セスタの歩哨たちは、すごい弓を持ってるし、腕だっていい。岸へ近づく前に、たちまち射殺されてしまうさ。トヤ、お前、革鎧か。埋め場所の決め方も行きあたりばったりで、あれでは、二回に一回でも成功すればめっけものだ」

それくらいなら――。

気がつくと、セジは見事に説得されていた。セジは決して認めないだろうが、この計画には、荷物の代わりに、人間をセスタに送るという計画には、セジの職業意識を、妙にくすぐるところもまた、確かにあったのだ。

そこで、セジとトヤは、樽を掘り出して、荷物を宛先に配達し終わると、ただちにセジの店に戻り、この問題を検討することにした。

「でかけりゃいいってもんじゃない」

と、セジは繰り返した。

「二日から三日、樽の中に閉じ込められると考えなければならん。いくらでかい樽だって、中の空気だけでは、とても足りない」

「シーゲル様の密偵の話を、聞いたことがある」

と、トヤは言い出した。

「水の中に隠れる時、葦《あし》の茎を使うそうだ。そいつを水面に出して、息をする」

「葦じゃ無理だな」

セジは、テーブルを爪で引っ掻きながら言った。

「細すぎる。それに、何本か繋《つな》いだところで、すぐ折れてしまうだろう」

「竹はどうだ？」

「少しはましだが、だいぶ太いやつがいる。いいか、トヤ、石炭掘りの人夫に聞いたことがあるが、空気ってのは、息をしてると、だんだん汚れて、毒を持ってくるそうだ。だから、吸うだけじゃなく、吐き出すのも外へやらなきゃならん」

「吐き出すほうは簡単だ。樽に穴をあけときゃいい」

「水が入ってくるぞ」

「外からは入らず、中からは出るような蓋がある。そいつを使えば――」

「川底で息を吐くには、だいぶ力がいるだろう」

「水の力が、蓋を押さえるだろうからな。駄目か」

セジは、首をかしげてしばらく考えていたが、やがて、大きく頷《うなず》いた。

「吸うのも吐くのも、同じ管でやるしかない。太い竹を使おう。ただ、水の中に伸ばすのは駄目だ。グイロンの水が勢いをはらんだら、どんな竹だって折れてしまう」

「じゃあ、どうするんだ？」

「竹も埋める。地面の下を通して、どこか小高いところで、外に出すんだ。水をかぶらないようなところでな」

「ずいぶん長い管になるな」

「うまい埋め場所があれば、二十背丈ぐらいですむだろう。ただ、今度の『長い雨の季節の終わり』までに準備するのは無理だな。用意に時間がかかりすぎる」

「それは仕方がない」

と、トヤは言った。

「他に方法がないなら、一年でも二年でも待とう」

セジは話題を変え、用意すべき水と食料について話し始めた。

風。

風が、狂ったように吹きつのっている。

土砂降りの雨が、小人の拳のように、セジの顔を打つ。遠眼鏡など、とても持っていられない。

畜生。振り子のように揺れる塔の手すりにしがみつきながら、セジは思った。

畜生、どうしてこんなことを、始めてしまったのか。なぜ、トヤの口車などに乗ってしまったのか。

準備には、結局一年半以上かかった。馬鹿でかく、丈夫で、気密性の高い樽は、市場で手に入れることはできず、特注しなければならなかった。クルペに頼んで、竹の節を抜いてもらうだけで、何日もかかった。竹を継いだ樽の中で、トヤが本当に生きていけるかどうかを確かめるために、河原で実験までした。セジは、それほど、この計画にのめり込んでいたのだ。

やめておけばよかった。

こんな馬鹿なことが、うまくいくはずがない。神が、決してお許しにならないことなど、最初からわかっていたはずだ。

神は、ちゃんと警告までされた。今年の『長い雨の季節の始まり』での、セジの失敗がそれだ。あの時、セジは五背丈ほど、埋め場所を読み違い、荷物を入れた樽を水没させてしまった。

あれが警告でなくて、何だったと言うのだ？

百発百中などとおだてられ、おれは驕《おご》り高ぶってはいなかったか？　人を樽に入れて、対岸に送るなどという大それた考えは、聖なるグイロンに対する冒瀆《ぼうとく》ではないのか？

あの時、セジは度を失い、ただちに計画を放棄しようとした。だが、トヤは承知しなかった。一年半もかけて準備して来たのだ。ちょっとした不運があったからといって、中止するにはあたらないと言い張った。今度の失敗は吉兆かもしれない。トヤの身替りに、荷物が不運を引き受けてくれたのかも。きっとそうだ。

トヤの言葉に、従うべきではなかった。

セジは、必死で、雨の幕におおわれたグイロンの黒い流れをすかし見た。

畜生、水量が少なすぎるし、勢いも落ちて来ている。

あれでは、セジが予測していたコース——四番堤防を決壊させ、ロムの小丘にぶつかった水流が、逃げ場所を求めて北に蛇行するという予測——をとるには、いかにも力不足だ。今日の午後、上流での雨足が弱まるとは、セジには予想できなかった。

トヤが入った大樽は、ロムの小丘の、南側の斜面に埋めてある。空気を運ぶ竹の筒は、トヤが細工した屋根をつけて、丘の頂上近くに突き出している。樽のあるあたりは、運がよければ、あまり水をかぶらずにすむはずだった。

だが――。

このまま嵐がおさまってしまえば、グイロンの流れは、今よりやや北側、ロムの小丘の南側あたりに落ち着くだろう。トヤは、河のこちら側に取り残されるだけではなく、水底に沈んでしまう可能性が高い。

樽が沈む。

いくら空気穴があるからと言って、水の中で、長いこと生き続けることはできまい。

セジは、気が狂いそうだった。おれが、このおれが、友達を埋めたのだ。河の底に、永久に封じこめたのだ。

神よ、願わくは彼を救いたまえ。あの男は、変人ではありますが、きわめて善良な人間なのです。確かに、国境を廃止すべきだとか、自分が王であったらとか、不敬な言葉を口走りはしました。でも、本気ではなかったのです。なにとぞ、お怒りを静めて、あの男に立ち直る機会をお与え下さい。

だが、雨足は回復しなかった。

水かさを増したグイロン河は、あいかわらずロムの小丘でためらい、その南側を洗っている。

「畜生」

セジは、声に出して叫び、それから、あわてて中指を額に当てた。

このまま駆け出して行って、樽を掘り出したい。しかし、もちろんそれはできない相談だった。濁流にさらわれずに、ロムの小丘まで辿《たど》りついたところで、樽を埋めた地点は、すでに水没している。どんな道具を使っても、掘り起こすことなどできるわけがなかった。

風が、ごうごうとセジの耳元をかすめる。その風も、セジには弱々しすぎるように思える。幕のようになった雨のしぶきも、絶望的に力不足だ。

ロムの小丘は、まだ水に没してはいない。竹の端は無事だ。何という愚か者だ。最初から、トヤを丘の上に埋めればよかったのに。

だが、セジの最初の予測では、丘の北半分か、それ以上が、グイロンに削りとられるはずだったし、高波が丘の頂上を襲う可能性もあった。それが起こるとすれば、嵐がおさまりかけた時だ。竹の筒が持って行かれても、しばらくは樽の中の空気で耐えられるが、樽が押し流されたら、生き延びる望みは絶たれてしまう。

だから、セジは、頂上よりだいぶ低い、南側の斜面を、埋め場所に選んだ。失敗だった。グイロンがあんなことになるとは、考えもしなかった。畢竟《ひっきょう》、人間が神の御業《みわざ》を予測しようとすること自体、不遜《ふそん》きわまることだったのではないか？

ああ、神よ、わたしの過ちをお許し下さい。河の流れを北に、北に曲げて下さい。

いや、トヤの樽を、無事に地表にお返し下さい。セスタの地表でなくてもいいのです。こちら側で充分です。もう二度と、このような愚かな真似《まね》は致しませんから。

風は吹き続け、雨は降り続けた。だが、グイロン河は、とうとう、セジの予測したコースを辿ることはなかった。


セジは、洪水のあとのぬかるみの中で、何度も転んだ。転びながら、河岸を目指して走り続けた。

空は、世の変転を象徴して、信じられないくらい、晴れ渡っている。いつものようにだしぬけに、『長い雨の季節』は終わったのだ。

トヤは、手の届かないところへ行ってしまった。だが、少しでも、近づいてやらなければ。別れの言葉だけでも、かけてやらなければ。

セジの顔は、涙に濡れていた。夜中に、やっと最後の大豪雨が降り、グイロンは、ロムの小丘を呑み込んだ。セジは今朝、塔に登らなかった。登って、水没した丘を見るのが怖かったのだ。ひょっとして、水が引いているかも知れない。だが、最後の希望を叩き潰《つぶ》されるのが、セジは怖くてたまらなかった。

セジは走った。もう、手も足も、トーガも、顔も、泥だらけだ。だが、そんなことはかまわなかった。トヤの近くに埋めた荷物の樽も、そのあたりにどこかの素人が自分で埋めた樽も、どうでもいい（ずいぶん前から、準備を進めなければならなかったので、今回のセジの埋め場所は、何十人もの町の人に知られていた）。どうせ、もう樽を埋めるのはやめると、神に誓ったのだ。

とにかく、トヤの近くに行こうという一心で、セジは走り続けた。

いきなり、彼の前に、グイロン河の水面が開けた。

それを見て、セジの口が、あんぐりと開いた。

何ということだ。

ロムの小丘が、水面から顔を出している。

まだ濡れて、黒ずんではいたが、背丈の四分の一ほどの高さで、水の引いたグイロン河から顔を出しているではないか。

そこは、こちら側ではない。おまけに、セスタ側でもない。

岸近くに立った若い歩哨も、茫然《ぼうぜん》として、かつての小丘を眺めていた。

グイロンは、丘の南側だけでなく、北側にも流れていた。ロムの丘は、差し渡し七背丈ほどの、楕円形の中洲になっていた。グイロンの流れの、ちょうど真ん中ほどに、ぽっかりと島ができたのだ。

トヤと一緒に立てた竹の筒が、まだ残っていたので、セジはさらに驚いた。

だがもちろん、トヤの姿はない。

「トヤ！」

と、セジは叫び声を上げた。

「トーヤー！」

セジがあきらめかけたころ、中洲のセスタ側の端で、何かが動いた。

「トヤ？」

セジは、遠眼鏡を目に当てた。あれは何だ？　あそこの砂が、少し盛り上がってはいないか？

確かに、砂が持ち上がっていた。持ち上がり、崩れ、そこに丸い穴が開いた。

「トヤ！」

信じられないという面持ちで、セジは叫んだ。大樽の蓋は、中から開けることができるようになっていた。その蓋が、今開いたのだ。

セジは、中指を額に当て、神に感謝の祈りを捧《ささ》げた。トヤが生きていた。これは奇跡だ。トヤは、無事だったのだ。

トヤが、樽から這《は》い出して来た。セジはまず、風に乗って流れて来る異臭に気づいた。三日も、樽の中に閉じ込められていた男の悪臭は、それほどのものだったが、セジの喜びが、それによってそがれることはなかった。

「セジ」

気のせいか、いつもより弱々しげな声で、トヤが叫び返して来た。セジは思わず、河岸に駆け寄り、そのままざぶざぶと水の中に踏み込んだ。

「何をする」

歩哨が、反射的に弓を構え、セジの背中に矢を向ける。

「やめろ」

中洲の上から、トヤの声が、グイロンの河面《かわも》を渡って来た。

「貴国では、国民の出国は禁じていないはず。わが国への賓客に手を出すことは許さぬ」

「わが国だと？」

セジは、耳を疑った。トヤの頭は、おかしくなってしまったのではないか？

「神が、河の流れを変えたもうた」

おごそかな声で、トヤは叫んだ。

「兵士、国とは何だ！」

「山河によって仕切られた、神の——」

歩哨の言葉が、途中で跡切《とぎ》れ、彼は当惑して弓を下ろした。

何ということだ。古書の定義に従えば、確かにあの中洲はひとつの国になる。そこにいるただ一人の人、トヤは、神によって定められた王以外の、何者でもない。

もしも、おれが王だったら。

神よ、あなたがこれをお望みになったのですか？　わたしとトヤがしたことは新しい王国を作ることだったのですか？

セジは頭を振った。神の御業は、はかり知れない。

セジが中洲に泳ぎ着くと、トヤは力強く、その手を握りしめた。

「すごいことをやったな、おれたちは」

「王よ」

セジは、トヤの前に跪《ひざまず》いた。

「歓迎を感謝します」

「よしてくれ。あんたは、ここの臣民じゃない。国民は一人しかいないんだから」

セジは立ち上がった。

「水の幸を。セスタに行けなくて、残念だったな、トヤ」

「地の幸を。とんでもない。おれが、これから何をすると思う？　この小さな島国を、どちらの国からも出入り自由の地にする。おれだって、神に定められた王なんだから、セスタもハークも、文句を言えないはずだ。何しろ、どちらの国も出国を禁止してるわけじゃない。誰かがこの島に来ることまでは止められないさ」

「し、しかし、この島から帰る時は？」

「他国民の入国が禁止されてるんだ。自国民の帰国を禁ずる布告は出ていない。おれは、ここに足を踏み入れた者を、この国の国民として迎えることはしない。客として扱うつもりだ。そうすれば、セスタとハークの法を破ることにはならない」

確かに、その通りだった。この島を、交流の基点にできない理由はない。トヤは、王として、自分の夢を実現する方法を見つけたのだ。いや、神が、その夢の実現を望まれたのだ。

「望む人々を、ここに呼び寄せる。一緒にやってくれるか、セジ。あんたには、つてもあるだろう」

「そいつは駄目だよ」

セジは、悲しげに笑った。

「もう樽は埋めないと、神に誓ったんだ」

「樽なんかいるもんか。ボートもいらない。向こうから、勝手にやって来るよ。ほら」

トヤは、セスタ側の水面を指差した。

「あいつが、食い物を持ってるといいんだがな」

セジは見た。笑い出したくなった。小さなボートが、水面を漕《こ》ぎ進んで来る。

「そのボートに手を出すな」

と、トヤ王がセスタの歩哨に向かって叫んだ。

「わが王国への賓客に、手を出すことはならん」

賓客は、セジも知っている男だった。ひょろ長い体、黒い髪。太い握りのついた杖が、ボートの舟縁《ふなべり》にひっかけてある。
あの男に会うことができるなどとは、思ってもいなかった。
セジは手を振った。セスタの運び人は、大きく手を振り返した。
グイロンの静かな流れを見下ろしながら、セジは中指を額に当てた。
神の御業は、全くはかり知れない。

アイウエオ

「鞘《さや》」

と、わたしは言った。

「大木《おおき》十段、鞘」

と、右手に座った記録係が繰り返し、傍らの端末装置に、その単語を入力する。ブザーは鳴らない。未使用単語だ。

「山」

と、挑戦者の弓田《ゆみた》八段が言った。

「弓田八段、山」

やはり、ブザーは鳴らない。

くそっ、と、わたしは思った。そいつが、まだ残っていた。こんな基本的な単語を、相手に使わせるとは、ヤキが回ったもんだ。

基本語彙《ごい》二万。そのうちの一万五千ほどは、既に使い果たしている。

特に、マ行の単語は払底していた。もともと、マ行は少ないのだ。

「五秒」

回り始めた時計を見つめながら、左手の計時係が言った。わたしの持ち時間は、もう尽きている。三十秒以内に何か言わなければならない。何も言えなければ、負けだ。わたしが保《たも》持している最後のタイトルを、目の前の青白い若僧に奪われることになる。テレビの前で固《かた》唾《ず》を呑《の》んでいるファンたちは、わたしの時代が終わったことを知るだろう。

賞金も、持って行かれる。今度の勝負の準備に、ありったけの貯金を注《つ》ぎ込んだ。だから、ここで負けたら、次の試合まで、生活保護を受ける羽目になる。供託金不要の、賞金額の低い二流試合まで。

「十秒」

座卓ひとつ隔てて、わたしの正面に座った弓田八段は、銀縁眼鏡《めがね》の後ろで、無表情な目を細めている。彗星《すいせい》のように登場した新人。われわれ旧世代の人間のように、何冊もの辞書を食い潰《つぶ》すかわりに、コンピューターを相手に腕を磨いて来た連中だ。

「十五秒」

負けてたまるものか。

マ。

考えろ。

鞠《まり》、負け、ままごと、幕、街、町、マッサージ、待ち合い、真似《まね》、豆、マント、薪《まき》、マンボウ、まんさく——。これはみんな、過去七日間に使われた単語だ。これを口にしたら、プ口として恥ずかしい負けかたをすることになる。

「二十秒」

何十何百という単語が、頭の中を駆け巡る。孫、馬子《まご》、摩擦、まさかり、枕《まくら》。どれも使用済みだ。それまでに使用された単語を全て記憶することがプロとしての最低条件だ。それができなくなったら、即座に引退すべきだ。

言葉を思い出せないのは、まだいい。どんな名人だって、基本語彙二万語を全て使った試合などできない。記録では、黒田《くろだ》九段と鈴木《すずき》八段の試合で、一万七千五百六十七語を使用したのが最高だ。通常の試合は、一万五千語前後で勝負がつく。未使用単語が残っているのに投了するのは、それほど恥ずかしいことではない。だが、使用済み単語を口走ったり、撥音《はつおん》語尾（『ん』で終わること）をやらかしたりするのは——。

そんなことをするぐらいなら、口を閉じていたほうがマシだ。

「二十五秒」

考えろ。マイクは？　駄目だ。マイクロフォンの短縮形とみなされる。マイクロフォンは撥音語尾だから、その場で負けになってしまう。

「六、七、八——」

おっと、あれは、未使用単語だったろうか。

「窓」

と、わたしは言った。

「大木十段、窓」

記録係が端末に入力したが、ブザーは鳴らなかった。わたしはほっとして、肩の力を抜いた。記録係が、小さなため息をつくのが聞こえた。あいつも尻取りファンだ。この勝負には、興奮しているのだろう。今世紀最高の尻取り試合。新世代対旧世代の、最後の対決。マスコミはそう呼んでいる。

「ど」

挑戦者がつぶやき、首を傾《かし》げた。公式戦のルールは濁音ルールだ。未使用基本語彙の中に、濁音語が残っていない場合に限り、濁点省略——この場合、『と』で始まる言葉——が許される。

「五秒」

と、計時係が言った。

わたしは、自分の記憶の総ざらえをした。『ど』で始まる基本語は、残っていただろうか。この音は外来語が多い。ドレス、ドイツ、ドーム、ドーナツ——。使用済みだ。ドレスは昨日の午後、わたしが使ったし、ドームは一昨日《おととい》、弓田八段が使用した。道路、これは、ついさっき、弓田八段の『粘土』に対して、わたしがぶつけた言葉だ。

土間、泥、毒——どれも、もう使えない。

「十秒」

弓田八段の顔が、苦しげにゆがみ始めた。いつもは、きちんとそろえている膝が少し開き、貧乏ゆすりが始まっている。

「十五秒」

『吃《ども》り』や『土方』は禁止語だし、土用波は単純複合語だから使えない。『どぶろく』で来るだろうか。そう来れば、わたしが『くまで』を返すと、弓田は読んでいるはずだし、濁音夕行を苦手とする彼は、再び苦境に立たされることになる。

「二十秒」

「土砂」

と、弓田は言った。複合語だ。わたしは思わず首を縮めたが、ブザーは鳴らなかった。そうか。『土砂』は、慣熟複合語だからオーケーなのだ。語源的には複合語だが、広く使われ、一つの独立した単語となっているので問題ない。基本語彙の中にも入っている。

『土砂降り』を使ったら、多分弓田は失格していただろう。

土砂か。若いのになかなかやる。

「五秒」

公式戦のルールによれば、土砂の結び音は『や』だ。ヤ行も語彙の数は少ないが、わたしは得意としている。

「病」

「大木十段、やまい」

やった。ア行に持って行ったぞ。ア行で始まる単語は多いが、この試合ではやたらと使われていて、未使用残数が少ない。弓田は苦しむことになるだろう。

挑戦者の白い額に、脂汗が滲《にじ》み始めた。決して、テレビ用のライトのせいではない。緊張と恐怖のせいだ。負けるのではないか、みじめな敗退を喫するのではないかという恐怖。この挑戦者は、プロになってから、まだ公式戦で負けたことがない。だから余計、負けが怖いのだ。左手で鼻の頭をはさみ、右手を下ろして、座布団のふさをいじくり回している。

「十秒」

色、烏賊《いか》、石、犬、医者、家、インド——。みんな使用済みだ。さて、どうするかね、弓田八段？

「十五秒」

弓田は、座布団のふさを引きちぎった。

「い——」

口が、もぐもぐと動いているが、言葉は出て来ない。

椅子《いす》、市、稲荷《いなり》、イニシアル、いにしえ、糸、意図、稲——何が残っているだろう。奴《やつ》は何を返す？

「二十秒」

伊勢屋《いせや》稲荷に犬の糞《くそ》。伊勢は、確か基本語彙にない。田舎《いなか》、いなご、いちじく――。自分に回って来た時のために、未使用語を思い出さなければならない。『い』で始まる言葉なら、いくつか残っている。温存している一連の組み合わせもある。こっちにとって困るのは『え』と『う』だ。

「イランはどうかね」

からかってやると、弓田はぐいとわたしを睨《にら》みつけた。試合中に相手に話しかけることは、自分が単語を述べる順番でない時には、別に禁じられていない。プレッシャーをかけることも、勝負の一部だ。本当の勝負師なら、そんなプレッシャーに負けはしない。

コンピューター育ちの、最近の若い連中には、そこのところがよくわかっていないようだ。先日、日本尻取り連盟に、試合中の私語を禁ずるルールの採択を求める動議が提出されたと聞く。何とも情けない話だ。

「二十五秒」

と、計時係が言った。

「六、七、八、九」

「入り江」

と、弓田が大声で叫んだ。くそっ。また、慣熟複合語だ。ブザーは鳴らない。しかし、八段も持っている人間が、スマートでないやり方をするものだ。

まあ、勝負にスマートもへちまもない。わたしだって、自分の番だったら、使える単語は全部使うだろう。

『え』か。

今度は、こっちが苦境に立たされることになった。

「五秒」

と、計時係が言う。

餌《えさ》、絵馬、エイズ、駅、縁。縁は撥音語尾だが、えにしと読めば問題ない。但《ただ》し、試合が始まってから三日後、四日前に使ってしまった。

「十秒」

正面のテレビカメラが赤いランプをつけたので、顔をアップにされているのがわかった。テレビの前の視聴者は、それぞれ『え』で始まるいくつかの単語を口走っているだろう。

それを、聞くことができたら――。

馬鹿《ばか》なことを考えるな。自分の力を信じろ。これまでそうして来たように、自分の力で勝ちをもぎとるんだ。

「十五秒」

エックス線。駄目だ。複合語である上に、撥音語尾。エックスだけでは、意味をなさない。

ただの、アルファベットの一文字。あいうえおの『あ』と同じだ。

「二十秒」

エンサイクロペディア。基本語彙にはない。エンタシス。これもない。エンゲージリング。畜生、どうして、外来語ばかりが、頭に浮かぶんだ。園芸、これは三日前に使った。エックス。なんてこった。また、蒸し返すのか？　アルファベットの一文字——そうだ！

一筋の光明が見えて来たので、わたしはそれに飛びついた。何も考えずに。

「絵」

間、髪を入れずに、弓田が返して来た。

「柄」

「大木十段、絵」

と、記録係が言った。

「弓田八段、柄」

くそっ。はめられた。こんな若僧の術中にはまるとは——。同音異義語だ。基本語彙の中に、同音異義語が偶数ある場合、決して自分から口にすべきではない。不利になるからだ。特に終盤ではやめたほうがいい。これは、尻取りを始めてすぐに叩《たた》き込まれる、定石ちゅうの定石ではないか。

え。

また、振り出しに戻った。わたしは、『え』で始まる言葉を探さなければならない。

掌《てのひら》が、汗に濡《ぬ》れた。カメラの赤ランプがつく。弓田のように、座布団のふさをむしりたくなる。落ち着け、落ち着くんだ。

「五秒」

奇妙に間延びした言い方で、計時係が読み上げる。

「え、え――」

弓田が、眼鏡のつるを光らせながら、わたしのほうに身を乗り出した。

「円というのはどうですかな、大木十段」

この野郎。さっきの仕返しのつもりだ。だが、熱くなってはならない。『え』ぐらい、よく考えれば、きっと見つかる。残数が少ないとは言っても、これまでくぐり抜けて来たいくつもの修羅場に比べたら――。

「十秒」

「エジプト」

と、わたしは言った。タ行の単語は、まだ残っている。弓田は清音タ行も苦手だろうか？　すぐに答えられるか？　こちらが相手の出方を読み、態勢を整える前に。

「トルコ」

国名シリーズで来た。苦しまぎれだ。『こ』の字なら、こっちはいくらでも挙げられる。

どれで行く？　やはり、集中的にア行で攻めるか？

「五秒」

という声とほぼ同時に、わたしは決断を下した。

「鯉《こい》」

またしても、弓田は即座に答えた。

「憩い」

だが、今度のは、こちらが撒《ま》いた餌だ。

「威勢」

「位牌《いはい》」

「依頼」

弓田八段は黙り込んだ。勝ったつもりだったのだろう。ざまを見ろ。

「大木十段、鯉」

と、記録係が言った。

「弓田八段、受けて憩い。大木十段、受けて威勢、弓田八段、続いて位牌、大木十段、続いて依頼」

ブザーは鳴らない。当たり前だ。この組み合わせは、試合が始まった時から用意して、温存していたのだから。

「十秒」

「意識」

急に思いついたように、弓田がわめいた。

こっちは、用意ができている。

「期待」

弓田の鼻の穴が広がった。また、『い』だ。残念ながら、『胃』は、試合初日に使われている。

「弓田八段、意識。大木十段、期待」

記録係は、またため息をついた。さきほどの連呼の興奮が、まだ醒《さ》めないのだろう。あその部分の語譜は、マスコミが好んで取り上げるに違いない。

「十秒」

「い――い――」

弓田がまた、座布団のふさを引っ張り始める。彼の頭の中には、『い』で始まる単語が渦巻いているはずだ。陰部――これは、公序良俗の見地からの禁止語。イタリア――使用済み。インカ――基本語彙にない。いさおし――同じく。意見――撥音語尾。医療――使用済み。痛み――名詞化形容詞。

命、勢い、イクラ、衣装、イメージ、意味、池――全て使用済み。

いんきん――撥音語尾の上に禁止語。

「十五秒」

困っただろう。何か思いつくかい、弓田八段？

「イランは？　さっきも言ったがね」

弓田は、聞こえないふりをした。

「二十秒」

板、居間、意志、これも使用済み。

「い――」

唸《うな》ったり、音を口にしたりするのは、反則ではない。使用済みの言葉と重複している場合（例えば、既出の『胃』）でも、単音、つまり一文字言葉に限り、記録係は無視してくれる。

「インチキ」

と、弓田八段が叫んだので、わたしは目をぱちくりさせた。何がインチキだというのか？

この試合は、公式戦のルールにのっとって、公正に行なわれている。これまでに、審判ミスや反則行為はなかったはずだ。第一、尻取りにはほとんど反則というものがない。自分の番でなければ、相手に何を話しかけてもかまわないのだ。文字通り何を言ってもいい。嘘《うそ》をついたってかまわない。相手の体に手を触れない限りは。

「弓田八段、インチキ」

という記録係の声で、わたしはやっと我に返った。なるほど、インチキという言葉か。しかし、その言葉、いつ基本語彙に入ったのだろう。わたしが辞書を食っていた十年前には、確かなかった。これこそインチキだ。いや、毎年改訂される基本語彙集を覚え切っていないわたしの方が悪い。

虚を衝かれたので、わたしは少々あせった。勝負にあせりは禁物だ。

キ。

「十秒」

キ印――禁止語だ。機械――『い』で終わるのはいいが、残念ながら使用済み。

くそっ。カ行ぐらいで、しくじってたまるか。いくらでも残っているじゃないか。簡単な言葉がある。ほら、これでどうだ。

「岸」

「大木十段、岸」

しまった。言った瞬間、わたしは自分の髪をかきむしりたくなった。いけない。動揺を、相手に悟られてはならない。弓田が、あれを言うとは限らないのだし――。

わたしが動揺すれば、弓田は確実に、問題の言葉を見つけるだろう。

「五秒」

計時係が言う。わたしは、弓田の無表情な顔を盗み見た。若者の口許《くちもと》がかすかにゆがみ、いやらしい笑いを形づくった。

やっこさん、思いついたのだ。こっちも早く、次の言葉を考えなければ――。あと五秒、弓田が時間をくれたら――。

「十秒」

弓田は、時間をくれるような親切心は持ち合わせてはいなかった。

奴は、もう一度笑うと、その言葉を口にした。

「司会」

ぐっ。

やはり来たか。逆襲だ。『い』の字は、もうろくに残っていない。

どうしてまた、わたしは、『岸』などという馬鹿げた単語を口走ったのだろう。

ちょっと考えれば、こうなることはわかっていたのに。

イ。

まだ、何か残っているはずだ。残っていなければ、弓田が『司会』と言った瞬間に、コンピューターがわたしの負けを宣していただろう。

意地、イベント、鋳物《いもの》、印刷、印紙――みんな駄目だ。陰嚢《いんのう》――これは卑猥《ひわい》すぎる。禁止語になっているはずだ。

「十秒」

インク、因果、インディアン、インテリア、依託、囲碁、息。

「二十秒」

陰茎、淫売《いんばい》、色事、どうして『い』の字には、禁止語がこんなに多いのだろう。

「十五秒」

「いぼ！」

と、わたしは叫んだ。禁止語すれすれだが、多分大丈夫だろう。

「大木十段、いぼ」

反則ブザーは鳴らなかった。

ボールは、弓田に投げ返された。

「ボーイ」

「弓田八段、ボーイ」

くそっ、まただ。なかなかの技だ。優位をとったら、決して攻撃の手をゆるめない。

今度は、突然のインスピレーションに助けられた。腹を立てたせいで、奇跡的に使い残されていたその単語を思い出したのだ。

「い――い――錨《いかり》」

「大木十段、いかり」

だが、相手はそれを予測していたらしい。計時係の声を待つこともなく、弓田はすぐにボールを投げ返して来た。

「理想」

わたしは、両の掌を握りしめた。

またしても、ア行。わたしは、若僧に振り回されている。

「浮子《うき》」

「ききょう」

「うてな」

「軟膏《なんこう》」

わたしは歯嚙《はが》みした。弓田が考えている組み合わせに、わたしははまり込んでしまった。

使用単語数は、一万五千二百に迫っている。そろそろ、勝負がつくころだ。

携帯用テレビカメラを持った若僧が、わたしと弓田の間を横切った。最近のテレビ局員のマナーはなっていない。

「十秒」

用意していた『う』の字は、もうない。あとは、出たとこ勝負で行くしかないのだ。

「十五秒」

歌、後ろ、海、雲丹《うに》、嘘、ウイスキー、みんな使った。宇治《うじ》、氏、ういきょう、うろ、馬、牛――駄目だ。

「二十秒」

臼《うす》、うち、腕、ウラニウム、裏、鰻《うなぎ》、受付、梅、うぬぼれ――。首の後ろが、カーッと熱くなる。このままでは、負けだ。タイトルも賞金も、わたしの指の間をすり抜けて行く。渦、うわばみ、うちわ、雲母《うんも》、ウクレレ。ちくしょう、基本語彙二万語は、何て少ないんだ。

「二十五秒」

これで勝負がつくのか？　何の反撃も加えられずに、大木十段の名前は土にまみれるのか？

考えろ、考えるんだ。やまとの国の言魂《ことだま》よ。言葉を、ただ一つの言葉を、わたしにお与え下さい。

「七、八、九――」

「運動」

と、わたしは叫んだ。『う』で始まって、『う』で終わる。言魂はまだ、わたしを見捨ててはいなかった。

「大木十段、運動」

どんな顔をしているかと、弓田の顔をうかがうと、何と若僧は、うすら笑いを浮かべているではないか。

勝つつもりなのだ。三手ぐらい先まで、読んでいるのだろう。

「五秒」

「ういろう」

何だと？　菓子の名前が、基本語彙に入っているのか？　記録係をうかがったが、平然としている。

「弓田八段、ういろう」

鳴らない、ブザーはならない。弓田八段は、疑いもなく、ア行の基本語彙を知悉《ちしつ》しているのだ。

これは、相手の土俵だ。初めから、試合展開を誤った。『い』の字で苦労しているように見せたのは、奴の芝居か？　弓田はわたしより、ア行に強いらしい。やつはわざと、この展開に引きずりこんだのか？

「五秒」

わたしは、先週試合が始まってから初めての煙草《たばこ》に火をつけた。ライターと煙草の箱は、お守りのようなものだ。試合中、いや、毎日十六時間の中断時間ですら、煙草が欲しいとは思わなかったのに。

大木十段、敗れる、か。

「十秒」

　ウリ、うたげ、上、産毛。急に、頭が空白になったような気がした。残っている単語など、もうないのではないかと思う。ない。少なくとも、わたしの頭の中では。もう駄目だ。ちくしょう。いまいましい『う』の字め。

「十五秒」

「うどんでも、食いたいですな」

　この若僧め、笑ってやがる。うどんか。もちろん撥音語尾だが、何かのヒントにならないか？　いや、ヒントになるなら、弓田は決してこんなことは言わないだろう。

「二十秒」

　あの手が、使えないだろうか。適当な単語があれば、旧世代の古狸《ふるだぬき》として、奴をひっかけてやることが――。

　だが、その単語がない。

　運転、運搬、運賃――どれもこれも、撥音語尾ばかりだ。

「二十五秒、六、七、八」

　駄目だ。もう駄目だ。何も出て来ない。だが――。

「う――う」

　と、わたしは言った、ちらりと、記録係の顔を見る。

「わたしの負けだな、弓田八段、君の勝ちだ」

最後の瞬間に、わたしは賭《か》けた。一気に勝負をつけるチャンス。最近のだらしない若者言葉に、コンピューター世代の、甘ったれた学生八段の言葉遣いに、わたしは賭《か》けたのだ。

「うん」

と、弓田は答えた。

「そうみたいだね」

次の瞬間、弓田にとっては思いもよらなかっただろう言葉が、記録係の口から出た。

「大木十段、鵜《う》」

続いて、

「弓田八段、運」

眼鏡の後ろの弓田の細い目が、大きく見開かれた。

自分の番でなければ、何を言ってもいい。だが、自分の番の時、口走った二文字以上の言葉は、勝負用単語とみなされる。それがルールだ。奴は、記録係が気づいたことに、気づかなかった。わたしが、うなるように自分の言葉、『鵜』を言い終わり、自分の番になっていることに、気づかなかったのだ。だから、馬鹿な返事をしてしまった。

大きく鳴り響くブザーの音。

「『運』は撥音語尾です。弓田八段は失格。大木十段の勝ち」

勝った。

たちまち、報道陣がわたしの席の周りに群がった。旧世代対新世代の、この好勝負は、尻取りの歴史に残るだろう。

わたしは額の汗を拭い、がっくりと肩を落としている弓田八段に声をかけた。

「気を落とすなよ。君は強い。だが、経験も大切だ。こういう修羅場をくぐれば、もっともっと強くなって、われわれ古狸の引っ掛けには、かからなくなるだろう。また対戦するのが楽しみだ」

すぐそばで、記者たちが忙しくわたしの言葉をメモにとっている。弓田八段は、当惑したような顔を上げた。銀縁の眼鏡が、ちょっとずり下がっている。

わたしは、その顔を見て、こうつけ加える誘惑に抗し切れなかった。

「今日の勝負は、運が悪かったのさ」

われらの農場を守れ

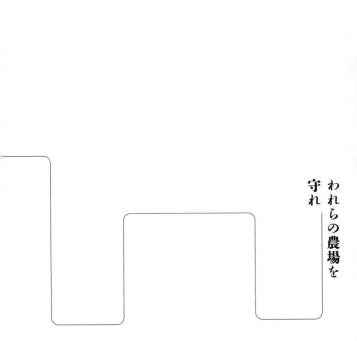

幸蔵《こうぞう》じいさんの農場を訪れるのは、初めてだった。じいさんが、僕の両親の家に遊びに来たことは、何回かあった。しかし、父はリーロイ星という都会に出て来て以来、決して自分が生まれた農場に行ってみようとはしなかったし、僕や妹の澄子《すみこ》を、じいさんの家に預けようともしなかった。

「恐ろしい」

と、父は何度も言っていたものだ。

「あんな危険なところに、子供を行かせるなんてとんでもない」

だが、今の僕はもう、二十《はたち》を越えていたし、ただの食肉農場がどうしてそんなに恐ろしいのか、さっぱりわからなかった（ちゃんと勉強していれば、もちろん知っていたのだろうが、父は話したがらなかったし、僕は七歳の時、ティーチング・マシンを出し抜く方法を発見して以来、興味のない科目――例えば異星地理や歴史――の勉強は全てすっとばすことに決めていたのだ）。

だから僕は、友達と惑星レンドルⅣに大滝を見に行った帰り（最近の地殻変動でできたその大滝というのは、確かに大したものだった。エベレストぐらいの高さの崖から、毎秒二百トン以上の水が落下しているのだ）、ふらっとじいさんの農場に立ち寄ってみることにしたのだ。

「やあ」

僕の姿を見ると、幸蔵じいさんは、革みたいに日焼けした顔をほころばせた。背が、少し縮んで見えるのは、僕の錯覚だろう。相変わらずひょろりとしているが、この前会った時より、年をとっているようには見えなかった。

「よく来たな」

「近くまで来たんで、寄ってみたんだ。それだけだよ。どう、元気？」

さりげなく聞こえるように、僕は言った。僕はいまだに、肉親に対する愛情を表現するのが苦手だ。大っぴらに再会を喜び合うのは、何か沽券《こけん》にかかわるような気がするのだ。

「それだけか」

じいさんは、にやりと笑った。

「それだけで結構。おかげさんで、わしは元気だよ。ゆっくりして行けるんだろ」

「邪魔にならなければ、二、三日泊めてもらえるとありがたいんだけど。定期シャトルは、週二本しかないんだ」

「お安い御用だ」

と、幸蔵じいさんは答えた。

「しかし、来るには妙な時期を選んだもんだな」

「時期？」

僕は、首を傾《かし》げた。

「何の時期なの？」

「おお、お前、知らんのか」

じいさんは、合点したように頷《うなず》いた。

「おまえの親父《おやじ》は、何も教えていないものと見える。まあいい。今日はゆっくり休め。うまい肉があるし、ここの地酒も、結構いけるぞ。お前、もう酒は飲んでるんだろう？」

「まあね」

「もちろんだ。大川《おおかわ》家の男は、みんな十二歳から飲み始める。誇るべきことではないが、血は争えん。さあ、早く中に入れ。明日は早いぞ」

祖父の言葉の一部は、僕にはよく意味がわからなかったが、僕はとにかく、じいさんの『掘っ立て小屋』に入り（僕が首都星で使っているカプセル・アパートとは大違いで、馬鹿《ばか》でかい客用寝室だけで四つもある）、歓待を受けた。

和美《かずみ》ばあさんは十年近く前に事故で亡くなっており、風呂をわかしたのも、食事を用意したのも、客用のシーツを引っ張り出して来たのも、幸蔵じいさんだった。シャワーは気持ちのよい熱さだったし、タオルは柔らかく、清潔で、これ以上は望めないほど乾燥していた。

じいさんの手料理がまた、全く堂に入ったものだった。香ばしい、焼き立ての黒パン。新鮮なサラダ。中でも、ステーキは絶品だった。農場で取れたばかりの肉は、柔らかく、汁気たっぷりで、かすかな甘みがある。これが、この星の主要な輸出品目に挙げられている理由が、地理オンチの僕にもはっきりわかった。女の子たちの一部は、高級料理店で供されるこの肉を気味悪がるが、そんなのは、馬鹿げた偏見にすぎない。これに比べれば、『衛生的で栄養満点』の合成肉など、肉と名乗るのもおこがましいと、僕は思う。

その肉を、じいさんは素晴らしい焼き加減でステーキにし、変わった風味のソースをかけていた。やはり農場で取れる植物を刻み、ヨーグルトで煮込んで作ったソースだ。

「うまいね」

と、僕は言った。

「かあさんの料理より、ずっとうまいよ」

幸蔵じいさんは、僕の言葉を聞くと、相好を崩した。

「女にまともな料理ができた試しがあるか？　わしは、ばあさんの料理を三十年も我慢して来たが、今になってみると、ずいぶん無駄なことをしたもんだと思うね。どうだ、もう一杯飲むか？」

農場の『地酒』は、透明なウイスキイで、学生向けのソフトなカクテルに慣れた僕の喉と舌には、刺激が強すぎた。でも、僕はビールか何か、軽いものが欲しいとは言い出せなかった。じいさんの前で、男らしく振るまいたいという、馬鹿げたプライドに取りつかれていたのだ。そのせいか、食事を終えて、じいさんと四方山《よもやま》話をしているうちに、僕はどうしようもなく眠くなってしまい、早々に寝室に引き下がった。

眠りにつく前に、僕はちらっと思った。

明日は早いと言っていたが、じいさんは僕のために、どんなプランを用意してくれているのだろう？


僕は夢の中で、長く響くサイレンの音を聞いた。誰かが、『敵襲、敵襲！』と叫んでいる。遠くで、何かが爆発するようなドーンという音が響いた。出来の悪い戦争映画みたいだ。酔っ払って寝ついたとは言え、つまらない夢を見るものだ、と、僕は思った。

ここは農場だ。戦場ではない。僕は、その語呂合わせが気に入って、目を閉じたまま、にやりと笑った。

それから目を開けて、夢が夢ではないことを発見した。

僕は、確かに農場の板張りの寝室にいた。ちょっとスプリングの堅いベッド、白いシーツ、枕もとのサイドテーブルには、祖父が用意してくれたらしい水差しとコップ。

そして、サイレンも、本当に鳴っていた。

性能の悪いスピーカーを通じて流れる、割れた声の『敵襲、敵襲！』も本当だった。

あるいは、僕はまだ、夢から覚めていないのか？

信じられない思いで、僕はベッドの上に半身を起こした。

その時、幸蔵じいさんが、ノックもせずに、部屋に飛び込んで来た。

「勇次《ゆうじ》」

と、じいさんは叫んだ。

「勇次、敵襲だ！」

問い返す前に、僕は、祖父の格好に目を奪われた。

何てことだ。幸蔵じいさんは、カーキ色のジャンプスーツのような物を身につけ、灰色のバイザーつきのヘルメットをかぶっている。ヘルメットはつや消しの茶色で、へこみや傷がいくつかついていた。

ジャンプスーツには、あちこちに金具や紐《ひも》がついていて、どう見ても手榴弾《しゅりゅうだん》や装弾マガジンにしか見えないものがぶら下がっているし、肩にたすきがけにしているのは、レーザー・カートリッジ・ベルトに違いない。

最後の仕上げに、祖父はごつい全天候用のブーツを履いていた。ついに、祖父も頭に来たのだろうかというのが、最初に浮かんだ感想だった。それとも、ある種のサバイバル・ゲームに熱中していて――。

「さあ」

と、幸蔵じいさんは言った。

「さあ、これを着るんだ」

祖父が両手で差し出したのは、自分が着ているのと同じようなジャンプスーツだった。

「防弾繊維が織り込んである。隣の黒田《くろだ》んとこの息子が使ってたものだが、サイズは合うはずだ」

「でも、一体これは――」

「質問はあとだ」

これまで聞いたことがないような厳しい口調で、幸蔵じいさんは言った。

「とにかく、これを着ろ」

じいさんの態度に気圧《けお》されて、僕は差し出された衣類を受け取った。

僕がそれに袖を通している間に、じいさんは、寝室の扉のところから、何か長い棒のようなものを持って来た。それが何だかわかると、僕はショックを受けた。

「ＡＫＬ二二〇〇じゃないか！」

と、僕は思わず叫んだ。僕には、兵器マニアのガールフレンドがいて、現存する携帯火器について、聞きたくもない講義を何度も受けていたのだ。彼女にとって、兵器の話は、ことに及ぶ前の前戯のようなものだったから――いや、そんなことはどうでもいい。

「星間警備隊の制式狙撃銃だ。じいさん、どうしてそんなものを――」

「違うね」

幸蔵じいさんは、にこりともせずに言った。

「こいつは、ＡＫＬ二四〇〇だ。二二〇〇は、射程が短くていかん」

「どっちでもいいけど――」

じいさんが、ヘルメットを投げてよこしたので、僕はそれを受け止めるために、言葉を切った。

「即刻、居間に出頭しろ。状況説明を行なう。〇八〇〇時からだ」

僕に質問する暇を与えず、じいさんは駆足《かけあし》で階段を降りて行ってしまった。

ベッドの下には、ぴかぴかに磨かれたブーツが置いてあった。僕は首を振りながら、ジャンプスーツのプラスティック・ベルトを締め、ブーツに足を突っ込んだ。

戦争ごっこだと？　どうしてこんなことに巻き込まれなきゃならないんだ？

僕は、ベッドの上に置かれた灰色の強化プラスティックの塊に視線を注《そそ》いだ。じいさん、これを置いて行ったってことは、僕に使えってことかな。

うへえ、冗談じゃない。本物なら百ヤードの距離から、二インチの鉄板を貫通できるというＡＫＬ二四〇〇は、本物にしか見えなかった。

居間に降りて行くと、そこはすでに、同じ色合のジャンプスーツ――いや、野戦服を着た男女で、ごった返していた。

　木製のベンチに座っている者、床の上に、じかにあぐらをかいている者、立ったまま、互いに何事か話し合っている者。総勢三十人はいるだろうか。全員が、拳銃やレーザー・ライフル、ハンドヒーターなどで武装している。その格好と、真剣な表情にもかかわらず、精悍《せいかん》な兵士たちと表現するのはためらわれる。七十歳以上に見える白髪の老婦人がいるかと思えば、腹の突き出た中年男がいる。そばかすが目立つ痩《や》せこけた少女がいる。酒好きらしい赤ら顔のおやじがいる。そのうちの二、三人は、僕にも見分けがついた。古いアルバムで見たことのある、叔父《おじ》や伯母《おば》たちだ。

　どうやら、近所の連中が、おっとり刀で駆け付けて来たらしい。しかし、何のために？　この植民惑星は、サバイバル・ゲームの大流行にでも見舞われたのだろうか。

『敵襲、敵襲』という放送はすでにやんでいたが、遠くのほうの爆発音は、相変わらず断続している。居間に集まった人々は、今年の放牧エリアがどうだとか、春が短すぎたからこうだとか、雨はいつ降るだろうかとか、この場の雰囲気にそぐわない牧歌的な会話を、のんびりと交わしている。時おりだれかが僕に気づいて、励ますような微笑を投げかけて来ることはあったが、僕は明らかによそ者扱いで、事情を説明してやろうという人物は現われなかったし、僕も、あえて尋ねる気にはなれなかった。

「アテンション！」

という掛け声が突然聞こえて、僕は思わずびくりとした。

部屋にいる全員が起立し、一斉にキッチン・テーブルのほうを向いたので、僕も他にやることを思いつかず、それにならった。

「休め」

声をかけているのは、のどぼとけの突き出した、五十歳ぐらいの貧相なおっさんだった。僕は、そいつの野戦服の胸と肩に、金色の山形章が縫いつけてあるのに気づいた。キッチン・テーブルの上に立っているのは、幸蔵じいさんだった。僕は、目をぱちくりさせた。さっきは気がつかなかったが、じいさんの服にも、金ピカのモールがたっぷり、縫いつけられている。

じいさんの後ろには、いつの間にか、大きな地図がかけられている。天井からぶら下げてあるのだろうか。

「諸君」

と、じいさんは、威厳のこもった声で話し始めた。

「すでにご存じのことと思うが、ついに戦いの時は来た」

戦いだって？　だが、ここに集まる連中の様子を見ていると、その言葉は、さほどびっくりするようなものではない。

僕以外の聴衆も、案外冷静で、幸蔵じいさんの声を聞いても、喚声《かんせい》を上げる者はいなかった。

反応と言えば、僕のすぐ横に立っていた太鼓腹の初老の男が、ひと言感想を述べただけだ。

「今年はまた、随分早《はえ》えよな」

幸蔵じいさんは、この言葉を聞きつけた。

「そうだ」

妙に凄《すご》みのある微笑を浮かべて、演説を続ける。

「今、裏新田《うらしんでん》のとっつぁんが言ったように、今年は随分早い。わしは今朝、念のため北シェファード農業試験場に問い合わせてみた。間違いなく、連中は活動を開始している」

「試験場の若僧の言うことなんざ、信用できるのかよ」

ずるそうな顔をした中年男が、怒ったような口調で言う。

「あいつ、この間まで、ミンク梨と粉吹きリンゴの区別もつかなかったんだぜ」

「あんたは黙ってなって」

横にいた、中年男のかみさんらしい女が、ぴしゃりとやっつけた。

「耳はあるんだろ?　試験場が何て言おうと、あのどんどん言う音を聞いてりゃあ、間違いようがないじゃないかね」

あちこちで、押し殺した笑い声と同意の声が起こる。何の話だか見当もつかないでいるのは、どうやらこの場では僕だけらしい。とにかく、何だかわからないが、敵というのが、例年定期的にこのあたりを襲って来るということは、知識として加えてもよさそうだ。

「おりゃあ、別によ――」

男がしゅんとして黙り込むと、幸蔵じいさんが再び話し始めた。

「西田《にしだ》のかみさんが言うとおり、始まってるのは間違いない。いつもより二週間がとこ早いが、この暑さを考えると、無理もないんじゃないかな。それはそれとして、今年はちょいと悪いニュースがある」

祖父は言葉を切って、ざわめきが静まるのを待った。何人かの顔に視線を当ててから、続ける。なかなかどうして、大した貫禄だ。

「どうやら、今年は、ビートルどもと、フライヤーどもが、同時に活動を開始したらしい」

腹を立てたような唸《うな》りと、がやがやという話し声が、居間を埋めた。

「静粛に！」

山形章をつけたのどぼとけが叫ぶ。

「指揮官よう」

誰か姿の見えない男が、のどぼとけの指示を無視して質問した。

「疑うわけじゃねえが、そいつは確かなのかい？　九十二年の夏からこっち、そんなのはいっぺんもねえぜ」

「そうだよ」

と、比較的若い女の声。

「試験場の若僧についちゃ、あたしも西田さんに賛成だね。あいつときた日にゃあ、畜産大学を出てるってだけで――」

「試験場がそう言ってるだけじゃないんだ、マギー」

と、じいさんは言った。

「一本杉《いっぽんすぎ》牧場の竹雄《たけお》とヘイリーに、ヘリを飛ばしてもらった。北の黒禿森《くろはげもり》から、機動部隊の大群が、こっちへ向かってるそうだ」

機動部隊だって？　一体何が攻めて来るというんだ？

「待っとくれ、指揮官」

白髪の黒人女性が口をはさんだ。

「南のほうはどうなのさ」

「今、それを言おうとしたところだ」

幸蔵じいさんは、沢山ある野戦服のポケットの一つから伸縮式の指示棒を取り出し、背後にかけられた地図の一点を差し示した。

「クラウトの丘が、今年の養育場だが、クローネンとうちの農場、それからヤンの牧場から、すでにさなぎは移し終わっている。だが、マルヴィンのせがれが点検したところでは、まだ羽化していない」

指示棒が動いて、地図上の別の点を差し示した。

「しかも、北からの連中は、予想より西寄りのコースをとっている。従って、ビートル1とビートル2が激突するのは、このあたりだ」

「何だと」

がっしりした体つきの、実直そうな男が、途方に暮れたような声で叫んだ。

「そこは、わしの果樹園じゃないか！」

「その通り」

幸蔵じいさんは、大きくうなずいた。

「おまけに、ビートル1は、フライヤーどもの真下に突っ込んで行くことになる。だから、ビートル大隊を誘導すると同時に、フライヤーを叩《たた》かなければならない」

「そこで戦闘するのは許さん」

と、さっきの中年男が叫んだ。

「粉吹きリンゴが、滅茶苦茶になっちまう」

「だから、連中のコースを変えさせる」

祖父は、ポケットから赤いプラスティックのコインのようなものを出し、驚くべき手際のよさで、それを地図のあちこちにくっつけた。

「ここから、こっちへ誘導するんだ。ポイント五十六、とんがり岩の南だ。ここなら、誰の土地も被害は受けん。大宅《おおや》のおっさん、トラクターの調子はどうだ」

幸蔵じいさんの質問に、腰の曲がりかけた老人が太い声で答えた。

「聞くまでもねえよ。先週、整備を終えたばかりだ。いつでも発進できる」

「よし、では、ソコロフスキーの農場の若い衆に協力して、ここ、嗄《か》れ谷《だに》の北西で、ビートル1を叩いてもらう。ちょいと、連中の側面を攻撃して、針路を変えさせてやるんだ。こう、こっちのほうへ。裏新田のとっつぁんは、一族を連れて援護。ライフルの腕は鈍っちゃいないよな」

「馬鹿にしちゃいかん」

と、太鼓腹のじいさんが答える。

「よし、頼むぞ。アブドラ？」

「あいよ」

僕の前に立っていた男が、ひょいと手を上げた。

「そこか。ヘリの編隊を出せ。ここの上空で、フライヤーを叩く。白下《しろした》の放牧場のはじっこを過ぎるまで待って、できるだけ多く叩き落とすんだ。西田のとっつぁんは、農薬散布機で、ヘリの後ろにつく。後方支援だ。低速飛行は慣れてるな？」

「まかせとけって」

「山向こうから、応援の歩兵部隊が二個小隊来る」

祖父は、鋭い目で地図を睨《にら》みながら続ける。

「一個小隊は、大宅のトラクター部隊につける。もう一個小隊は、イサクじいさんの指揮のもと、クラウトの丘を哨戒《しょうかい》。ビートル２が活動を開始したら、ただちに司令部に報告。その後は、地上から高射砲弾幕を張ってくれ。マギーは、無線の中継準備を頼む」

僕の顎は、だらりと垂れ下がったままだった。幸蔵じいさんは、集まった人々に、てきぱきと指示を下して行く。まさに野戦司令官だ。いや、しかし――祖父は、ただの農夫のはずだ。一体ここで、何が起こっているのだ。

「以上だ」

と、祖父は最後に言った。

「質問は？　ないようだな。では、今年の実りが豊かであるように、健闘を祈る」

「解散！」

のどぼとけが声を張ると同時に、集合した人々は出口へと殺到し、あっと言う間に誰もいなくなった。

「おじいちゃん」

と、僕はテーブルの上に立ち尽くす祖父に向かって声をかけた。

「一体これはどういうことなの？　ゲームにしちゃ、手が込んでるけど」

幸蔵じいさんは、やっと僕がいることに気づいたようだった。

「ああ、勇次か」

と、気の抜けたような声で言う。

「敵襲さ。毎年のことだよ」

「敵襲？　でも敵なんて――。誰が、いや何が攻めて来るというんだい？」

「必ずしも、攻めて来るわけではない」

じいさんは、野戦服の袖で、額の汗を拭うと、胸のあたりにあるポケットから、紙巻き煙草《たばこ》の箱を取り出した。

「連中も、生きるためにやっていることだ。時に勇次、ヘリの操縦はできるかね？」

「標準型なら。ほんと言うと、フィールド・レースのチームに入っていたこともあるんだ」

幸蔵じいさんは、紙巻き煙草を唇の端にくわえ、目を細めて煙を吐き出した。

何てこった、と、僕は思った。幸蔵じいさん、いやにカッコイイじゃないか。歴戦の勇士といった感じだ。

「それじゃあ、ちょいと手伝ってくれないか」

自分でもわからない理由から、僕はうなずいてしまった。

「いいとも」

祖父は、考え直したように首を横に振った。

「いやいや、やめておこう。言っとかなくちゃならんが、いささか危険な任務だぞ。お前はここの人間じゃない。手伝う義理はないんだ」

「いいって言ってるだろ」

信じられない気持ちで、僕は自分がそう答えるのを聞いた。

「多少の危険を覚悟しなくちゃ、道を渡ることだってできないさ」

依然として、僕は、自分が何に首を突っ込んでいるのか、全く知らなかったのだ。

幸蔵じいさんと無線機を後部座席に乗せると、複座ヘリは満員になった。最初にこのヘリコプターを見た時、肥料・農薬散布タンクのかわりに取り付けられている代物を見て、僕はど肝を抜かれた。

ＥＧ－８自動機銃――三十二ミリの『ブッチャー』じゃないか。例のガールフレンドが見たら、涎《よだれ》を垂らして体を擦り寄せて来るに違いない。

「おじいちゃん、こういう兵器は一体、どこから手に入れるんだい？」

「禁輸品目じゃあるがな」

と、じいさんは言った。

「植民地保護のための特例法というのがあるんだ。そいつを、こっちの好きなように解釈して、太っ腹のディーラーに金《かね》を積むと、一週間で届く」

「しかし――」

「黙って、こいつを持ち上げてくれ。わしゃ最近目が悪くなってな、計器が読みにくいんだ」

僕は、エンジンをかけ、ローターを回した。風切りの音に耳を傾ける。回転は滑らかで、安定している。誰がやってるのか知らないが、整備には、文句のつけようがない。農業惑星に、これほど完璧にジェットヘリの整備ができる奴《やつ》がいるとは思わなかった。

ヘッドセットをつけ、ヘルメットをかぶる。わーお。僕は一体、何をしてるんだ？

僕は、出撃するところなのだ。

スロットルを倒し、コレクティブ・ピッチ・レバーを操作する。バルカン砲を積んだ攻撃ヘリは、軽くバンクしてから、浮かび上がった。

そのまま上昇し、地面を見下ろしたとたん、じいさんの手伝いなんかを始めたことを後悔した。

僕がいるのは、戦場の上空だった。

地上に展開しているのは、まさに機甲師団――黒光りする丸っこい戦車が何百台も、砲身を突き出し、でたらめな隊列を組んで、土埃《つちぼこり》を上げながら驀進《ばくしん》している。何だ、これは？どうして農業植民地に、戦車なんかがいるんだ？　じいさんたちは、何と戦っているんだ？

「どうだ、勇次」

と、幸蔵じいさんが言った。

「この眺めは」

どうだ、と言われたって——。戦場の上を飛ぶのは初めてだ。感想の述べようがない。返事をするかわりに、僕はごくりと唾を飲み込んだ。

「こちら、アルファ・コントロール」

という幸蔵じいさんの声が、ヘッドセットに入った。

「ビートル1は、飛び蛙池《がえるいけ》の南方二キロの地点を、南南西に向けて進行中。フォックストロット聞こえるか？」

「こちらフォックストロット」

という、しわがれた声が答える。

「おれらも、ビートル1を視認した。あと二分ほどで、射程距離にへえるぜ。アルファ・コントロールどうぞ」

幸蔵じいさんは、キャノピーから地表を見下ろし、豆粒のようなトラクター大隊が、機甲師団の側面から接近していることを確認した。

「こちらアルファ・コントロール。そちらを視認したぞ。四分後に射撃開始。各個判断により攻撃せよ」

「フォックストロット了解。このくそトラクターは、そろそろ買い替えの時期だな」

「次の出荷が終わったら、トラクターぐらい買えるだろう」

「ちげえねえ。ただ、熊井《くまい》のじさまが、稼ぎを全部飲んじまわなければの話だ。フォックストロットから交信終了」

「おじいちゃん」

と、僕は大声で話しかけた。金属的な祖父の声が答える。

「でかい声を出さんでもいい。ヘッドセットはつながっとる。何だね？」

「トラクターで、戦車に立ち向かおうなんて、無茶だよ」

「あれは戦車なんかじゃない」

と、祖父は答えた。

「ほんの冗談で、機動部隊だとか、機甲師団だとか呼んでるだけだ。敵襲という言葉と同じさ」

「でも」

僕は、見下ろしながら、「機動部隊」の上を飛び過ぎた。

「あの旋回砲塔は――」

「ありゃ、大砲じゃない。角だ。弾《たま》は出ない」

「角？」

角って何、とか、それじゃどうして、こっちは武装してるのさ、とか聞こうとした時、ヘッドセットに、別の声が入った。

「こちら、クラック・リーダー。アルファ・コントロールどうぞ」

「こちら、アルファ・コントロール。聞いてるぞ。クラック・リーダー」

「やあ、ビートル2が、活動を開始しおった。じきに、動き始める。なかなかいい具合じゃ」

「そいつはよかった、クラック・リーダー。だが念のため、ビートル2を谷の東側に誘導するようにしてくれ」

「心得てるとも、大宅の連中はどうだ？」

「うまくやってるよ。あと――そうだな、あと一分ほどで、つっつき始める予定だ」

「トラクターが、エンストを起こさなきゃいいけんどな。ありゃあ、なんせ博物館行きのしろもんだからよ。クラック・リーダーよりアウト」

いつの間にか高度が下がりすぎていることに気づいて、僕はヘリを上昇させた。それにしても、あれが戦車じゃないとすると、何なんだ？　黄色いトラクターの何倍も大きいことは確かだ。それと、これは確かだとは言えないが、どうやらキャタピラを使って進んでいるのではなさそうだ。

「フォックストロットからアルファ・コントロールへ。これより射撃に入る」

フォックストロットは、確かに射撃に入った。トラクターは、戦争ごっこをして遊んでいるわけではなかった。土埃ごしに、チラチラと光るＡＫＬレーザー・ライフルの発射光が目に入ったのだ。本物だ。冗談ではなく、本当に、レーザーを発射している。どうやら、戦車みたいな奴を攻撃しているらしい。

『敵』は、すぐさま反応した。

いくつかの『戦車』の旋回砲塔——ないしは角——が、ゆっくりとトラクターの方角を向いた。僕は、背筋が冷たくなるのを覚えた。これは、その、つまり、反撃だ。

通常の信地旋回よりもはるかに身軽な動作で、全部の戦車が直角に向きを変え、一ダースほどのトラクターに向かって突進する。多勢に無勢だ。これでは、トラクターは助かりそうにない。

「アルファ・コントロールからフォックストロットへ。フォックストロットどうぞ」

と、祖父がのんびりした口調で呼びかけた。ザーッという雑音のあと、フォックストロット、つまり大宅のとっつぁんが答える。

「こちらフォックストロット。奴ら、怒ったみてえだな」

「ああ、そう見える。そのまま逃げ出せ」

「フォックストロット了解。転針すんぞ」

首を伸ばして地表をうかがうと、トラクター部隊が転針し、逃げ出すのがわかった。どうやらトラクターのほうが、戦車よりも速いらしい。荷台や手すりに、人間——歩兵部隊？——を満載しているにもかかわらず、トラクターは見る見るうちに、追いかけて来る数千台の戦車を引き離した。

　戦車たちは、あきらめたように再度砲塔をめぐらすと、あらためて南へ向かう針路をとった。

「うまいぞ、フォックストロット」

　と、幸蔵じいさんが叫んだ。

「完璧な誘導だ」

「おれらは、ヒット・アンド・アウェイよ。少し南で、もう一度やってやる」

「頼むぞ」

　僕は、祖父とトラクター部隊のやりとりよりも、計器盤に注意を奪われていた。変な音が、計器盤のはしっこから出ていたからだ。

　何だ。何でこいつは、ピーピーいってるんだ。まるで、フィールド・レースで、後続機に捕まった時みたいだ。ええと、この丸いのは、見たことはないが、ショート・レンジの後方監視アクティブ・レーダーに違いないから、この白いぶつぶつは、つまり――。

「おじいちゃん！」

　僕は、度を失って叫び声を上げた。レーダーの故障でないとは、なかなか信じられなかった。

「敵機だ。六時の方向。数百、いや、数千機はいる！」

幸蔵じいさんは、僕の肩ごしに計器盤を覗《のぞ》き込んだ。老眼だから、少し離れたところからのほうが見やすいらしい。

「フライヤーだ」

と、祖父はつぶやいた。

「高度をとれ、勇次。ここで旋回だ。あいつらに追いつかせる」

「こんなの、見たこともないよ、一体何が飛んでるんだ？」

「フライヤーだ」

と、じいさんは繰り返した。

それから、無線でわめき立て始めた。

「アルファ・コントロールからラッキー・リーダーへ。ラッキー・リーダーどうぞ」

「こちらラッキー・リーダー。アブドラだ」

「ほいでもって、ラッキー・カウンター、散布二号の西田だ。アルファ・コントロール、よく聞こえるぞ」

ちぇっ、また戦略会議だ。僕は、言われた通り、二百フィートほどヘリを上昇させると、半径百フィートの旋回を始めた。

「フライヤーの大編隊を探知。そちらの二百フィート上空、二時の方向だ。見えるか？」

「ちょっと待て、アルファ・コントロール。太陽が邪魔だ」

しばらくの間。

その間を利用して、幸蔵じいさんは農業試験場と連絡を取り、フライヤーの編隊が、複数でないことを確認した。一編隊だな、シェファード？　間違いない、ゆっくり相手してやれよ、アルファ・コントロール。タフを装った口調。『試験場の若僧』は、自分の役割に酔っているのかも知れない。確かに、まるで戦争映画を見てるみたいだ。

ヘッドセットに、ザーッという雑音が入った。

「ラッキー・リーダーからアルファ・コントロールへ。敵編隊を視認したぞ。今年はまた、ずいぶんたくさん羽化したもんだ。はたき落とすか？」

「やってくれ」

と、幸蔵じいさんは答えた。

「こっちは、二百フィート上空にいる。そちらから見て、二時の方向だ。当てないでくれよ」

「ラッキー・リーダー了解」

「ラッキー・カウンター了解だ。交信終了」

何が起こるのか見ようと、僕はキャノピーに顔を押しつけた。長く待つ必要はなかった。来た！　銀色のものが、空中を僕らのほうに向かって来る。無数の点——青い空を背景に、陽光にキラキラと輝いている。空に、銀色の砂をばらまいたようだ。百や二百という数ではない。何千粒という砂だ。

それが近づいて来るにつれて、細部が見分けられるようになった。飛行機のようだ。銀色の翼、ずんぐりした胴体、胴体の後ろから突き出した、長い管のようなもの。キャノピーごしに、ぶーんという、不吉な唸りが聞こえる。小型飛行機？　いや、プロペラはついていないし、ジェット推進にしては遅すぎる。ありゃあ、どう見ても、羽根を震わせて飛んでいる。だが、レーダーの反応から見て、二十フィート程度の全長があるのは、間違いない。

何だ、ありゃあ？　人工物のようでもあり、生き物のようでもある。ぶんぶん唸りながら、羽根を震わせて飛ぶ、未確認飛行物体――。

そいつらは――僕は突然、地球系生物との類似に気づいた。そうだ、蜂だ。何千という蜂が、一団になって飛んでいるのだ。

しかし、何という蜂だろう。信じ難いことに、全長二十フィートの蜂が、時速四十マイルで飛んでいるのだ。

昔、ホーネットという戦闘機だか、爆撃機だかがなかったろうか。今度、例のガールフレンドに会ったら聞いてみよう。

「ラッキー・チームが来るぞ」

蜂どもの後ろから、色とりどりのヘリコプター部隊が迫って来るのを見て、僕は不思議と胸が躍るのを覚えた。赤、黄色、黒、ブルー、形式も年式も様々な七機のヘリコプターは、きれいに横一線に並んで飛んで来た。雲の彼方《かなた》から現れた騎士たち。素晴らしい。何か勇壮なBGMはないか？　ここは、ワグナーでもかけるべきシーンだ。

レシーバーに、アブドラの声が入った。

「ラッキー・リーダーから、編隊各機へ、各個照準の上、射撃開始せよ」

「ラッキー・パンチ２了解」

「ラッキー・パンチ４了解」

「了解」

「よっしゃ」

ラッキー・リーダーの率いる農業用ヘリコプター部隊が、射撃を開始した。拡散レーザーを使っているらしい。巨大蜂たちの端で、何かがピカッと光ったかと思うと、二ダースほどの蜂が、突然体勢をくずし、もがきながら落ちて行った。また、こちらでピカッ、あちらでピカッ。あっと言う間に、何百という蜂が撃墜され、蜂の集団に大きな穴があく。僕は、性的興奮に近いものを覚えた。

「やったぞ」

と、僕は思わず叫んでいた。

「おじいちゃん、やっつけたよ」

「まだ、これからだ」

と、幸蔵じいさんは無愛想に答えた。

蜂編隊は、反撃を決意したらしい。指揮命令系統がどうなっているのかわからないが、

(多分、亜昆虫類の本能だろう)一番後ろを飛んでいた蜂が百匹ほど、半径五十フィートの輪を描いて反転した。僕は、旋回を中止し、上からその蜂たちを追った。これからどうなるか、是非見ておきたい。

「アルファ・コントロールよりラッキー・リーダーへ。気をつけろ。撃たれるぞ」

「わかってますって」

と、アブドラは元気に答えた。

祖父が撃たれると言ったのは、文字通りの意味だった。向きを変えた蜂は、飛び続けながら、それぞれ胴体を折り曲げて、長い管を攻撃者の方に向けた。黒くて太い管だ。どうも、危険な感じがする。

その管が一斉に震えたと思うと、ドドドッという、鈍い音がキャノピーごしに聞こえた。うへえ、確かに危ない。蜂は丸腰ではなかった。これは銃撃だ。

だが、ラッキー・パンチ編隊は、何事もなく上昇し、蜂の上を飛びすぎた。蜂が発射したのが何であれ、外れたのだ。僕はほっとして、操縦桿《そうじゅうかん》を握る手をゆるめた。

ラッキー・カウンターこと農薬散布機も、遊んでいるわけではなかった。再び向きを変え、農業用ヘリコプターの後を追い始めた蜂の後方から、白い霧のようなものが襲いかかった。

「窓さ閉めとけよ、アルファ・コントロール」

と、西田氏の声が無線に入った。

「こいつは、こないだ買った、秋星《シユウセイ》八号の殺虫剤だぞお」

羽に、秋星八号を浴びせかけられた蜂の反撃部隊は、運動能力を失い、あえない最期《さいご》を遂げた。くるくる回りながら、二千フィート下の地面に落ちて行く。反転して蜂の後方についたラッキー・パンチ編隊は、再び拡散レーザーによる攻撃を開始した。ぴかっ、ぴかっ、ぴかっ。巨大蜂が、ばたばたと落ちて行く。

「アルファ・コントロールよりラッキー・リーダーへ。援護するぞ」

言うが早いか、幸蔵じいさんは待ちかねていたように、下に向けたバルカン砲の射撃を開始した。

どっ。どどどどどっ。

パイロット・シートが震える。歯が痛くなりそうな震動だ。無理もない。この軽量ジェットヘリはもともと、民間用で、ＥＧ－８『ブッチャー』を発射するようには設計されていないのだ。バラバラにならなければいいが。

たちまち、五、六匹の蜂が、派手に空中分解した。ガソリンやケロシンで飛んでいるわけではないから、火こそ噴かないが、その迫力はなかなかのものだ。シミュレーションゲームなんかの比ではない。

どっ。どどっ。ぱん。

どどっ。ぱしん。

すげえ、と、シートとともに振動しながら、僕は思った。サウンド・エフェクトは今ひとつだが、こりゃあ、立派な空中戦だ。僕は、自分のことを平和的な人間だと思っていたが、殺戮《さつりく》を目にして血が騒ぐのを、どうしようもなかった。蜂があまりにも巨大なので、善良な生き物という気がしないのだ。

飛び散った仲間の破片を受けて、巻添えを食った蜂たちが、まとめて落ちて行く。さすがに、少々気の毒な気がしないでもない。

どっ。どどどっ。

僕は、前を向いたまま、祖父に声をかけた。

「おじいちゃん――」

「何だ」

「こいつら、害虫なのかい？」

「害虫だとも」

と、幸蔵じいさんは答えた。

「毎年、相当の被害が出る。こいつらの爆撃でな」

「爆撃だって？」

「いやっほう」

というラッキー・リーダーの声で、僕と祖父の会話は中断した。

ラッキー・チームは、蜂の群れに第四次攻撃を仕掛けたあと、反転離脱するところだ。僕はしばらく、ヘリの勇姿に見とれた。普段、農薬や肥料を撒《ま》きながら、曲技飛行の練習でもしているのではないかと思うほど、一糸乱れぬ見事な攻撃だ。

「おらおらおらおら、どかねえか」

あまり上品とは言えないラッキー・カウンター——西田のとっつぁんの喚《わめ》き声とともに、再び薬剤が撒かれ、害虫どもが次々に落ちて行く。

「考えてみりゃ、害虫ってのも、いいかげんな言葉だけどな」

バルカン砲を撃つ手を休めた祖父が、ぼそりと言った。僕は、後部座席を振り返った。幸蔵じいさんは、火器の発射ボタンに指をかけたまま、深刻な表情を浮かべていた。

「奴らだって、生きるためにやってるだけだ。人間のほうが、あとから来たんだもんな」

僕はうなずき、人間の中に潜む利己主義と残酷さを思った。僕たちは、何て勝手な生き物なんだろう。自然の営みをねじ曲げ、自分たちの欲望を満たすために利用することしか考えない——。何という傲岸《ごうがん》さ。何という不遜《ふそん》さ。何という——。だが、深遠な思考に耽《ふ》けっていられたのは、そこまでだった。

「勇次、高度が下がってるぞ」

と、祖父が怒鳴り、その声に、ラッキー・リーダーの言葉がかぶさった。

「アルファ・コントロール、あぶねえ」

僕は慌てて、一般的なヘリの操縦士が本来向けているべき方向――前方に、視線を向け直した。

指の先が冷たくなった。

まさに、僕等は高度を失っていた。いや、蜂どもが、高度をとったのだろうか。

とにかく、僕らのヘリ――アルファ・コントロールは、まっすぐに、蜂の群れの中に突っ込んで行くところだったのだ。

「おじいちゃん」

と、僕は叫んだ。

「蜂だ、蜂だよ」

「見ればわかる」

と、幸蔵じいさんは答えた。じいさんの言う通りだ。

蜂たちは明らかに、僕たちのヘリを嫌っていた。

仲間を何匹かやられたのだから、当然のことだ。気の早いやつが一ダースほど、こっちに尻を向けている。よく見ると、蜂の目は地球原産の蜂（リーロイ星にもいる）のような複眼ではなく、黄緑色の単眼で、しかも短い眼柄の先についている。四本の足は長く、方向舵《ほうこうだ》やフラップのかわりをするらしい。胴体はひらべったく、結節らしきものはない。

そしてその尻の管は――いかにも、危険そうな代物だった。機銃のようにこちらをうかがうその先端が、くっきりと見える。死の瞬間、人は細部までの映像を、瞬時に把握すると言うが、あれは本当だったのだ――。

「上昇しろ、勇次」

と、幸蔵じいさんが叫んだ。

僕はわれに返り、もっともな意見だと思った。そうだ。上昇しよう。上に逃げるのだ。しかし、キャノピーの上を見たとたん、その気が失《う》せた。

「駄目だよ、おじいちゃん！」

情けないが、僕は悲鳴を上げてしまった。

「上がったら、ローターをやられる！」

ヘリの上には、既に蜂たちが集結していた。黒っぽい腹が、いくつも見える。そのまま上昇したら、巨大蜂どもを、細いローターで搔《か》き回すことになる。いくら整備が行き届いていても、ローターをふっとばされては、空中分解は免れないだろう。

「上がらなくても、やられるのは一緒だ」

と、祖父は冷静に言い返した。それから、ヘッドセットに向かってしゃべり始めた。

「こちらアルファ・コントロール。囲まれてしまった」

「こちらラッキー・リーダー」

と、聞き慣れた声が答える。

「そっちが見えねえ。確かに囲まれたようだな。援護がいるか？　どうぞ」

僕は、操縦桿を動かし、ヘリをゆっくりと左にバンクさせた。尻をこっちに向けた蜂は、苦もなくその動きについてくる。

「くそっ」

と幸蔵じいさんが言い、バルカン砲を発射した。どっ。どどっ。

こちらを狙っていた蜂が、三匹ふっとんだ。しかし、蜂はいくらでもいる。

「レーザーはまずい」

射撃の合間に、祖父はラッキー・チームに指示した。

「こっちが茹《ゆ》で上がるおそれがある。ラッキー・カウンター、秋星八号はまだあるか？」

どっ、どどどっ。がしっ。

何かが、僕らのヘリに当たった。着陸装置のあたりだ。

「メーデー！」

と、僕はやけくそで叫んだ。

「メーデー、メーデー、アルファ・コントロールは、敵機の攻撃にさらされている」

「殺虫剤なら、残っとるよ。撒いてやろうか」

「頼む」

幸蔵じいさんが答えると、ブーンという、軽飛行機のエンジンの唸りが聞こえた。ラッキー・カウンター――西田のおやじの農薬散布機が、上昇しているのだろう。

「勇次、上昇だ」

僕は、蜂の黒い胴体を見上げた。それから、目をつぶった。

「上昇しまあす」

ローターのうなりが高まる。二秒、三秒。ヘリは、空中分解する気配もなく上昇した。殺虫剤のせいかどうか知らないが、上にいた蜂どもは、道を空けてくれたらしい。僕は、おそるおそる目を開いた。

ぱつっ。

キャノピーの左隅に何かがぶち当たり、人の頭くらいもある風穴があいた。猛烈な風が、そこから吹き込んで来る。

「やられた」

と、僕は静かに言った。何やらあきらめの境地のようなものに達していたのだ。もはや、生きて地表に戻れるとは思えなかった。さらば、妹よ。さらば、善良なる父母よ。さらば、兵器マニアの恋人よ。僕は勇敢に戦い、戦場の空に散って行く――。

「そいつを捨てろ」

と、幸蔵じいさんが叫んだ。

「何を」

と、反射的に僕は答えた。

「お前のシートの下だ」

手を伸ばすと、卵くらいの大きさの物に触れた。感触も卵に似ている。だが、もっと硬そうで、何倍も重たかった。

「これ、何？」

黒っぽい卵状の物体を、僕は持ち上げた。

「そいつを捨てろ」

再び、祖父が怒鳴った。僕は首を振った。別にこんなもの、欲しいわけじゃない。捨てろというなら、捨ててやろう。キャノピーにあいた穴から、苦労して押し出すと、黒い卵はゆっくりと落ちて行った。キャノピーから、落ちて行くのがよく見えた。風に押されて、落ちながら後方に遠ざかる。

次の瞬間、そいつは爆発した。

ぽん、という音がして、破片のようなものが、ぱちぱちとキャノピーとヘリの腹にぶつかったので、それとわかったのだ。

「お、おじいちゃん」

あれをあのまま持っていたら、と思うと、ぞっとして冷や汗が流れた。

「あの卵みたいなの、爆弾じゃないか」

「いや、爆弾じゃない」

と、祖父は答えた。

「あの卵みたいなのは、フライヤーの卵だ」

ヘリは、上昇を続けた。

だが、蜂たちは、どんどん撃墜されているはずなのに、いっこうにいなくならない。上昇性能も、ヘリにひけをとらないみたいだ。

がしっ。

また、蜂に発射された卵が、ヘリの胴体のどこかに命中する。穴はあかなかったようだが、僕は思わず、首を縮めた。そんなことをしてもどうにもならないと知りながら。

「アルファ・コントロールからラッキー・リーダーへ」

と、祖父はヘッドセットのマイクに向かって言った。

「どうも、脱出できないようだ」

「こちら、ラッキー・リーダー」

と、アブドラの声が答える。

「こっちからも、そのように見える、どうぞ」

「では、わしにかまわず、攻撃を続けてくれ、どうぞ」

「大丈夫なのか？　どうぞ」

「わからん、どうぞ」

「わかった。とにかく、そっちには当たらないように気をつけよう。ラッキー・リーダーからオーバー・アンド・アウト」

ラッキー・チームは、蜂の本隊への攻撃を続行することになった。わかりやすく言うと、僕たちは見捨てられたわけだ。

僕は一旦《いったん》口を開き、泣き言を並べても仕方がないと思い直して、また閉じた。僕は黙って、辺境の農業惑星で、蜂に囲まれながら死んで行く自分を哀れんだ。

バルカン砲対卵の銃撃戦は続く。

どどっ、どどっ、どどどっ、ぱん。

どっ、どどっ、ぱしん。がしっ。

「さすがだ、勇次」

しばらくすると、幸蔵じいさんが誇らしげに叫んだ。

「確かに、死んだ振りをして降下すれば、脱出できるかも知れん。いい考えだ。見事な作戦だぞ。二階級特進ものだ」

つまり、あののどぼとけの地位を奪えるってことか。だが、それは作戦などではなかったので、僕は幸蔵じいさんに説明した。

「違うよ。今のでローターのどこかをやられたらしい。回転が上がらないんだ。つまり、降下してるんじゃなくて、落ちてる。死んだ振りじゃなくて、本当に死んでるんだ！」

大川家の男は、こういう時にどうすべきかを心得ている。祖父はぴしゃりと口を閉じ、わが身を運命に委《ゆだ》ねた。

高度は、どんどん下がって行った。

よたよたと落ちて行くヘリを、蜂たちは邪魔しなかった。昔の複葉機のパイロットのようだ。寛容なる騎士道精神の持主。

幸いなことに、ヘリのローターは、完全に役に立たなくなったわけではなかった。

時々止まりそうになるし、スロットルで回転を上げようとするのは無理な相談だったが、それでも、ヘリの落下速度を抑えるぐらいの役には立った。やられたのがテール・ローターでなくてよかった、と、僕は思った。この農業用ヘリは、メイン・ローターが一個しかない型だ。テール・ローターをやられたら、独楽《こま》みたいにぐるぐる回るしかない。メイン・ローターなら、最悪の場合、自然降下という手が残っているが――。

下に何のクッションもないこんなところで、そんなことはしたくない。

僕は、キャノピーの穴から吹き込む風に悩まされながら、ローターをだましだまし、通常の降下と墜落の中間ぐらいの速度で、ヘリを降ろして行った。高度を失うにつれて、地表の様子がよく見えるようになった。地表を見下ろすと、僕は、このまま降下を続けるべきかどうか自信がなくなって来た。

ただ、幸か不幸か、僕は、降下するかどうかなど、選ぶ立場にはない。突然の奇跡が起こって、ローターが自然に直らない限り、このまま降下するしかないのだ。それにしても、あれは何だ、あの騒ぎは——。

「おじいちゃん」

と、僕は静かに尋ねた。

「あれは何かな？」

「うまいぞ」

というのが、筋金入りの農場主の答えだった。

「大宅のトラクター軍団は、エンストもせずに、うまくやってのけたらしい」

「うまくやってのけたって？」

僕は、丸っこい『戦車』で埋まった眼下の草原を見つめた。こういうのを見て喜ぶとは、祖父の神経を疑わざるを得ない。

どん、という鈍い音が時々聞こえ、あちこちから土煙が上がる。トラクター軍団は見えず、レーザーの光もなかったが、五千台の戦車が、もう五千台の戦車に向かって進撃しているように見えた。

大戦車戦。３Ｄ映像か何かで見ているのなら、大したことはないと言えただろう。だが、大きな問題がひとつある。僕らは、まっすぐそこへ降りて行くところなのだ。

「うまくやってのけたって？」

と、僕は繰り返した。

「あの戦車の砲撃は何なの？　確か、あれは砲塔じゃないって――」

「あれは砲塔じゃないし、それをくっつけとるのは戦車じゃない」

幸蔵じいさんは、頑として言った。

「あれは、単なるかぶと虫だ」

「なるほど」

と、僕は答えた。そう答えざるを得なかった。全長二十フィートの蜂がいるなら、全長二十五フィートのかぶと虫がいてもおかしくないような気がする。いや、多分、いてしかるべきなのだろう。だんだんこの星の流儀が、わかりかけて来た。

「それで、うまくやったってのは？」

「見ろ」

革のような顔の皮膚に笑みを浮かべて、祖父は答えた。

「デンプシーんとこの果樹園をうまく避けたし、誰の農場からも遠い。それでいて、日当たりもいい。ここなら、孵化地《ふかち》として適当だ。みんな、よくやってくれたよ」

じいさんの言うことは、さっぱりわからない。何が孵化すると言うのだろうか。

「着陸地点としても、適当だといいんだけどね。あの砲撃の真っ只中《ただなか》に着地することになるよ」

そう言ってから、僕は一言付け加えた。

「その前に、ローターが止まって、墜落しなければだけど」

「あれは砲撃じゃない」

幸蔵じいさんは、あくまで正確さに固執した。

「爆撃だ。フライヤーが、卵を生んどるんだよ」

「卵？　さっきの黒いやつかい？」

爆発性の卵だって？　どうかしている。さらば父よ母よ、僕はやっぱり、戦場の土の上で散って行くのだ——。

「そう、卵だ。と言うより、その集合体さ。ガス圧で爆発して、あたりに卵を撒き散らす。武器としても使えるのは、さっき見た通りだ」

武器として使える卵。どうしたって、あの娘《こ》をこの星に連れて来てやらなくちゃ。

もちろん、生きて帰れたら、の話だ。

「アルファ・コントロールからフォックストロットへ」

祖父が、またさえずり始めた。

「フォックストロット、聞こえるか？」

「こちらフォックストロット」

という返事があった。

「感度良好。よく聞こえっぞ」

「やあ、大宅のとっつぁん。こちらはアルファ・コントロールだが、ちょいと問題が起こってな。今、ローターの故障で、ポイント五十七へ向けて降下中だ」

「そいつぁ」

と言ったきり、大宅のとっつぁんはしばらく黙った。

「そいつぁ——あんたのことだから、反対はしないけんどもよ。もうちょいと、まともな降り場所がありそうなもんだ。東の高射砲陣地とかさ。五十七はよ、その、くそビートル1と、くそビートル2が——」

「そのことは、よくわかってる」

ぐんぐん迫って来る地表を見つめ、歯を食いしばりながら、僕は小さくうなずいた。僕も、よくわかっている。

「場所を選ぶわけにはいかないんだ」

と、アルファ・コントロールは説明した。

「はっきり言って、飛行不能だ。とっつぁんよ、悪いが、拾いに来てくれんかな。こっちのヘマだ。わし一人だったら、こんなことを頼みやしないんだが、その——」

「ははあ、あんたんとこにゃ、若《わけ》えのが一人、来てたっけな」

「わしが、そんな無茶を言える立場じゃないことは、よくわかってるんだ」

「抜かすな、この野郎。おれらは、軍隊じゃねえんだ。何とかしよう。ご近所は助け合うもんさ」

わーお、と、僕は思った。美しい隣人愛だ。しかし、このままだと、あの戦車の——かぶと虫の背中に降りることになるぞ——。飛べ、もう少しだ。もうちょっとだけ、がんばってくれ——。すぐそばで卵が爆発したので、僕はまた、首を縮めた。

「すまん」

と、祖父が言った。

「頼むよ、今、降りて行くところだ」

がしゃん、ばりん。

金属のねじ曲がる音のあとで、幸蔵じいさんは、はっきりしない声で訂正した。

「いや、今、降りたとこだ」

僕も幸蔵じいさんも、尻を少々痛めた他は、どこにも怪我《けが》がなかった。だが、どうやら無線機はおしゃかになってしまったようだ。だから、祖父の最後の言葉は、フォックストロットには届かなかったことになる。

バルカン砲は、まだ使えるのかも知れなかったが、地面に半分くらいめり込んだ状態では、確かめてみることもできない。

ヘリの中に残っていても何もいいことはない、という幸蔵じいさんの判断に従って、僕らは壊れたジェットヘリから這《は》い出した。

ひびの入ったキャノピーから外に出ると、戦場の音が、僕の耳を打った。どん。どどん。しゅるるるる。ずばん。

何てこった。だから僕は友達に、滝なんか見に行ってもつまらないと言ったのだ。慣れない観光旅行などをすると、ロクなことがない。

ラッキー・チームは健闘したらしいが、まだ、数百匹の蜂が残っている。その蜂が、上空から、どんどん例の卵を投げ落として来る。卵は、地上に落ちると景気よく爆発する。まさに絨毯《じゅうたん》爆撃だ。

給油のためか、レーザーの電力補給のためか、ヘリコプター部隊の姿は、既に上空にはない。かわりに、東の台地から、どっどっという高射砲の射撃音が聞こえて来る（あとで聞いたところでは、それは局地戦用の三連分解弾砲ミツハシG66改だそうで、一千五百フィート上空まで弾が届くというおそるべき代物だった）。時おり、撃ち落とされた蜂が、石ころのように落ちて来て、地表や戦車に激突する。

凄い迫力だ。本当は爆撃を受けているわけではないと言われても、とうてい信じ難い。それに、本当の爆撃だろうとそうでなかろうと、爆発性の卵を一千フィートの上空から頭にぶつけられたら、亀を落とされたギリシャの哲学者と同じことになる。

もうもうたる土煙が立ち込め、視界が非常に悪い。土煙の原因は、落下しては爆発する卵や、撃墜された蜂だけではなかった。

戦車だ。

キャタピラのかわりに、六本の足で進む五千台の戦車——小型バスほどもあるかぶと虫が、足もとから埃を巻き上げているのだ。

地表から見ると、かぶと虫の歩行速度はかなり速い。時速十マイルぐらいだろうか。北から五千台が、何列かの横隊を作って、こっちに突進して来るし、南からも同様だ。但《ただ》し、南からの軍団には、砲塔——恐ろしげに見える、まっすぐに突き出した角がない。どちらも、まだ半マイルは離れているのに、合計六万本の足が地面を叩くことによって生じる恐ろしい地響きが、僕の全身の骨を振動させている。

「はさみうちだ」

状況分析が完了すると、僕はその場に凍りついた。

「こりゃ、とても助からない」

「そんなとこに突っ立ってたらな」

後ろから、幸蔵じいさんが声をかけてよこした。僕は振り返って、目を丸くした。

じいさんは、ヘリコプターの中にも、ＡＫＬ二四〇〇ライフルを持ち込んでいたのだ。シートの下にでも突っ込んであったのだろうか。今、じいさんは、ライフルのストラップを肩にかけ、僕にもう一挺《ちょう》を差し出している。

僕が受け取ると、じいさんは、いきなり北の方に向かって走り出した。

どん。しゅるるるる。どどん。

『爆撃』の勢いは弱まったが、まだ続いている。僕は、じいさんの正気を疑いながら、あとに続いた。ここでは、じいさんが大将だ。そうするしかない。

どん。どどん、ばん。

十ヤードも走ると、土煙ごしに、僕にもじいさんが目指しているものが見えた。地面から突出した岩だ。人間の背丈ほどの大きさがある。岩は、二つ並んでいて、その間に入れば、爆発する卵の破片を避ける、絶好の遮蔽物《しゃへいぶつ》になりそうだ。よかった。幸蔵じいさんの頭は、まだまともに働いている。

僕は、その岩の存在を天に感謝し、次に、ヘリコプターがその上に落ちなかったことを感謝した。

僕は、息を切らしながら、岩かげに走り込んだ。

どん。どどん。

先に着いていた幸蔵じいさんが、ライフルを放り出し、岩によじ登り始めるのを見て、僕はわめき声を上げた。

「何してるの？　危ないじゃないか」

「隠れていては、騎兵隊から見えん」

と、祖父は怒鳴り返した。

騎兵隊？　そう、大宅のトラクターだ。僕らを助けに、来てくれるだろうか。

百フィートほど離れたところに、でかい蜂が落ちて来たので、僕は飛び上がった。

蜂の体は、地面にぶつかったとたん、バラバラになり、僕の目の前に、眼柄のついた黄緑色の単眼がころがって来た。

映画でも現実でも、生々しいのは嫌いだ。僕はぞっとして、祖父のジャンプスーツの裾を引っ張った。

「隠れてたほうが、いいんじゃないの」

「馬鹿なことを言うな、勇次」

と、幸蔵じいさんは答えた。

「あいつらがおっぱじめて見ろ、こんなところに隠れたって、踏み潰《つぶ》されちまうぞ」

「おっぱじめるって？　何を」

「交尾だ。それも知らんかったのか？」

交尾だって？　僕は口をつぐんだ。ああなるほど。北から来る連中は、角があるから、雄。

南から来るのは、角がないから、雌。それとも、この星では逆なのかな。

冗談じゃない。僕らは、発情して哮《たけ》り立った雌雄のかぶと虫の真ん中にいるのだ。マッチ箱を引いているような、ただのかぶと虫じゃない。それぞれ、体重五トンもありそうなかぶと虫が、異性を求めて、こちらに突進して来る――。ぎちぎちという不気味な音が、僕の耳に届いた。巨大かぶと虫たちの甲らが擦れ合う音だ。いやだ。発情したかぶと虫に踏み潰されて死ぬなんて、みじめすぎる。

幸蔵じいさんは、岩の上に立ち、両手を振り回し始めた。

危ない。卵が落ちて来たら、一巻の終わりだ。だが、騎兵隊の到着が間に合わなかったら、たとえ卵が落ちて来なくたって、同じく一巻の終わりなのだ。

腕を振りながら、じいさんがわめいた。

「勇次、連中が近づいて来たら、ライフルで撃て」

「そんな、おじいちゃん。撃ったりしたら、こっちに向かって来るよ」

「一発で仕留めれば、大丈夫だ。今、フェロモンのおかげで、連中は狂乱状態だ。仲間がやられたところで、仕返しに来ようなんて奴はいない」

虫たちが狂乱状態にあると聞かされても、僕の気分は晴れなかった。僕は両手に一挺ずつ、ライフルを構えた。レーザーに反動はない。銃床を肩に当てていなくたって大丈夫だ。

それにしても、何て格好だ。もう一日、滝を見ていればよかった。でなければ、まっすぐリーロイに帰るべきだったのだ。じいさんの農場を訪ねてみようなんて気を起こしたばっかりに——。

黒い戦車は、四分の一マイルほどの距離まで接近して来ている。横一線になって、全く隙間のない隊列だ。見るがいい、セックスが、いかなることの原動力になるか。無限のエネルギーを秘めた機甲師団。それをたったひとり、仁王立ちになって迎え撃つ二挺ライフルの戦士。とほほ、えらくカッコイイじゃないか。

「騎兵隊が来るぞ」

叫ぶなり、祖父は岩の上から飛び降りて来た。爆弾にやられたりしなかったようだ。微笑さえ浮かべている。

「走れ、勇次」

合点だ。こんなところに、いつまでもいたくはない。二挺のライフルをかついで、僕は走り始めた。

どん。ずずん。

爆弾の間隔は、だいぶ長くなっている。大半の蜂が、撃墜されてしまったのだろう。

すぐに、騎兵隊が見えた。ラッパの音まで聞こえるような気がした。黄色いトラクターがこんなにも頼もしく見えるとは、今まで想像したこともなかった。トラクターはまっすぐにこちらに向かっていて、ハンドルを握る若い農夫が、片手をぐるぐる振り回している。急げ、ということだ。

こっちもそのつもりだ。僕と幸蔵じいさんは、死にもの狂いで駆けた。黄色いトラクターまで、あと百フィート、五十フィート、二十フィート――。

ジャンプ！

トラクターは、僕らが頭から荷台に転げ込む間だけ、スピードを落とした。僕と幸蔵じいさんは、ほぼ同時に、トラクターの後尾に転がった。

ヘルメットを、スチールの荷台にしたたかにぶつけたが、さほど気にならなかった。

僕は顔を上げた。左右から、黒い山のようなかぶと虫部隊が、迫って来る。ドライバーの若い農夫は、歯を食いしばってアクセルを踏み込んだ。

山がぶつかり合って、交尾を始めるまでに、ここを抜け出せるか？　エンストだけは、しないで欲しいものだ。

「おじいちゃん」

トラクターのエンジン音に負けないように、僕は叫び声を上げた。

「あの蜂は、どうしてここを爆撃してたんだい？」

祖父は、愛情とあきらめの入り交じった表情で、僕の顔を見下ろした。

「かぶと虫に産卵するためさ、決まってるじゃないか」

「乾杯」

と、幸蔵じいさんがシャンパンのグラスを上げた。

「乾杯」

居間に集まった人々が和し、グラスを掲げた。

「作戦は大成功だった」

キッチン・テーブルの上の祖父は、グラスを干してから、にこやかに話し始めた。昨日とは、別人のような表情だ。

「みんなの協力で、今年も無事にビートルの交尾と産卵が終わった。交尾中、フライヤーに卵を産みつけられたビートルはほとんどないし、ビートルの卵も、蜂の幼虫に食われることはないだろう。誰の農場も、果樹園も、ビートルたちに踏み潰されることはなかった。今年は死傷者もゼロだ。諸君の協力に感謝する」

あちこちで、拍手が起こった。戦争は終わり、農夫たちは勝ったのだ。貴重なかぶと虫とその卵を、蜂の攻撃から守り、自分たちの農場と果樹園を、かぶと虫たちから守った。

結局、最後に勝ったのは百姓だという言葉を、僕は思い出した。何かの演劇に出て来る台詞《せりふ》だったろうか。

僕は、テーブルに並べられた料理から、肉片を一つ、つまみ取り、嚙《か》みしめた。うまい。それが何の肉だか知っていても、やはりうまい。いや、その肉を守るために、自分がひと役買ったことを考えると、さらにうまく感じるようだ。

やわらかく、汁気たっぷりで、微《かす》かに甘い。去年、卵から孵《かえ》ったあと、祖父の農場で育てられた、かぶと虫の幼虫の肉だ。この星の、主要な輸出品目。蜂どもの取り分を横取りしたのは、強力な軍備を持った牧場主たち。ずっと前に、本物の軍人から訓練を受けたそうだ。だから、サバイバル・ゲームか戦争ごっこみたいなことになる。ヘリやレーザーを使って、蜂をやっつけるのは、ちょっと卑怯《ひきょう》なような気もするが、戦利品を無償で手に入れるわけではない。まこと、生きることは戦いだ。この巨大昆虫の星では、全てがいささか極端だけど。

「勇次」

顔を上げると、顔をほころばせた祖父が立っていた。

「お前もよくやったな」

僕は、肩をすくめた。

「高度をとり忘れて、撃墜されちゃったことがかい？」

幸蔵じいさんも、肩をすくめた。それから、僕の肩を叩いた。

前にも言ったように、僕は、肉親に愛情を示すことが得意ではない。

どうやら、祖父もそうらしい。

「おじいちゃん」

早くも、別のお客の相手をしに行こうとしている祖父の背中に向かって、僕は声をかけた。

「きのうの話。考えておくよ」

幸蔵じいさんは、驚いたように振り返った。

「無理せんでいいぞ。お前の父親は、ここを捨てた。今の若者にゃ、退屈な農場暮らしは向かんのかも知れん。跡を継ぐ者がいなくたって、わしは別に――」

「おじいちゃん」

と、僕は言った。

「約束はできないよ。でも、ゆっくり考えてみる」

祖父の皺《しわ》だらけの顔に、微笑が広がった。

「それでいい」

と、幸蔵じいさんは言った。

「そうだ、勇次、明日は、湖まで釣《つ》りにでも出かけようか」

「釣りだって？」

僕は、再び肩をすくめた。

「まさか、全長百フィートの魚を、捕鯨船《ほげいせん》で追いかけ回すんじゃないだろうね」

「捕鯨船だと？　馬鹿なことを言うな」

冗談のつもりだったのに、祖父は真顔で否定した。

「魚雷発射管つきの原子力潜水艦を使う。なんせ全長百二十フィートのツノカジキだ。捕鯨船なんかでやったら、お前、たちまち沈められちまうぞ！」

鉄の胃袋

「嫌な街だな」

南に面した窓の下、ニュー・ハーブ市の夜景を見下ろしながら、ヒュー・ドライデンが言った。一キロ近い高さにまで伸びる風力制御の摩天楼の群れ。きらめく野獣の歯のように、そのビルのところどころを彩る窓の灯《あか》り。清涼飲料水やマリファナ煙草《たばこ》、髭《ひげ》溶かしクリームなどを宣伝する、ピンクやグリーンのホログラム・サイン。高架道路を行き交うノンレーラーやマグネローダーの、赤と黄色のランプ。

「ああ」

と、シン・スミスが答えた。

「嫌な街だ」

ヒューは、背の高い地球人だったが、ホテルの机の前に座っていると、それほどには見えない。黒い縮れ毛と、チョコレート色の膚《はだ》をしていて、くたびれたグレイのジョイン・スーツを身につけ、電子式の視力補正眼鏡《めがね》をかけている。ヒートガンで焼かれた眉間《みけん》の傷痕がなければ、専門書を扱うマイクロ書店のおやじと言ったところだ。

シンのほうは、平均より背が低く、黄色い顔に細い目、丸っこい鼻を持った植民地人だ。

派手な柄の蛍光スーツに身を包んで、ストリップ・サンダルを履いている。丁寧《ていねい》にセットされた爆発スタイルの髪の毛と、滑らかな光沢をはなつスーツは、少々やぼったいが、金《かね》がかかっている。細い目に潜む、油断のならない光を別とすれば、どこかの辺境宙域から出て来た小金持ちの実業家、という表現がぴったり来る。

　ヒューは、ホテル作りつけの、小さな机の前の椅子《いす》を、ぐるりと反対側に回して、ベッドの上に腰を下ろしたシンと向かい合っていた。安っぽいプラスティック・パネルを張ったシングルの部屋は、二人の男がいると、ひどく狭苦しい。警察署内にも、オフィスを割り当ててもらっているのだが、密告者のことを考えると、ここで話し合うほうが安全だった。

「案の定、都市警察は動けない」

　ヒュー・ドライデンは、言わずもがなの説明をした。

「警部は、家にいて、カードをやっていたいと言った。潔白を証明してくれる証人と一緒にね。毎週水曜日の晩には、彼はポーカーをする。今夜に限って、習慣を変えるわけには行かないそうだ」

「無理もないな」

　と、シンは言った。

「誰だって、自分のタマは大事だ」

　いつだって、都市警察が動けるはずはないし、動いた試しもない。ナクセン人の大物たちは、完全に、警察上層部を丸め込んでいる。

巨額の賄賂《わいろ》と、おそらくは、秘密パーティーでの隠し撮り写真か何かで、本部長以下数人の幹部たちは、手足を搦《から》め捕られているのだ。従って、警察がやるのは、たまに小規模のガサ入れを決行して、中枢部にはほとんど関係のない、末端の売人をアゲては、自画自賛することだけだ。

空き時間には、連中は、知り合いの業者から、カスリを取ることに忙しい。今や、巨大な麻薬供給組織と、それを取り締まる側の組織とは、運命共同体を形成しているのだ。

もちろん、そうでない警官や、刑事たちもいる。この事態に決して満足していない、ボーレイト警部のような男たちだ。だが、警部にしたところで、警察を蹴り出されて、年金をフイにするような目には遭いたがらない。手入れに参加すれば、間違いなく、彼は尻を蹴飛ばされるだろう。検挙作戦を、事前に上司に報告しなかった、という理由で。

もちろん、誰だろうと上司に報告すれば、ただちにその情報は筒抜けになり、シンたちは、空っぽの倉庫を相手にすることになるに決まっていた。

だから、警部のような連中は、自ら動くことはできず、ヒューやシンのような立場の人間に、こっそり情報を流してくれるのが関の山なのだ。

市長は、まだ汚染されていない。そのことが、シンたちにとっては救いだった。市長の協力がなかったら、この巨大な都市で、たった二名の連邦麻薬取締局員の動ける余地は、ほとんどなかったろう。

宙港から、運河経由で、冷たい氷の海へ。せいぜい、そのくらいの余地しか。

「おれは、動ける」

と、シンはぽつりと呟《つぶや》いた。

「殺されるまではな」

ヒューは、ホテルの机の引き出しを開けて、いつも持って歩いている錠剤の罎《びん》を取り出した。ピンク色の錠剤がたくさん入った、白いポリクラステルの罎だ。

「胃が痛くならないか？」

ピンク色の錠剤を噛《か》み砕きながら、シンに質問する。

「たった二人で、何千人からの組織を相手にしてると考えると」

「胃なんか、とっくになくなってるよ」

シンは、白い歯を剝《む》き出して笑った。

「胃潰瘍《いかいよう》だか何だか知らないが、摘出しなくちゃならなくなった。今じゃ、金属製の機械消化器にたよる始末だ」

「なるほど」

ヒューは、薬の罎をもとの場所に戻し、引き出しを音を立てて閉めた。

「それでわかったよ。前から不思議に思ってたんだ。六課の連中が、どうしてお前さんのことを、『鉄の胃袋』なんてあだ名で呼ぶんだろうってね」

実のところ、ヒューはもっと前から、あだ名の由来を知っていた。シンが胃を摘出することになったのは、胃潰瘍が原因ではなく、業者の一人に、腹を焼灼弾《しょうしゃくだん》で撃たれたからだということも。

問題の業者は、シンの苦しみを長引かせようとして、腹を撃つというミスを犯した。そのミスの直接の結果として、彼は腹ではなく、全身を吹き飛ばされることになったのだ。

シン・スミス特別捜査宮の銃弾によって。

「それじゃ、聞かせてもらおうか」

と、ヒュー・ドライデン特別捜査官は言った。

「たった二人で、どうやってあの城に入り込んで、ジャッコ・ムをしょっぴいて来ようってのかを。ナクセンの習慣は、知ってるはずだ。侮辱する者は、自分の手で殺す。正体がばれたら、奴は、おれたちを殺そうとするぞ。策はあるんだろうな？」

「ある」

と、シン・スミスは答えた。

「だが、城の中に入るのは、二人じゃない。おれ一人で充分だ」

アルミとプラスティックでできた近代都市の中に、どうしてこんなに黴《かび》臭く、しめっぽい通りができるんだろう、と、シンはふと思った。

きっと、人間のせいだ。人間たちは、汗を流し、小便を流し、血を流す。その肉は腐って、黴を生やす。

ナクセン人たちは、もっとスマートで、清潔だ。ゴルフボールほどの大きさの、つるつるした白い体は、見かけよりも硬く、切り裂いても、ほとんど血を流さない。従って、街を汚すことも少ない。直接的には。

間接的には、必ずしもそうではない。シンは、地面に落ちた何かの缶を蹴飛ばしながら、ため息をついた。

「お兄さん」

甲高い声に足を止めると、プラスティックでできたバーの看板の横木に、若いナクセン人の女が座っているのが見えた。毛のない体は青白く、ナクセン人の常として、何も身につけていない。

「あたしを試してみない？　天国へ連れて行ったげるわよ」

ハンプティ・ダンプティだ、と、シンは思った。鶏卵より、少し小さい、ふくらんだ体。その体の上の方についている、魚の目のような四つの視覚器官。横一文字に引いた線のような、発声／聴覚器官。口の横から生えているのは、ひどく細くて短い手だ。地球人と同じように、四本の長い指と、それに対向する短い親指がついているのが、どこか冗談のように見える。手の下には、足の代わりに体を支える八本の触手と、薬液を分泌する四本の偽触手。

「天国に用はないね」

と、シンは答えた。

「おれは、無神論者なんだ」

「あたしは二百歳よ」

ハンプティ・ダンプティは、誘いの言葉を続けた。

「純度九十九パーセント。嘘《うそ》は言わないわ」

ナクセン人の分泌する薬液は、年齢を重ねるほどに熟成する。本当に二百歳のナクセン人を使ったら、成人男子でも、目くるめく幻覚と快美感の中で昇天し、死んだことにも気がつかないだろう。

「あたしにチクッとやられたら、どんな人でも、雲の上まで行っちゃうわ。どんな夢でもお好みのまま。どう、試してみない？」

「願い下げ」

と、シンは陽気に答えた。

「お前さんが二百歳なら、おれなんかメトセラさ」

「ふん、そうだろうよ、くそじじい」

客引きをあきらめたナクセン人は、そっぽを向いて、楽しげに悪態をつき始めた。

こいつらに罪はない。

歩き始めながら、シンは思った。こういったナクセン人の若者たちは、他に生活の術《すべ》を知らないのだ。

大都市で暮らすには、それなりのコストがかかる。他人の夢に奉仕し、その代償を受け取ることによってしか、彼らはそのコストを負担できない。その夢が、人類の体を蝕《むしば》み、さほど長くない年月の間に、常習者を発狂させたり、殺したりするという事実については、彼らの知ったことではない。

要するに、人類が馬鹿《ばか》なのだ。

一体何万回、おれたちは手を出し続けて来たことだろう。自分を破滅させると最初からわかっている事物に。

誘惑に弱い種族だ。だから、誰かが、その誘惑から守ってやらなければならない。

警察さえ当てにならないこの都市で、誰かが、麻薬の供給源を、叩《たた》き潰《つぶ》さなければならない。

ふと振り返って見ると、きちんとしたスーツを着た太った地球人の男が、さっきのナクセン人と話しているのが見えた。すぐに交渉がまとまったらしく、男はナクセン人をスーツのポケットに入れ、びくついたようにあたりを見回しながら、人ごみの中に消えた。

おれも馬鹿だ、と、シン・スミスは思った。

どうしておれが、あんな連中を救ってやらなければならないのだ？　高等教育を受け、ちゃんとした判断力を備えているはずなのに、明確な連邦法を犯して、街でナクセン人を買ったりするような連中を。

だが、子供たちがいる。

どういうことだか考える暇もなく、ナクセンの常習者となり、二十《はたち》の誕生日を迎える前に、老人のように衰弱して死んで行く子供たち。

それに、底辺の生活に疲れて、他の楽しみを見出《みいだ》すこともできない、愚かな男や女たちも。身をすり減らして働き続けた揚げ句、人生の黄昏《たそがれ》に直面して、薔薇《ばら》色の夢に救いを求めるしかない、哀れな年寄りども。ちょっとした挫折《ざせつ》を乗り越えることができずに、安易で危険な楽しみに走る、無鉄砲な若者たちもいる。

確かに、彼らは愚かだ。だが、そういう彼らから金を吸い上げて、ぶくぶく太っている連中を許しておくわけにはいかない。

さきほどのナクセン人のような連中ではない。あんなのは雑魚《ざこ》だし、引っ張っても、口を割るわけがない。雑魚どもを養い、保護して、ビジネスとして搾取《さくしゅ》している元締め、そいつらが、悪循環の元凶なのだ。

奴《やつ》らは、こう言う、「おれがやらなくても、誰かが代わりに売るさ」

悲しいことに、その言葉は真実だ。後釜《あとがま》を狙っている者たちはたくさんいて、供給ネットワークは、何度でも、下等生物のように再生する。

どこかで、この鎖を断ち切らなければならない。そのために、連邦政府は、さまざまな方策を講じている。

そして、シンは――違法な供給組織に打撃を加えるのが務めだ。時には無駄なように見え、ほとんど常に、苦い無力感にとらわれているとしても、それが、たまたま彼の居場所、このゲームにおける役割なのだ。

ならば、その役を演じるまでだ。

シンは、上衣《うわぎ》のポケットの中のクレジット・カードを握り締めた。今日の午後になって、やっと手に入れたものだ。

そのカードは、ある意味では偽造カードであって、ある意味では、そうではない。

通常の個人用カードで、与えられた与信限度額は、何と二億アイユー。クレジット会社は、間違いなくそのことを証明してくれる。

但《ただ》し、その与信を裏付ける資金プールや担保は存在しない。連邦政府の要請と保証に従って、クレジット会社が作成発行したカードなのだ。しかし、参与レベル八以上の政府関係者以外のものが、そのカードを使って、実際に買物をしようとしたら、いささか厄介なことになる。カードを読取機に入れた売り子は、全く気がつかないだろうが、カードのＩＣストリップから読み込まれた情報は、カード会社の中枢部分で、ある引金を引き、連邦政府の監視チームが動き出す。

だからシンは、二億アイユーの限度額を持つカードを紛失したり、盗まれたりすることは、さほど心配していなかった。このカードは、ある種の特別な目的のために——潜入捜査官が使う見せ金のために——考案されたのだ。

この種のカードが使われ始めたのは、ごく最近のことで、連邦政府でも、知っている者の数は少ない。だから、まだ暗黒街の鋭いアンテナも、この秘密を嗅ぎつけてはいないはずだった。

まだ、今のところは。

路地は、そう長くはなかった。

ジャッコ・ムの経営するカジノ、『スピンドル』は、路地を抜けた先の、クランシー・ブールバードにあった。薄暗くてしめっぽい路地から、片道三車線、高架二車線のクランシー・ブールバードに出ると、シンはいつも、目がくらみそうな気がする。

別世界だ。ホログラムとバイオルミネ、放電管とプラズマが、あたりを、昼間のように照らしている。その光を浴びているのは、滑らかに塗装された高級マグネローダーに、広いシャトルポートに繋留《けいりゅう》された個人用ジャイロ。りゅうとした身なりの紳士たちと、ビデオカメラをぶら下げた観光客、踵《かかと》の高い靴を履いた高級コールガール。

ここには、金と繁栄の匂いがあった。さきほどの路地と、この大通りが、物理的にも、また比喩《ひゆ》的な意味でも、ゼロに近い距離で軒を接していることは、土地の人間でなければ、なかなか気がつかない。金も繁栄も、うつろいやすいものだ。カジノで使い果たせば、この路地まで、僅《わず》か一歩の距離だと言える。

右手に、問題のカジノが見えた。『スピンドル』という店名が、空中に大きく浮かび上がっている。そのピンク色の文字の下では、横腹に矢をつきたてた巨大な豪華星間客船のホログラム映像が、この店で、摑《つか》めるはずの幸運の大きさを宣伝していた。麻薬で流れ込む資金を使って建てられた『スピンドル』は、このあたりで最大のカジノだ。一フロアだけで、フットボールでもできそうなほどでかい五階建て。すぐ横には、客室三千、八十階の中層ホテルが併設されている。

言うまでもなく、『合法的』なカジノだった。職業的なギャンブラーでもない限り、ここで、途方もない金額の賭《か》けをやって、身上《しんしょう》を潰すような馬鹿はいない。少なくとも、表向きは。

シン・スミスは、ホログラムの二匹の龍の間を通って、軒蛇腹《のきじゃばら》の下の正面玄関を抜けた。客は、誰でもここから入る。例外はない。

中は、銀と黒、そしてグリーンが溢《あふ》れていた。

左手のほうに、クロームとプラスティックでできた賭博《とばく》機械が並んでいる。お馴染《なじ》みの片腕の盗賊、電子ロケッター、レーザー・ナンバーズ、ロータリー・スクエア。銀色のトークンが、時おりざらざらとトレイに吐き出される。素人たちは、クレジット・カードのデジタル数字では味わえないその感覚に、エクスタシーを覚えるのだ。

突き当たりは、黒いカウンターのバー。黒の制服を着た人間のウェイターたちが、グラスを磨いたり、派手なアクションで銀色のスクリュウ・ミキサーを操ったりしている。時間のない者のためには、端の方に、クロームとジュラルミンに輝く、ロボット・ミキサーも置いてある。手っとり早いだけではなく、客観的に見れば、こちらのミキサーのほうが、カクテルを調合するのはうまいはずだ。そして、どちらも、目的はかわらない。一息入れ、さらに勝負勘をなくすための設備だ。

そこに至るまでには、グリーンのフェルティッシュを敷き詰めた、いくつものカードゲームや、ボールゲーム、サイコロ賭博のテーブルを、通りすぎなければならない。黒の胴衣のテーブル・マスターや、ピット・ボスたちが、クールな視線を、テーブルの上に注《そそ》いでいる。シンは、無関心な表情で、あたりを見回した。電子音と、紙、金属、プラスティックが、互いに触れ合う音が満ち溢れている。派手な身なりの観光客たちが、活気のあるざわめきを作り出していた。客のほとんどは地球人たちで、ナクセン人はほとんどいない。カジノそのものが、地球人向けにできているのだ。ナクセン人たちは、知り合いの地球人の肩にでも乗っていない限り、こんな場所では踏み潰されてしまうだろう。

その地球人たちの、酔っ払い、血走った目、目、目。高い笑い声、低い歓声、もっと低いうめき声。観光客向けの、比較的無害なカジノにつきものの騒音と熱狂。

シンは、チップの交換所には目もくれずに、まっすぐ奥へ向かって歩き出した。バーの横に、開けっぱなしの大きなドアがあって、その奥にも、グリーンと黒のテーブルが並んでいる。

パッケージツアーの観光客たちは、めったに、この境界を越えない。公式ガイドブックが、その危険性を、ちゃんと警告しているからだ。

バーの横のドアを潜《くぐ》り抜けるのに、秘密の合図や、特別な会員証は必要ない。

ただ、そこを越えると、全てのゲームの賭け金が、一桁跳ね上がる。客の身なりは、地味だがより金のかかったものとなり、歩き回る女たちの格も変わる。することは一緒でも、値段が違うというわけだ。

そうした境界は、全部で三つある。三つ目の境界だけは、有力な人物の紹介がなければ、通り抜けることはできない。

二つ目で充分だろう。

シン・スミスは、バーの横から入ったフロアを横切って、螺旋《らせん》状のカプセル・リフトに乗り込むことによって、第二の境界を越えた。金ぴかのエスカレーターで上下する『初心者向け』区画とここことは、目に見えない壁で隔離されている。

大抵の『合法的』カジノと同じように、『スピンドル』は、奥に入るほど、秘密クラブの様相を呈して来る。

このフロアと、入口附近《ふきん》をくらべると、歴然たる違いがある。騒々しさのトーンは、だいぶ落ちて来て、空気まで重くなったかのようだ。

本物の木製パネルで仕切られた小部屋、ほとんど口をきかないウェイター、鋭い目つきのクルーピエ。シックな装いの、但しやはり堅気ではない美人たち。ハリーナ黒煙草と、地球産葉巻の匂い。クールなざわめき、抑制された熱気。

ナクセン人の比率は、ここのほうが高い。客たちの中には、鶏卵のような専属のナクセンを、何人も引き連れて来ているのがいる。自分で使うと言うより、女たちに使わせるのが好きなのだ。若いナクセン人たちは、客の肩や頭の上、膝の上などに乗って、わざとらしい歓声を上げていた。

客として来ているナクセン人はいない。金を持っているナクセンは、こんなところには来ないのだ。ギャンブルがしたくなったら、彼らは、もう一ランク上の、ナクセン専用の特別室に集まる。

ここには、地球人類の金と頽廃《たいはい》、自己満足と退屈の匂いが、ぷんぷんしていた。

性に合わない。シンは、内心舌打ちした。麻薬の次に彼が憎むのは、絶対に勝てない仕掛けになっているギャンブルだった。この馬鹿どもは、金をどぶに捨てるために、わざわざこんなところに通っているのだ。

だが、シンは、どんなところでも、当を得た振るまいができるように訓練されていた。そして、彼はそれが得意だった。馬鹿になることが必要なら、シンはいつでも馬鹿になれる。

「遊ばれますか？」

はち切れそうな黒のジョイン・スーツを着た大男が、シンの背中から声をかけた。カプセル・リフトを降りた瞬間から、シンに目をつけていたのだ。

俗に、センチネルと呼ばれる係。この区画に迷い込んで来た、場違いな客をやんわりと追い立てるのが、この男の仕事だ。

「ああ」

と、シンは答えた。

「チップを買いたいんだが」

中央星域のカジノに慣れた客たちは、チップを借りるとか、交換するという言葉は使わない。

必ず、買うという表現をする。チップを手にすると、それを使い果たすまで、決してカジノから出なかった山師たちの習慣の名残《なごり》だ。

当然ながら、大男は、このことを知っていて、目つきが少し柔らかくなった。これで、本当に金を持っていさえすれば、この蛍光スーツの客は上客だということになる。

「こちらでございます」

と、大男は丁寧な口調で言い、奥まったところにあるチップ交換所に、シンを案内した。

階下の交換所とは違い、ここでは、愛想のいいきれいな娘の代わりに、厳しい顔をした中年男が、チタン合金と防犯システムに守られた小部屋から、チップを出してくれる。もう一つの違いは、シルバーとゴールドの二種類しか、チップを用意していないことだ。

ゴールドは五十万アイユー、シルバーは十万アイユーを、それぞれ意味する。ここでは、それ以下の勝負はあり得ない。

シンを案内した大男は、さりげなく、シンの後ろに控えていた。妙な真似《まね》をしようとすれば、ただちに、首を叩き折られる。

「これで頼む」

シンは、チタン合金のグリッドの間から、クレジット・カードを滑らせた。

「拝見します」

中年の男は、無表情にカードを受け取ると、読取機のスロットを潜らせる。

「目を」

シンは、グリッドの上のほうに取り付けられたアイピースに、右目を当てた。一瞬、フラッシュが瞬き、機械がシンの網膜パターンを読み取って、クレジット会社から転送されたパターンと照合する。

小さなハンド・ディスプレイに表示された情報に満足してから、中年男は、やっとシンの顔に視線を向けた。

「何枚でしょう」

「二十枚と五十枚」

と、シンは答えた。

「ゴールド二十、シルバー五十ですね」

「そうだ」

しめて、一千五百万アイユー。ひと財産だ。だが、明日になれば、カード会社のコンピュータは、掌《てのひら》を返したようにカードを盗難扱いにし、支払いを拒否するはずだ。

保険会社が、代わって支払いを担当する。そして、その保険会社には、連邦政府が、極秘の保証金を弁済する仕組みだ。ジャッコ・ムから取り立てるはずの罰金と滞納税が、巡り巡って、その財源に充《あ》てられることになる。

シンが、奴の逮捕に成功すればの話だが。失敗したら、その時には、責任のなすり合いが始まり、シン・スミス特別捜査官は、とんでもない厄介事に巻き込まれるだろう。

中年男は、キイボードに数字を打ち込むと、瞬《まばた》きひとつせずに、チップの入ったケースを滑らせてよこした。ケースの上には、シンのクレジット・カードが載っている。クレジット・カードの与信限度額は、オンラインで、遥《はる》か階上にいるジャッコ・ムのオフィスに連絡されているに違いない。お得意様候補を大事にするのは、どんなサービス業でも共通の傾向だ。

「ご幸運を」

と、中年男は言った。

「ありがとう」

と、シン・スミス特別捜査官は答え、シルバー・チップの一枚を、幸運を呼ぶチップとして、窓口の男に渡した。大男のほうは、ほうっておけばよい。どうせ、あとで分け前を要求するはずだ。

さて。

窓口を離れると、シン・スミスは、年季の入った、但しそれほど強くないアマチュア・ギャンブラーらしく、ゆっくりとあたりを見回した。

どれで負けようか。

あまり、わざとらしく負けるのはよくない。カジノ側に警戒されては、目的を達することができなくなる。

このカジノは、ジャッコ・ムにとって、要塞《ようさい》のようなものだ。ジャッコ・ムは、他のどこにいる時よりも、この中で緊張を解く。身辺に侍《はべ》らせるボディーガードも、二人ぐらいに限られる。ここは、ジャッコ・ムが、自宅にいる時よりもくつろぐ場所なのだ。

それも、無理はない。ここでは、ジャッコ・ムに雇われている地球人たちが、何百人も働いているし、多額の金を動かすために、精巧な警報装置とセンサー・ネットワークが、網の目のように張り巡らされている。

コンピュータ照準のレーザー発射装置まで、何十となく設置されているという噂《うわさ》だった。そのマシーンは、たとえナイフを構えた誰かが、ジャッコ・ムの十センチ以内に接近したとしても、ボスに傷ひとつつけずに、殺し屋の胸と脊髄《せきずい》、それに脳と両目を、いっぺんにフライにできる機械だと言う。

もちろん、カジノ入口のセンサーは優秀で、火器や爆発物、刃物などを身につけた者はもちろん、戦闘サイボーグや強化クローンも、ただちに排除される。

センサーに嗅ぎつけられないのは、このマイクロ・レコーダーぐらいだ、と、シンは思った。上衣のポケットに仕込まれたレコーダーは、主にプラスティックとセラミックでできていて、小指の爪ほどの大きさながら、五分間の会話が録音できる。メモリーには、常に音声が入力され続けていて、古い音から、どんどん消えて行くのだ。シンが、胸ポケットを強く叩くことによって、このプロセスは停止し、最新の会話五分ぶんが、証拠として残る。

ジャッコ・ムは、こんな装置のことを、聞いたことがあるだろうか。いや、知らないはずだ。知っていれば、何らかの防御策を講じるに違いない。

ジャッコ・ムと会談するには、ここはおあつらえ向きの場所だった。どんなナクセン人だって、安心しきっている時には隙ができるものだ。

だが、まずは、勝負に負けなければならない。こちらは、初めての客だ。カジノ側は、少額だけ勝たせて、こちらを上機嫌にさせようとするだろうが、それに乗っている時間的余裕はない。クレジットの魔力は、一日しか持たないのだ。

相手の策を空回りさせて、きれいに負けるしかない。だが、どのゲームで？　どんなゲームでも、一通りの心得はあるのだが。

あそこだ。あそこに、一人ぶんの場所がある。

シン・スミス特別捜査官は、広いカードゲームのテーブルに向かって、自信ありげに歩き出した。

本気で負けることを考えているギャンブラーは、カジノ中でも自分だけかも知れないな、と、思いながら。

「今夜は、ツキがなかったようですな、カインドさん」

と、ジャッコ・ムが、甲高い音楽的な声で言った。

ステン・カインド——本名シン・スミスは、肩をすくめた。

「そんな時もあるさ」

「さよう」

と、ナクセン人は答えた。

「おっしゃる通り、ツキは水ものです。それを心得ていらっしゃる方とお話しするのは、楽しいですな」

ジャッコ・ムは、普通サイズの重厚なデスクの上に、さらに特別製のナクセン人用デスクを置いていた。

二十センチ平方ばかりの、人形の家にあるようなデスクだ。

ジャッコ・ムは、そのデスクの後ろに置いたガラス製の台座に、八本の触手でしがみついている。

素手でも、簡単に叩き潰せそうに見える、と、シンは思った。だが、その感覚はまやかしだ。

シンの座っているソファから、ジャッコ・ムまでの距離は、ざっと四メートル。その間合いを、少しでも詰めようとすれば、両側から、小山のようなボディーガードが襲いかかって来るはずだ。

案の定、ボディーガードは二人。白と黄色の膚《はだ》の、屈強な地球人だ。

このくらいなら、何とかあしらえる。簡単に戦闘力を奪ってから、ジャッコ・ムを人質に取ればいい。

「先日も、困ったお客さんがおられましてね」

シンの思惑も知らずに、ジャッコ・ムは上機嫌で話し続ける。

「何と、カジノに損害賠償を請求するとおっしゃるんですよ。わたしどもが、イカサマをしているると言ってね。冗談じゃありません。『スピンドル』は、これまでずっと、公明正大にやって来ました。ここでお勝ちになって、億万長者になったお客様もいらっしゃいます。ねえ、ギャンブルのわからない方というのは、困ったものです」

「まあ、そうだな」

シン・スミスは、適当に相槌《あいづち》を打った。

「わからない人間というのは、あちこちにいる。ところで、ジャッコさん、わたしに話があると聞いたが、一体何の話かね？」

大負けに負けたあとのギャンブラーにふさわしく、シンは仏頂面で尋ねた。

「負けを、帳消しにしてくれるとでも？」

ジャッコ・ムは、よほど面白い冗談を聞いたように、高い声で笑った。ガラスの台座の上で、卵形の体をのけぞらせている。

「ふぁ、ふぁ、ふぁ」

ニュー・ハーブ市北半分の、賭博と麻薬産業の全てを牛耳る大ボスは言った。

「これは、ご冗談を。なに、埋め合わせをする機会は、いくらでもありますよ。カインドさん、いつまでご滞在で？」

「三日ほどの予定だ」

と、シンは答えた。

「次のシャトルをつかまえて、テンダストールに帰らなくちゃならん」

クレジット・カードの住所は、その惑星になっている。そして、相手が裏をとろうとした場合に備えて、ホテルの部屋と、航宙券の予約は、既に済ませてあった。

「お一人ですか？」

ジャッコ・ムは、触手の一本を、黄色い四つ目の前で、ひらひらと振った。ウィンクの代わりだ。

「そう」

と、シンは短く答える。カジノの外に、マグネローダーを停めて待っているヒューは、勘定に入れないことにしよう。

「いつか、ツキは回って来ますとも」

ジャッコ・ムは、愛想のよい口調で請け合った。

「三日間のご滞在の間には、ね」

「だといいんだが」

「実はですね」

卵形の体と四つの黄色い目で、できる限りの愛想を振りまきながら、ジャッコ・ムは切り出した。

「話と申しますのは、他でもございません。その間、気持よく過ごして頂くために、わたしどものカジノから、プレゼントがございまして」

ナクセン人は、両手を広げた。これを合図に、ボディーガードの一人が、きちんと緑色のリボンをかけた封筒を、デスクに——人間サイズのデスクのほうに——置く。

「ほう？」

シンは、いぶかしげな表情を作って、その封筒に視線を当てた。

「お負けになった埋め合わせというのはおこがましいのですが、こちらは、バーとレストランの、無制限無料招待券です。そして、こちらのやつが、最高級スイートのキイ・カード。どうぞ、お使い下さい」

大金を負けた客、そして負けた以上の金を持っている客に対して、カジノはいつも気前がいい。オーナー自身が挨拶《あいさつ》し、特別のサービスを申し出るのは、常套《じょうとう》手段だ。

もちろん、客を感激させ、カジノの贔屓《ひいき》に仕立てるためだ。『スピンドル』に限らず、中央星域のほとんどのカジノが採用している手口だった。

喜んだ客は、オーナー自身が自分を特別に歓待してくれたというみやげ話を持って帰郷し、この次には、何人もの友達を連れて、カジノに戻って来てくれる。さらに大きな金額を搾り取られるために。シンは、出かかった舌打ちを抑えた。全く、うまく出来ている。

「こいつはどうも、ジャッコさん」

と、シン・スミス特別捜査官は言った。戸惑いながらも、嬉《うれ》しがっている田舎者の客だ。

「それから、これ」

ジャッコ・ムは、また、触手をひらひらと振った。

「女性はお好きですかな？　そう、それはよかった。こちらは、当カジノの特別スタッフの呼び出し番号です。彼女は、あなたのよきガイドとなるでしょう」

ガイドとなるのは、間違いない。大抵の男性客は、『特別スタッフ』の、想像を絶するテクニックによって、今まで味わったこともない喜びに導かれるのだ。

「ほほう。美人かね」

「もちろん。すこぶるつきのね」

「そりゃあ、いい」

好色な地方実業家ステン・カインドは、相好を崩した。だが、シン――連邦麻薬取締局の特別捜査官であるシン・スミスは、必死で考えを巡らせた。

酒と食い物、女。お決まりの接待法だ。だが、それだけでは、ジャッコ・ムを引っ張る理由にはならない。もちろん、売春は違法だが、『特別スタッフ』が何をガイドするかについては、奴は何も触れていないし、金を要求してもいないのだ。胸ポケットの小さな装置は、全ての会話を録音しているが、これまでのところ、ナクセン人のボスは尻尾《しっぽ》を出してはいない。

まだ、これで終わるはずはない。

シンが入手した情報では、このナクセン人は、最近調子に乗りすぎているはずなのだ。客を、カジノに引きつけるだけではなく、さらに、もう一つの商売でも、お得意さんに仕立てようと、誘いをかけて来る。

奴が、それを切り出したところで行動に出る。これが、シンの想像したシナリオだったのだ。

これだけ？　そんな馬鹿な。

ふかふかのソファの上で、シンの足が、ぴくりと動いた。これは、彼が苛立《いらだ》っている印だ。もちろん、ジャッコ・ムと彼の手下たちは、そんなことは知らない。

「では、お楽しみを」

と、ジャッコ・ムは言い、ネズミの前足のような両手を広げた。

それが、会談の終わりを示す合図だということは、疑いようがなかった。シンは、焦りを感じた。これでは何にもならない。せっかく、上層部を口説き落として、あのスーパー・クレジット・カードまで用意したのに、全くの無駄足になってしまう。

何とかしなければ。

だが、どうすればいいのか、わからない。

この場で、ジャッコ・ムに飛びかかるか？

しかし、仮にこのボディーガードどもをやっつけ、無事にカジノから出られたとしても、ジャッコ・ムを拘引した瞬間、弁護士の一個中隊が、市警察を包囲するに決まっている。弁護士に責め立てられた市警察は、われわれに、身柄の引き渡しを要求し、われわれはそれを受け入れざるを得ない。ジャッコ・ムが、連邦犯罪を犯したという事実をつきつけることができなければ。

ボーレイト警部、あんたは、ガセを流したのか？　それとも、どこかで情報が洩《も》れて、ジャッコ・ムがやり方を変えたのだろうか――。

職務質問でもしようか。ジャッコ・ムが協力を拒否し、ボディーガードをシンに襲いかからせたりすれば、公務執行妨害で逮捕することは可能だ。しかし、弁護士どもと市警察は、そんな理由では納得できないだろう。

シンは、大事そうに特典を約束する書類の束を手に取って、立ち上がった。

駄目だ。

ヒューを一旦《いったん》帰らせて、しばらくカジノの歓待を受けてみようか。クレジット・カードが無効になるまでの、数時間だけ。ひょっとしたら、何かチャンスが巡って来るかも知れない。ジャッコ・ムの尻尾を摑むチャンスが。

「いろいろありがとう、ジャッコさん」

と、シンは挨拶し、両横に立ったボディーガードたちとともに、ドアの方を向いた。

その時だった。

ジャッコ・ムが、親しげな声を、シンにかけて来たのは。

「特別なお楽しみが必要な時は、いつでも声をかけて下さい、カインドさん」

と、ナクセン人は言った。

「当カジノは、どんなご要望にもお応《こた》えします」

来たぞ。

シンは、内心ほくそ笑みながら、ドアのところから、振り返った。

「どんなことでも、かね？」

オーナーの言葉に、言外の意味を嗅ぎ取った世慣れた男というポーズを作って、シンはまっすぐにジャッコ・ムを見つめた。

「どんなことでも、ですとも」

ボディーガードたちは、退屈そうに、ドアのところで待っている。こんな場面には、慣れっこになっているのだ。

「さて、この街の名物は、何だったかな」

と、シンは期待を込めて尋ねた。部下にまかせず、自分で商談を始めるほど、ジャッコ・ムが間抜けだといいのだが。

「あらゆる快楽ですよ、あなた」

と、ジャッコ・ムははぐらかすように言った。

「この世の天国。全ての夢。それを、カジノは提供しています」

駄目だ、と、シンは思った。こいつは、簡単には尻尾を出しそうにない。少しばかり危険だが、直接的なアプローチを試みるしかないだろう。

「天国――」

夢見るような口調で、シンは言った。

「ナクセン・スティングの三十年ものも、かね」

「何てことを」

ジャッコ・ムは、ぎょっとしたように触手をくねらせた。ボディーガードたちの肩にも、緊張が走った。ボスの感情の動きに連動するように、しつけられているのだ。

「カインドさん、ナクセンは、非合法薬剤ですぞ。当カジノは、連邦監視委員会の指導基準に従って、健全に運営されております」

健全が聞いてあきれる、と、シンは思った。じゃあ、あの、テーブルを取り巻いているナクセンたちは何なのだ。賭博客の、ただの友達か何かか？

「なるほど」

と、特別捜査官は言った。

「失礼した。本物の三十年なら、一千万払ってもいいと思ってるんだが」

露骨な餌だ。露骨すぎる。普段なら、シンも決してこんな手は使わないだろう。相手を警戒させてしまったら、何も手に入らない。それどころか、生命の危険を招く場合もある。

「三十年もの、ね」

幸い、ジャッコ・ムの警戒心は、さほど働かなかった。

そこらへんの中毒者と、ナクセン・グルメたちとは、人種が違う。グルメと呼ばれる連中は、ナクセンのうちでも、最高級のものを求め、決して度を過ごすことはない。もっとも、二十五年を超えるナクセンは、おそろしく高価で、おいそれと手に入るものではないから、よほどの億万長者でなければ、度を過ごすことなど不可能だ。三十歳まで生き延びるナクセンは、大抵金を持っていて、人類の思い通りになるものではない。ナクセンたちにとって、人類の快楽に奉仕するというのは、『賤業《せんぎょう》』だったから、一旦金を掴《つか》んだ連中は、よほどの緊急事態でなければ、薬液を提供したりはしないのだ。

業者にとっては、ナクセン・グルメはいいお客さんだった。ナクセン本星では、『三十年もの』を狙った誘拐事件が頻発しているという噂さえある。

「このあたりでは、まず、手に入らないでしょうな」

と、ジャッコ・ムは考えながら言った。

「本当に、一千万出す気がおありですかね」

「ある」

と、シンは答えた。

「しかし、無理なんだろう。連邦監視委員会が――」

「方法はあるものです」

ジャッコ・ムは、四つの黄色い瞳で、シンを上から下まで眺めた。

支配人室のコンピュータは、クレジット・カードの情報を受け取るとすぐ、この客の身元を徹底的に洗ったはずだ。ボロが出なかったことには自信がある。取締局は、あらゆるコンピュータのデータを捏造《ねつぞう》する権限があるし、実際に、その権限を行使する。ステン・カインドという架空の男の身元からは、塵《ちり》ひとつ出なかったはずだ。

「方法？」

シンは、疑り深げな声を出した。

「ここで、何とかなるのかね？」

ジャッコ・ムは、軽く手を振ると、小さなテーブルの上の、目に見えないほど小さなボタンを押した。

そして、どこにあるのかわからないマイクロフォンに向かって、喋《しゃべ》りかけた。

「リム・ラを呼んでくれ」

ナクセン人のボスは、なおも探るような目つきで、シンの全身を眺め渡した。

シンは無言だった。ボディーガードたちも、無言だった。三人の地球人は、立ったままで、待ち続けた。

やがて、ドアにノックがあって、身の丈二メートルを超える地球人が入って来た。

ちょっとまずい、と、シンは思った。こいつを加えると、ボディーガードは三人になる。いささか持て余すかも知れん。

入って来た男の肩には、一人のナクセン人が座っていた。男が、大きいほうのデスクに右手を置くと、ナクセンは、その腕をつたって、デスクに降りた。

「お呼びですか?」

と、ナクセン人はジャッコ・ムに向かって言った。

リム・ラを運んで来た男は、一言も喋らずに部屋を出て行って、シンをほっとさせた。

「この方のお相手をしろ」

ドアが閉まると、ジャッコ・ムは言った。

「チクッとやってくれるのかね」

と、シンは期待に満ちた声で言った。

「そのう、クスリを」

ジャッコ・ムは、クスリという表現を聞いて、不快そうに触手を振った。

「お望みのままに。リム・ラは、今年で三十一歳。本当の上物ですよ。一千万、請求書につけてもよろしいんですね？」

「裏の請求書だね」

「名目は、何とでもつけられます。ここは、カジノですからね」

こんなところで、充分だろう。長く勾留することはできないにしても、ジャッコ・ムを引っ張る口実にはなる。そして、特別チームが尋問を開始すれば、余罪はごろごろ出て来るはずだ。連邦犯罪捜査の場合には、法務局の心象プロフィル走査マシンを、無条件に使用できる。

「麻薬も提供するカジノか」

シンは、にやりと笑った。

「それに間違いないね、ジャッコ・ムさん」

「ええ、その通り――」

と答えかけてから、ジャッコ・ムは、シンの口調が急に変わったことに気づいた。

「妙なおっしゃり方ですな、カインドさん」

「ジャッコ・ム、お前を緊急逮捕する」

と、シン・スミス特別捜査官は言った。

「麻薬斡旋《あっせん》の容疑でだ。お前には、黙秘する権利があるが、法務局が、各種走査装置を使用すべきだと判断した場合、それを拒否することはできない」

右側のボディーガードが、いきなり殴りかかって来たのを、シンは体を捻《ひね》って避けた。ボディーガードはバランスを崩し、顔面を狙って来たパンチは、ゆるくシンの胸に当たった。

ありがとうよ、と、シンは思った。おかげで、レコーダーを止める手間が省けた。

シンは目にもとまらない動作で、よろけたボディーガードの喉に、手刀を叩き込んだ。

特別捜査官は、素手で、武器を持った二人の犯罪者と渡り合う訓練を受ける。ボディーガードは、げっという妙な声を出して、自分の喉を押さえた。

気管切開手術の必要はあるまい、と、シンは思った。窒息死するほどの潰れ方ではないはずだ。

左側のボディーガードは、胸のホルスターから、レーザー・ピストルを抜こうとした。上体を倒したシンの靴の先が、その右手首をとらえた。ハイポリマー樹脂で先端を固めた、特別製の靴だ。ボディーガードの右手の骨があっけなく砕け、銃が宙を飛んだ。

ボディーガードは、右手を押さえてうずくまる。シンは、その男の頭を蹴って、戦闘力を奪った。ごく軽くだ。気絶はしても、命を落とすことはない。

「拘置場所に着いたら、お前さんは、弁護士の同席を求めることができる」

と、シンは言いながら、素速く身をかがめて、床に落ちたレーザー・ピストルを拾い上げた。

喉をやられた男が、必死で自分の銃を構えようとしている。シンは、その男の右手を狙って、レーザーを発射した。

「くああ」

男は銃を落とし、苦悶《くもん》の声を上げた。右手全体から、白い煙が立ち昇っている。喉が潰れているので、かすれたような声しか出ない。

続く一射で、シンは、ジャッコ・ムの小さな机を吹き飛ばした。自動レーザーの発射でも指示されては厄介だ。

「一緒に来てもらおうか、ジャッコ・ム」

目の前の机を吹き飛ばされて、すくみ上がっているナクセン人に向かって、シンは話しかけた。デスクに歩み寄るついでに、右手をやられたボディーガードの頭に正確な蹴りを入れて、一時的に苦痛から解放してやる。

視野の隅に、こそこそと逃げ出すリム・ラの姿が映ったが、それにはかまわず、シンは、ジャッコ・ムに向かって、左手を差し伸べた。右手に握ったレーザー・ピストルの銃口は、ぴたりとナクセン人の体に向けられている。

「おまわりだったか」

ガラスの台座に座ったまま、ジャッコ・ムは冷たく言った。さきほどまでとはうって変わった、凄《すご》みのある口調だ。

「小利口な奴だ。だが、生きては出られんぞ。あの役たたず二人を片づけたからと言って、いい気になるな。ここには、貴様の知らないような装置が、山ほどある。この部屋の様子も、さきほどからずっとモニターされているのだ」

「すぐに、仲間が踏み込んで来る」

と、シンは嘘《うそ》をついた。

「あんたの手下は、おれをフライにすることができるだろうが、そうなれば、連邦捜査官殺害の罪に問われることになる」

主として、モニターを担当している誰かに聞かせる目的で、シンは言った。

「仲間を殺された場合、捜査官たちがどういう態度に出るか、知っているだろう？　どんな隠れ方をしようと、そいつは捕まえられて、五百年喰《く》らい込むことになる。逮捕手続き中の事故で命を落とさなければの話だがな」

ハッタリだ。捜査官の一個連隊が、ここに踏み込んで来ることはない。従って、ジャッコ・ムの部下たちは、誰にも知られずにシンを片づけ、死体を始末することができる。

だが、とにかく、時間かせぎができればいいのだ。モニター係をはじめとするジャッコ・ムの部下たちが、ほんの少しの間、手控えする気になれば、それでいい。

奴らのボスを、完全な人質に仕立てるまでの間。

いきなり、ドアが開いた。

シンは、一瞬だけ、レーザーの狙いをジャッコ・ムから外し、開いたドアをめがけて発射した。シュッという音とともに、何かが焦げて、火花と煙を発した。

「来るな」

と、シンは叫んだ。

「中に入ったり、レーザーを撃ったりしたら、このジャッコ・ムは黒焦げになる。約束するぞ」

「言う通りにしろ」

と、ジャッコ・ムが甲高い声で命じた。

「この間抜け程度なら、わし一人で何とかなる」

「何とかなる、だと」

シンは、口の端を歪《ゆが》めて笑った。

「取引でもしようってのか、え、オーナーさんよ。乗る気はないぜ。じゃあ、どうするかな？　ちっぽけなお前さんに、他に何ができるってんだ。このおかしなハンプティ・ダンプティめ」

「つけあがるな」

と、ジャッコ・ムは言った。

「図体《ずうたい》ばかりでかい貴様らよりも、ナクセンは十倍も歴史のある種族なのだ」

本気で腹を立てている、と、シンは思った。こちらの思う壺《つぼ》だ。

「何が歴史だ」

と、シンは相手をあおった。

「つまりは、進歩が遅いってことじゃないか。わかるな？　長く生きてりゃ賢いってもんでもなかろう。現に、お年寄りのあんたは、おれに手も足も出ない。さあ、こっちへ来るんだ。ポケットに入れて、おうちに連れて行ってやるぞ」

ナクセン人の黄色い目が、輝きを増した。怒りに、声も出ないらしい。

「さあ、こっちにおいで」

シンは、手招きをした。

「ほらほら、わたしの可愛《かわい》い卵ちゃん」

「貴様」

ジャッコ・ムは、絞り出すように言った。

「殺してやる。いいか、わしが、貴様を殺してやるぞ」

ナクセン人の復讐《ふくしゅう》の念というのは恐ろしい。ナクセンが、誰かを殺す気になったら、誰であれ、横から手を出すことは許されない。この習慣は、好都合だ。

「馬鹿め」

シンは、せせら笑って見せた。

「武器もないお前に、何ができる？　ちっぽけな卵め。こっちは、片手でお前を捻り潰すことだって、できるんだぞ。ハッ」

シンは、わざと大口をあけて笑った。

「ナクセン・スティングの三十年ものが欲しいと言ったな」

ジャッコ・ムは、聞こえるか聞こえないかの小さな声で言った。

「わしは、六十歳だ。喰らえ！」

最後に一言叫ぶと同時に、ナクセン人は、まだ笑い続けるシンの手に飛びつき、信じられないような素速さで、地球人の腕を駆け昇った。

そして、肩から、大きく開いたシンの口めがけて跳び上がる。あんな触手で、どうしてできるのかと思うほどの、みごとなジャンプだ。

否《いや》も応もなかった。

シンは、いきなり喉の奥に跳び込んで来た物体を、思わず飲み下してしまった。

まるで、ナクセンの中毒者のように。

ナクセンは、注射したり、吸ったりするものではない。ナクセン麻薬を吸収するには、地球人はナクセン人を飲み込まなければならない。

ナクセン人たちは、もともと、身を守るために、薬液分泌器官を発達させて来た。

強力な捕食生物に飲み込まれて、その消化器官に、薬を送り込む。そして、麻痺《まひ》した捕食生物の体から逃げ出すというのが、非力な原始時代のナクセン人の習性だったのだ。ナクセン人の薬液注入器官はデリケートで、硬い皮膚には歯が立たない。

だから、地球人も、ナクセン麻薬を胃壁から吸収する。それが一番『効く』ナクセン麻薬の摂取法なのだ。ナクセン人は、仕事が終われば、また喉から這《は》い出して来る。

六十歳、と、シンは思った。

何てこった。

六十年もののナクセンをチクリとやられたら、どんな人間でも、恍惚《こうこつ》のうちに死を迎えることになる。

吐き出すことはできなかった。シンは、体を伸ばしたナクセン人が、食道から胃に下って行く感触に、ぞっとして身を震わせた。復讐の念に凝り固まったジャッコ・ムは、おぞましい目的のために、シンの腹の中に、身を落ち着けようとしている。

「くそっ」

シンは、誰もいない部屋で叫んだ。それから、やけを起こしたように、ドアに向かってレーザーを連射し始めた。


シンは、すさまじい勢いで、カジノの正面玄関から飛び出し、ヒュー・ドライデンのマグネローダーの中に転がり込んだ。

「どうだった？」

マグネローダーを、荒っぽく発進させながら、ヒューは質問した。

「簡単だったよ」

と、シンは答えた。

「こっちは、おびえ上がった振りをして、駆け出して来るだけでよかった」

「撃たれなかったのか？」

「誰も、手を出そうとはしなかったさ。連中、ちゃんと、モニターを眺めててくれたんだな。復讐の念にかられたボスのお怒りに触れたくないばっかりに、何もできなかったわけだ」

「ナクセンは、獲物を横取りされるのを、極端に嫌うからな」

大きく操縦コラムを回して、マグネローダーを高架線に乗せながら、ヒュー・ドライデンは言った。

「自分を侮辱したものは、必ず自分の手で殺す。妙な習慣だが、時には役に立つ。ところで、ジャッコ・ムは元気か？」

「だと思う」

シンは、にやりと笑って、自分の腹部を叩いた。

「消化機構を切って、逆流防止バルブを閉じておいた。ジャッコ・ムの奴、さぞびっくりしてるだろう」

ヒュー・ドライデンは、感心したように口笛を吹いた。

「たいしたもんだな、全く、お前さんは、まさに人間囚人護送器だよ」

「そいつは、語呂がよくない」

と、シン・スミス特別捜査官は言った。

「いつもの通り名のほうがいいな、ヒュー」

「わかったよ」

と、ヒュー・ドライデン特別捜査官は言った。

「よくやったぞ、『鉄の胃袋』」

OEの謎

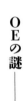

「犯人は山口《やまぐち》だよ」

長い会議テーブルのはじっこに、一人だけ座らされた太田《おおた》刑事が、つぶやくように言った。誰も聞いていなかった。退職間近の窓際刑事の台詞《せりふ》など、まともに聞く者はいない。いつもそうなのだ。太田刑事は、常にテーブルの端、短い辺のところに、一人だけ座らされる。他の連中の邪魔にならないように、という配慮からだ。

黒川《くろかわ》警部は、たいてい黒板の前に立つ。それと向かい合って、三人の刑事が、会議テーブルの長い辺に沿って座る。今日もそうだった。

「推理小説みたいなケースだ」

と、ストライプのスーツを着た、ロマンスグレーの黒川警部が、陳腐なことを言った。

「紛れもなく、ダイイング・メッセージというやつだ。この紙切れが、ガイシャの体の下に隠されていた」

居並ぶ三人の刑事が、もっともらしく頷《うなず》いた。

「犯人が誰か、書き残そうとしたんですね」

と、小倉《おぐら》警部補が言う。

「そうに違いない」

黒川警部は、テーブルの上の紙切れに、視線を落とした。

「ガイシャは殺された時、テーブルに向かって、手紙を書いていた。刺されたあと、ペンを持ったまま、床に倒れた。書きかけの便箋《びんせん》も、手の届くところに落ちた。犯人は、死んだと思って行ってしまった。だが、ガイシャの女子大生は、最後の力を振り絞って、便箋を引き寄せ、ペンでこれを書いたんだ」

全員の視線が、テーブルの上の紙切れに落ちた。便箋の上半分ぐらいは、整然と並んだ文字で埋まっている。丸文字と言うのだろうか、丸まっこい、若い女の子がよく書くような文字だ。

その下に、問題のダイイング・メッセージがあった。乱れた字体で、横書きにアルファベットが二文字、書いてある。活字体で、『ＯＥ』と。Ｏは少しゆがみ、三本ともほとんど同じ長さのＥの横棒が、右下がりにかしいでいる。

「犯人が戻って来るかも知れないと思ったんでしょうか」

若い御所《ごしよが》河原《わら》刑事が、その文字を見つめながら言った。

「そうだろう」

黒川警部は、沈痛な面持ちで頷いた。

「ガイシャは、翻訳推理小説のファンだった。だから、犯人にメッセージを捨てられないように、直接名前を書くことを避けたんだ。推理小説では、そういうことになっている」

「オー、イーかな」

ベテランの沢伴《さわとも》刑事が首を捻《ひね》る。

「大井《おおい》という男は、ガイシャの知り合いにいませんでしたっけ」

「犯人は山口だよ」

太田刑事の言葉が聞こえないふりをして、黒川警部は、チョークをもてあそんでいる。小倉警部補が黒革の手帳を開いた。

「ガイシャの交遊関係を洗って見ました。大井という男はいません。動機がありそうなのは三人です。最近ガイシャにふられたという、山口進《すすむ》という大学生、ガイシャとつきあっていた、大石透《おおいしとおる》という高校生、それに、ガイシャと同性愛という噂《うわさ》のあった、江田令子《えだれいこ》という三十二歳の英語教師。三人とも、犯行時刻には、はっきりしたアリバイはありません」

「大石のイニシャルはOか」

と、御所河原刑事が言った。

「だが、透はTだな」

「もっと書き続けるつもりだったのかも知れない」

と、小倉警部補が言った。

「例えば、OECとか。オーイーシー、オオイシですよ。最後のCを書く前に、力尽きたんです」

「OECね」

黒川警部は、しわの寄った紙を睨《にら》んだ。ピンと来ないという表情だ。Eの文字は、最後まで書き終えられており、その右には、何か書こうとした跡はない。

「オーイー、オーイー」

と、沢伴刑事が呟《つぶや》く。

「それとも、ゼロ、イーかな。部屋の番号か何かかも知れない」

小倉警部補が、手帳のページをめくった。

「大石は、両親と一緒に、一戸建てに住んでいます。江田は賃貸マンションですが、部屋はB棟の一〇二。山口のアパートは、と、ああ、ここに書いてある。篠田《しのだ》荘三〇三号室です」

「山口が犯人だよ」

今度も、全員が太田刑事を黙殺した。

「Eと3は似てますね」

と、沢伴刑事が突然思いついたように言った。本当は、太田刑事の言葉にヒントを得たのだ。

「30をひっくり返すと、OEとも読める。303と書こうとして、途中で息絶えたんじゃありませんか」

「ちょっと苦しいな」

と、黒川警部が言った。

「いくら丸文字でも。これは3には見えない」

「しかし、ガイシャは虫の息だったんでしょ」

と、御所河原刑事が、同僚の肩を持って反論する。

「字だって、普段とは違うんじゃないですか？」

「それはまあ、そうだが――」

黒川警部は、しわの寄った便箋を眺めて、何度も首を捻る。警部の座っているところからは、便箋が逆さまに見える。だが、どう見ても、書き残された文字は30には見えなかった。

「とにかく、ゼロ、イーというのはいい線かも知れんな」

小倉警部補が、もう一度、手帳を覗《のぞ》き込んだ。

「車のナンバーというのは、どうだろう」

沢伴刑事が、耳の後ろを掻《か》いた。

「陸運局のナンバーに、アルファベットはありませんよ」

「それもそうだ。それじゃあ――洋服のサイズか」

「洋服ねえ。O体ってのが、確かあったな。Eというのは？」

「靴のサイズならあるぞ」

と警部。

「E、EE、EEEというのがな。わたしは、EEEを履いてる」

「服や靴のサイズまでは、聴取しなかったなあ」

と、小倉警部補が手帳をひっくり返しながらぼやく。

「確かに、山口は太り気味だったが。それにしても、誰かを示そうとして、サイズを書くというのは、いかにも不自然でしょう？」

「うーむ」

青いチョークをテーブルの上に置いて、黒川警部が唸《うな》り声を上げる。

「イーか」

沢伴刑事が、横目で小倉警部補の手帳を盗み見た。

「江田令子の頭文字はEだ」

「しかし、令子はRですからねえ。Rの丸のところだけ、先に書いたと考えられなくもないが――そうしておいて、Eを書くというのも変だ」

太田刑事は、無視されるのに飽きたのか、腕組みをして目を瞑《つむ》っている。

あるいは、眠っているのかも知れない。定年後の生活の夢を見ているのか――。

「あっ」

という御所河原刑事の叫び声で、太田刑事の目が薄く開いた。御所河原刑事は、興奮した面持ちで、テーブルを叩《たた》く。

「ゼロ、イー。ゼロだ。日本語で言えば、ゼロは——」

「そうか」

黒川警部が、椅子《いす》を蹴って立ち上がった。

「ゼロは零《れい》だ。令子の令だぞ！」

「レイコ・エダ、レイ・イー。ＯＥか。なるほど」

「間違いない。ガイシャは、江田令子という名前を書き残そうとしたんだ」

小倉警部補が、会議室から飛び出して行った。逮捕状をとろうというのだろう。

「違う」

腕組みをしたまま、太田刑事が言ったが、部屋に残った三人は、興奮して互いに喚《わめ》き合っていて、その声には気づかない。

太田刑事には、他のみんなが、どうして回りくどい議論をしているのか、さっぱりわからなかった。ゼロとかイーとかいうのは、一体何のことだろう。確かに丸文字は読みにくい。だが、太田刑事にも、晩《おそ》くなって生まれた女の子がいて、こういう文字は見慣れていた。あいつと来たら、いくら注意しても、まともな字を書こうとしない。それで、彼は、縦棒の長さを変てこに揃《そろ》えたり、国がまえや口の字をまん丸く書いたりする娘の癖には、もう文句をつけるのもあきらめてしまっていたのだった。

太田刑事は、もう一度、テーブルの上の便箋を見た。

やれやれ、みんなどうしたというのだろう。

こんな簡単なメッセージなのに。

テーブルの短い辺から、つまり、真横から見ると、太田刑事には、はっきりとその文字が読めるのだった。

書きかけの手紙の右側に、アルファベットではなく、縦書きの漢字で書かれた、『山口』という文字が。

文通

来た。

これが来るのを、何日も待ち続けていたのだ。十日か、一週間か——文幸《ふみゆき》は、座卓の前に貼《は》ってあるカレンダーに目をやった。

実際には、八日間だ。こっちが、前のを送ってやってから、わずか八日間。期間としては、短いほうだろう。

封筒を持つ手が震えた。

今度は何だ？

前回は、生きた蜂が入っていた。だから、こっちは苦労してメキシコ産のサソリを手に入れて、送ってやった。

その前は、カミソリだった。こいつは平凡だ。あいつらしくもない。だから、こっちも、やや平凡に、大蟻《おおあり》を封筒に閉じ込めて、送った。

あの蟻は、生きたまま届いたろうか。

蛭《ひる》というのもあったな。箱に入っていたが、こっちに届いた時には、残念ながら死んでいた。返礼に送ったのは、何だっけ。ムカデを入れたのは、あの時だったかな。

今日のは、小包ではない。小さくて薄い封筒だ。どうやら、かさばるものではなさそうだ。どうやって封を切ったものか。

手袋はもちろんだ。軍手の上に、台所から借りて来たゴム手袋を塡《は》める。これぐらいの注意は、当然必要だ。サボテンが入っていた時には、素手で開けたために、あとで指が化膿《かのう》して、大変だった。

手袋を塡めていれば、そんな心配はいらない。

だが――。

文幸は、顔をしかめて考え込んだ。あいつも、こっちが手袋ぐらい、用意すると知っているはずだ。となると、手袋ぐらいでは防ぎきれないものを送ってくるのじゃないか？

文幸の指は、早く封筒を開けたくて、うずうずしていた。だが、文幸はまず、どんなものが入っているか、考えることにした。

実は、これが楽しみなのだ。次は、あいつがどんな手で来るだろうと想像することが。そして、こっちからは、何を送り返してやろうかと、あれこれ思い巡らすことが。

例えば、知り合いの貿易業者を通じて、生きたサソリを手に入れるには、大変な手間と時間がかかった。が、包みを開けた時の、あいつの顔を想像すると、それだけのことはあったろうと思えてくる。あいつにとって、本物のサソリを見たのは、それが初めてではなかったろうか。それでも、奴《やつ》はそれがサソリだと気がついたはずだ。映画やテレビで、その生物の危険性は、さんざん宣伝されているのだから。相手は、サソリを見て、冷や汗を流したろうか、目を丸くしたろうか。それとも、腰を抜かしただろうか。相手の反応と、びっくりした顔つきを想像すると、文幸の顔にうすら笑いが浮かんだ。もちろん、実際に相手の顔を知っているわけではないのだが——。

あいつも、充分な用心をしていたのだろう。サソリが入っているとは思わなかっただろうが、何かの危険が、封筒に潜んでいることは、当然知っているのだから。あいつはうまく、サソリの攻撃を避けたのだ。それでいい。あいつが、本当に死んでしまっては、もう文通の楽しみを続けることができなくなってしまう。

少しばかりの危険、少しばかりの痛みや不快感、それが、生活のスパイスになるのだ。あいつもわしも、ルールは知っている。

暗黙の了解。このゲームのルール。

ゲーム？

そう、ゲームだ。

最初は、死んだゴキブリから始まった。

それは、白い、平凡な封筒に入れられて、いきなり、文幸の手許《ても》に送りつけられて来たのだ。封筒の中に、手紙はなかった。ただ、茶色のゴキブリの死骸が、入っていただけだ。

いやがらせだろうか、と、文幸は思った。七十五年にわたる人生の中で、誰の恨みも買わなかったと断言できるだけの自信は、文幸にはなかった。

しかし、封筒に達筆で書かれた差出人の名前と住所には、全く心当たりがなかった。

妙だ。

そもそも、こんなものを送りつけておいて、堂々と自分の名前を書いてよこすとは、どういう神経だろう。

偽名だろうか。いいかげんな名前と、でたらめの住所を、カモフラージュのために書いて来たのだろうか。

あるいは――その時、文幸は、しわの寄った口許に、歪《ゆが》んだ笑いを浮かべた――返事でも欲しいのだろうか。

妻を亡くし、事業から隠退した文幸は、当時退屈していた。同居している息子とは、ほとんど顔を合わせることがなく、嫁は、よく世話をしてくれていたが、七十を越えた老人と、話が合うわけはない。

退屈と孤独。

その年になるまで、経験したことのなかった悩みに、文幸は苦しめられていた。

退屈と孤独。

文幸は、想像してみた。このゴキブリの差出人も、文幸と同じような老人なのではあるまいか。孤独と退屈のあまり、このような奇嬌《ききょう》な振舞いに出たのではないか。

ゴキブリを送りつけられた相手が、どんな反応を示すか、あれこれ想像するという、暗く儚《はかな》い楽しみ。そんな楽しみでも、単調で孤独な生活にとっては、ちょっとした救いになる。

そして、相手に訴えられでもしたら、それはそれで退屈しのぎになる。厄介ごとでも、何も起こらないよりは、はるかにましだ。そんなつもりで、あいつはこれを送って来たのではないだろうか。

だから、差出人の名前が書いてあるのだ。これは本名だ。きっとそうに違いない。

確かめる手段はあった。

文幸は、にこにこしながら、古新聞を片手に、散歩に出た。家のそばで、ひからびた蛙《かえる》の死骸を――車に轢《ひ》かれて、ぺしゃんこになった蛙の死骸を――見た覚えがあった。自動車の重みで、熱い道路にべったりと張りついた、不運な蛙の死骸だ。

その日のうちに、新聞紙につつまれた蛙の死骸は、丁寧《ていねい》に小包に仕立てられて、発送された。

それが、文通の始まりだった。

文幸が信じた通り、差出人の氏名は本物だったのか、あるいは、蛙を受け取った男は、全くの他人だったのか、文幸にも確信はなかった。

その男は、蛙の死骸を送りつけられて、ゴキブリを受け取った時の文幸と同じように、驚《きょう》愕《がく》したのかも知れない。そして、文幸と同じ好奇心にかられて、『返事』を出す気になったのかも知れない。

封筒の中に手紙を入れる習慣が、二人のどちらにもない以上、文幸にも真相はわからなかった。

だが、そんなことは、どうでもよかった。文幸と相手の男――おそらくは、文幸と同じような、孤独な老人――は、せっせと、奇妙な品物を送り続けた。

旅先で見つけた落ち葉や、押し花を送り合う、センチメンタルな少女たちのように、不気味な、あるいは不快な品物を、二人は送り合った。

死んだメダカ、干からびたミミズ、プラスティックのケースに詰めた蛙の卵。巣から落ちたツバメの雛《ひな》、近所の道で轢かれた猫の目玉、カマキリの卵（輸送中に孵《かえ》ることを期待して送ったのだが、成功したかどうかはわからない）。ビニール袋に詰めた釣餌《つりえ》のゴカイやイトミミズ、毛虫や蛾《が》のさなぎ、蜂に卵を生みつけられた青虫。

相手よりも気味の悪いものを送り返すことに、どちらも意地になっているようだった。

当然のことながら、このゲームは、次第にエスカレートして行った。

不気味さだけでなく、危険さを、双方が追求し始めたのだ。

塩酸を含ませた脱脂綿や、空気に触れると発火する紙などが、文通品目のリストに加わり始めた。生物も、死んで干からびたものばかりではなく、生きたまま送られることが多くなった。

問題は、スリルだった。今度の手紙や小包には、どんなものが入っているだろうかと思い巡らすスリル。今度は、どんなものを送ってやろうかと知恵を絞る興奮。相手が、それを受け取った時、どんな反応を示すだろうかと想像する、ひそやかな楽しみ。

この文通が、二人の老人たちに、生きる楽しみを与えていることは確かだった。

文幸は、この『趣味』を始めてから、血色がよくなり、食が進むようになったことに、自分でも気づいていた。

スリルだ。ささやかな不快と危険、それに対する期待と、計略を巡らすスリル。それが、単調な生活に彩りを添え、張りを与えてくれる。

そして、スリルに慣れた人々は、さらに一段上の刺激を求める。

危険は、徐々にエスカレートした。単なる痛みから、肉体を損傷する危険へ。かすり傷を負わせる程度の凶器から、傷痕を残しかねない凶器へ。

さらに、最近では、注意して扱わないと、生命の危険をもたらしかねない品物まで、送られるようになっていた。送り方も手が込んで来ていて、わざと、比較的無害な品物を送り続け、相手を油断させておいて、次にはとんでもないものを入れておいたりする。そういう戦略を練るのがまた、こたえられない楽しみだった。

そのうちに、どちらかが、本当に命を落とすことになるかもしれない、そう、文幸は思っていた。そう考えても、別に恐ろしくはなかった。これはゲームであり、ゲームには、危険がつきものだ。

だが、できることなら、文幸はこの楽しみを終わらせてしまいたくなかった。自分が生きている間は、ずっと続いて欲しいものだと思っていた。

そのためには、相手を殺してしまうわけには行かない――。

相手も、同じように考えているのだろうか、と、文幸は時々考えてみた。それとも、あいつは本気で、こっちに危害を加えようと思っているのだろうか。あわよくば、こっちを殺してしまおうと？

それは、ぞくぞくする考えで、その戦慄《せんりつ》がまた、文幸を刺激した。

殺される危険。それは、実に非日常的な危険だった。通常、テレビや映画の中でしか起こり得ないような危険だ。

だが、文幸にとっては、それは現実だった。そこまで危険な品物が選択されることは、（そういう品を入手することの困難さもあって）年に二、三回しかなかったのだが。

あやうい綱渡り。それ似上に楽しいものが、この老人の人生の中に存在するだろうか。

さて。

文幸は、薄い封筒を摑《つか》み、電灯《でんとう》にかざして見た。

何も、透けては見えない。

次に、机の引き出しから、大きなU字形の磁石を取り出して、封筒のあちこちに当てる。

刃物が入っていれば、これで見当をつけることができるのだ。

どうやら、刃物は入っていないようだった。最近はやりの、セラミック何とかでできているなら、話は別だが。セラミックで作ったカミソリというのがあるのかどうか、文幸は知らなかった。

次はどうするか。

危険な生き物が入っている可能性があれば、封筒の上から、殺虫剤をふりかけておくこともできる。あるいは、熱湯をくぐらせてみることも。一昼夜、水の中につけておいてもいい。

逆に、相手がそうすることを予測できれば、高熱や水で爆発するような薬品や物質を、封筒に入れておくという手もある。

こいつはいい考えだ、と思って、文幸は一人ほくそ笑んだ。

いつか近いうちに、試してみるとしよう。

それはそれとして、今は、この封筒だ。

大きさと薄さからして、それほど危険な生物を入れることができるとは思えない。そして、金物も入っていないとなると――。

何だろう。薬品の類《たぐい》か？　まさか、病原菌ということはないだろう。

薬品――戦争で使うような神経毒を、あいつが手に入れられるとは思えない。せいぜい、ツタウルシの汁か、ヤマノイモ、毛虫の毛か蛾の鱗粉《りんぷん》といったところが、せきの山だろう。

そんなものなら、ちょっとかぶれを起こす程度で済む。

あるいは、カツオノエボシの毒、ということも考えられるが、あれは、紙に沁《し》み込ませることなどできるのだろうか。乾燥しても、毒性を保持しているのだろうか。

そのうち、調べてみなければなるまい。もちろん、自分が送る時のためにだ。クラゲの毒、というのは新機軸だから、きっと相手も喜ぶだろう。

開けるか。

文幸は、慎重に封筒の端を摑み、封のしてある方を、卓上レター・オープナーに差し込んだ。

ウーンとモーターが唸《うな》り、封筒の先が、きれいに一直線に切れる。

文幸は、封の開いた方を下にして、二重に手袋を塡めた指で封筒の両端を摑み、口が菱形《ひしがた》に開くようにした。

それから、ゆっくりと封筒を振る。

何も出て来ない。

変だ。

文幸は、額にしわを寄せた。

封筒の中に、何かが入っているなら、これで出て来るはずだ。封筒にひっかかっているのだろうか？

もう一度、もっと強く、封筒を振ってみる。

何も出て来ない。

文幸は、業をにやして、封筒をひっくり返し、中を覗《のぞ》き込んだ。危険かも知れないが、やむを得ない。これも、いつかは使える手だと、文幸はちらりと思った。

封筒の中は、空《から》だった。青い、きれいな仕切紙の中には、便箋《びんせん》一枚、米粒ひとつ、入ってはいなかった。

文幸は、不機嫌な唸り声を上げた。

何ということだ。あいつは、間抜けにも、中身を入れ忘れたのか？

いや、そんなことはあり得ない。こいつは奴の作戦だ。空だと見せかけておいて、実はとんでもないものが入っているのに違いない。

やはり、ガスの類か？　例えば、封筒全体に、エーテルが沁み込ませてあるとか。

文幸は、鼻をうごめかした。だが、何も変わった匂いはしない。封筒を、鼻の先に近づけてみても、同じことだった。

文幸は、顔をしかめた。いくら年だと言っても、鼻には自信がある。

もちろん、無味無臭の毒だってあるだろう。だが、今のところ、文幸は体に何の異常も覚えていなかった。花粉アレルギーの気があるため、部屋は、厳重に締め切ってある。ガスのようなものなら、すぐに効いて来るはずなのだが——。

ひょっとして、ガス状の下剤とか。

馬鹿《ばか》な、そんなものの話は、聞いたこともない。それに、封筒は、普通のシール式の封がしてあっただけだ。封を閉じ、圧力をかけると、勝手に貼りついてくれるやつ。ガスのようなものを使うなら、ビニールか何かを使って、密閉してよこすだろう。

おかしい。

そんなはずはない。

いくら何でも、空の封筒を送るなんて、そんなのは、そう、何と言うか——ルール違反だ。別に、紙に書いたルールブックがあるわけではなかったが、文幸は何となく、そう感じた。

確かに、空の封筒を送れば、相手の意表を突くことができる。相手は、何が入っているのだろうか、意図は何なのだろうかと気を回し、半狂乱になるだろう。今、文幸がそうなりかけているように。

それを想像すれば、楽しめることは確かだ。

だが——。

どう考えても、それはフェアなやり方ではない。相手が、空の封筒を受けて、今度は白紙の便箋を送り返したら、どうなる?

苛立《いらだ》たしい、不毛な戦いが始まってしまうではないか。そんなのは、ルール違反だ。定式化したスリルが、ぞくぞくするような興奮が、半減してしまう。

そんなことぐらい、あいつにはわかっているはずだ。これまでのところ、あいつのやり方は、スマートでエレガントだった。上質のユーモアさえ、感じられた。それが一転して、そんな卑劣な方法をとるとは、到底考えられない。

そんなはずはない。

何かが、入っているはずだ。これまで、ずっとそうだったように、何か気味の悪い、だからこそ魅惑的なものが、何か入っているはずなのだ。

サンタクロースからもらったプレゼントの箱が、ただの空箱だったと発見した子供が感じるに違いない、ひどい失望感と同じものを、文幸は感じていた。

あるいは、信じ切っていた男に裏切られた時、女が感じるだろう絶望と同じものを。

文幸は、レター・オープナーを使って、封筒の残りの三辺を切り開いた。

封筒は、中の仕切紙を入れて、四枚の紙切れになった。きれいな長方形の、四枚の紙切れ。

文幸は、一枚ずつ、順番に、紙を机の上に並べた。それから、それを一枚一枚、手にとって、ひっくり返してみた。

何もない。

今度は、もっと時間をかけて、紙を一枚ずつ点検する。

そんな馬鹿な、いくら何でも、そんなはずはない、と口の中で繰り返しながら。

やはり、何も出て来ない。

ふと思いついて、文幸は、座卓の上を見回し、レター・オープナーで切り取った四つの細い紙片を取り上げた。一本ずつ、端から端まで目をこらし、イトミミズ一匹でも入っていないかといじくり回す。

イトミミズはいなかった。危険な粉ダニの気配もない。

粉ダニ？

その思いつきは、一瞬、文幸の顔を明るく輝かせた。

粉ダニ。

それなら、あいつのセンスにぴったりだ。封筒を振った時、ホコリと同じくらいの大きさのダニが、座卓の上に落ちたのだとしたら——眼鏡《めがね》をかけなければ、そんな細かいものは、文幸には見えない。

そのうちに、体のどこかに、耐えがたい痒《かゆ》みを覚えるのではないだろうか。背中か、腹か、尻か、あるいはその全部に。

もし、痒みが始まったら、文幸は満足するだろう。

だが、しばらくぼんやりしていても、どこも痒くはならなかった。

がっかりだ。

文幸は、長いため息をつき、手袋をはずした。

「どうしたんだ」

と、声に出して言ってみる。

「あいつ、一体どうしたというんだ」

なぜ、空なのだろう。やはり、ついうっかり、中身を入れるのを忘れたのだろうか。

いやいや、これは、あいつにとっても楽しみのはずだ。知恵を絞って選び、手に入れた品物を入れるのを、忘れるなんてことは、考えられない。

では、どうしたのだ？

文幸は、ぼんやりと宙を睨《にら》んだ。

気落ちして、泣きたいぐらいだった。なんであいつは、こんなことをしたんだ。

なんでまた、こんな手ひどい裏切りを。こっちが、どんな思いで『返事』を待っているか、よく知っているはずなのに。

喉の奥に、怒りと悔しさが込み上げて来た。

あいつに、こんなことをする権利はない。

大体、始めたのはそっちじゃないか。

そっちがその気なら、こっちだって――。

こっちだって、どうするんだ。

空の封筒を送るか？　それとも、『返事』を出すのを、やめてしまうというのか？

それで、相手を苦しめることができるだろうか。こっちがどれだけ怒っているか、思い知らせることが。

駄目だ。

あの野郎は、屁《へ》とも思うまい。もともとこっちを怒らせるつもりで、こんな手を使って来たんだから。どう考えても、それ以外に理由があるとは思えない。

怒っているのだろうか。

サソリに刺されて、ひどい目に遭ったのかも知れない。驚愕のあまり、心臓発作でも起こしたのかも知れない。それで、こちらをこらしめるつもりで、こんなことをやったのか――。

そう考えると、わからないではない。だが、それでも、これが卑劣なやり方であることにかわりはない。

急に鼻がこそばゆくなって、文幸は、大きなくしゃみをした。

サソリを入れたのは、正々堂々とした、フェアなやり方だ。そうじゃないか？

それに対して怒るというのは、逆恨みというものだ。大人なら、相手に負けたからと言って、将棋盤をひっくり返したりはしない。

相手も老人なら、それぐらいの道理はわきまえていてしかるべきだ。これまで、あいつがこんな子供っぽい反応を示したことはなかった。

文幸は、もう一度、くしゃみをした。

そうとも、こっちは悪くない。あいつの方が、一方的に悪いのだ。

だからわしは――。

また、鼻がむず痒くなって来た。

文幸は、発作的に息を吸い込み、さらに吸い込んで、それが鼻水や唾と混じって、口から爆発的に吹き出すにまかせた。

はっくしょん。

何てこった。アレルギーだ。ちょいと季節外れじゃないか。窓でも開いているのか？

文幸は、部屋の中を見渡した。窓もドアも、しっかりと閉まっている。

部屋のすみに置いた空気清浄器も、ちゃんと動いている。息子が買ってくれたものだ。文幸が設立した会社の収益で、だが。

とにかく、あいつのやり方は許せん。

はくしょん。

三連発のくしゃみが、文幸の思考の流れを断ち切った。

ええい。

いまいましいくしゃみの奴め。花粉のちくしょうめ。杉の季節は終わったはずだ。ブタクサか何かだろうか。

一体どうして、この部屋に、ブタクサの花粉なんかがまぎれ込ん――。

待てよ。

文幸の顔に、だしぬけに機嫌のよい笑みが広がった。

そうか。

わかったぞ。花粉だ。神経質に目張りしたこの部屋に、偶然、花粉が舞い込むことは少ない。

だが、封筒の中に、花粉がひそんでいたとしたら――。

はくしょん。

ちくしょうめ、なかなかやるじゃないか。もう少しで、だまされるところだった。

どこで聞いたのか、文通相手は、文幸のアレルギーのことを知っていたのだ。それで、花粉を送ってよこしたのに違いない。文幸の老いた目には、容易に留まらない贈り物を。

スマートでエレガントだ。あいつにふさわしい。マスクをして、封筒を開けることまでは考えつかなかったから、今度は文幸が一本とられた格好だ。

よしよし。

文幸は、鼻をすすり上げると、嬉《うれ》しそうにひとり頷《うなず》いた。相手が裏切ってはいなかったとわかって、すっかり元気を取り戻していた。

これで、今後もゲームを続けることができる。胸躍る文通を続行することができる。不和や裏切り、逆恨みは、最初からなかったのだ。

よしよし。

そっちがそう出るなら、こっちはどうしよう。

今度は、何を送ってやろうか。

目に見えないものを、何か思いつけるだろうか。それでいて、危険なものを。

相手が舌を巻き、さすが好敵手だと感嘆するようなもの。

いやいや、目に見えるかどうかに、固執する必要はない。サソリ路線を、さらに拡大してもいい。こっちがまだ元気で、やる気満々だということを、相手に示してやるのだ。あいつはきっと、完全防備に身を固めて、封筒か小包を開くだろう。決して拍子抜けしないようなものを送ってやろう。びっくりして、腰を抜かすほどのものを。

ファイトが湧いて来た。

はくしょん。

文幸は、くしゃみをしながら、満面の笑みを浮かべた。

仲のよい友達と、共通の趣味に没頭する老人の、至福の表情だった。

さてさて、と、文幸は、口に出してつぶやいた。

さてさて、何を送ってやったものかな。


「あなた」

と、妻が言った。

「ん？」

夫は、面倒くさそうに生返事をして、がさがさと新聞をめくった。

「知ってる？　あの人、亡くなったそうよ」

「亡くなったって、誰が？」

「あの人よ」

妻は、お茶を飲み下すと、スーパーの広告ちらしをきちんと畳み直した。

「おじいちゃんの文通相手。誰から手紙が来るんだろうって、あなた前、気にしてたじゃない。隣町の住所だったんで、わたしが、近所の奥さんに聞いたら、たまたま知っている人で――」

「ああ」

夫はあきらめて、未練げに新聞を置いた。

「何かの店をやってたって人だろう。隠退して、うちでぶらぶらしてるって。おじいちゃんの知り合いだよな」

「そうそう」

妻は、深刻な顔を作って頷いた。

「どこで知り合ったのかは、わからないんだけど。それにしても、おじいちゃん、会いに行くでもなし、手紙ばっかり出して、どういうお付き合いなんでしょう」

「短歌か俳句でも、つくり合ってるんじゃないの。それで、その人が亡くなったのかい？」

「肺炎ですって。ずいぶん急だったらしいわ。入院した日の夜には、もう――」

「そうか」

夫は、茶を口に含んだ。

「年寄りは、体が弱ってるからなあ。おじいちゃんも、風邪をひいてるみたいだから、気をつけなくっちゃ」

「それでねえ」

妻は、声をひそめた。

「今日、亡くなった方の家から、電話がかかって来たの。娘さんから。あちらさんも、うちのおじいちゃんと手紙のやりとりをしてることを知っていたのね。亡くなる前に書いたらしい手紙があったんで、投函《とうかん》しておきましたって」

「ふうん」

と、夫は言った。

「で、おじいちゃんは――」

「知らないのよ」

と、妻は答えた。

「まだ、先方が亡くなったってことは、話してないわ。話したら、きっとひどく気落ちなさると思うのよ」

「そうだなあ」

夫は、昨年あたりまでの、父親の様子を思い出していた。趣味のない、友達の作り方が下手な人だ。妻が言うように、たった一人の文通相手をなくしたと知ったら、がっくりきて、たちまち老け込んでしまうだろう。

「どうしましょう」

「どうしましょうって。うーん、確かに、話さないほうがいいだろうな。でも、いつまでも返事が来なかったら、おじいちゃんもおかしいと思うだろうし」

しばらく、沈黙と茶を啜《すす》る音が続いたあと、妻のほうが言い出した。

「わたし、あちらさんにお願いしようと思うのよ」

「何を？」

「おじいちゃんが出した手紙を、こっそり送り返してもらえるように」

「それで、どうするんだ？」

「わたしが開けてみて、適当に返事を書くわ。しばらく旅行に出るから、手紙は出せないとか何とか。それから、何通か絵葉書でも送って――。そのうち、おじいちゃんにも、別のお知り合いができるでしょう」

そこのところは、夫には確信が持てなかった。簡単に、誰かと知り合いになるような父ではない。

「うまく行くかなあ」

「大丈夫よ。封筒が、何枚か残っているわ。わたし、人の筆跡を真似《まね》するの、得意なんだから。それに、ワープロで書いてもいいでしょう。七十の手習いで、こんなものを始めました、とか。最近、そういうお年寄りが多いのよ、本当に」

「そうか」

妻の顔を好もしげに眺めながら、夫は頷いた。嫌な顔ひとつせず、父親に気を遣ってくれるのが、嬉しい。とても心根の優しい女だ。

「じゃあ、とにかくやってみるか。悪いことをするわけじゃないんだし。どうせ、年寄り同士の手紙なんて、他愛ないもんだろうからな」

「何だか、ちょっと嫌だけど」

「何が？」

「おじいちゃんが、他人宛《あて》に書いた手紙を開封するなんてね。でも、仕方ないわね」

「そう」

と、夫は答えた。

「仕方ない、な」

毒蛇か、と文幸は考えた。

そんなのもいい。

ごく小さいやつだ。牙《きば》の短い、子供の蛇。本物でなければ、意味がない。

あいつが、わしと同じように、厚手の服を着て、分厚い手袋をつけているとしたら――そうしているに違いないと、文幸は思っていたが――実際には、大した危険はない。

郵便局員か誰かが、危険な目に遭うだろうか。いやいや、これまで、一度としてそんなことはなかった。丈夫な箱に入れて、ガムテープでしっかり蓋《ふた》を貼りつけておけば大丈夫だ。厳重に封をすることが、相手に対する警告にもなる。あいつはきっと、冷蔵庫に一晩ぐらい寝かせておいてから、箱を開けるだろう。でなければ、電子レンジにかけてから。それぐらいの用心は、このゲームでは当たり前のことだ。サソリの時も、あいつはそうやって、難を逃れたに違いない。生き物が入っていることは、箱をちょっと揺らしてみればわかる。

知らない男の顔が、目に見えるようだった。

あいつはきっと、にやりと笑い、こう言うだろう。

その手は喰《く》わないぞ、と。

それでも、わしがそこまでやったら、奴は感激するはずだ。またしても、スリルをくれてありがとう、と言うかも知れない。

毒蛇。

どうやって手に入れよう。

いやいや、そう簡単に決めてしまってはいけない。もっとよく考えてみなければ。もっといいものがあるかも知れない。もっと危険で、もっとスリリングで、もっと衝撃的なものが。

「おじいちゃん」

声を聞いて振り返ると、嫁が、茶器を載せた盆を持って、ドアのところに立っていた。

「おじいちゃん、何をにやにやしているの？」

「ああ」

文幸は、曖昧《あいまい》に頷いた。

文幸は、この嫁が気に入っていた。最近の女にしては、よくしてくれる。話が合わないのは、世代が違うのだから、やむを得まい。

だが、いくら気に入っていても、ささやかな秘密を、他人に明かすつもりはなかった。

あれは、わしとあいつだけの秘密だ。

「ああ、その、ちょっとね、手紙の文面を考えていたんだよ」

「そう。お茶が入りましたよ」

「ありがとう」

文幸は、机の上に散らばった紙片をわきにやり、茶碗《ちゃわん》を置くための場所を作った。

「楽しみね」

「ん？」

文幸は、面食らって目を白黒させた。

「手紙のことですよ。お友達に出すんでしょう？」

「ああ、そうか」

文幸は、嫁の笑顔を眺めながら、満足そうに茶を啜った。

「年を取ると、楽しみがなくなってなあ。そう、手紙のことを考えるだけでも、そりゃあ楽しみなもんなんだよ」

嫁は、目を細めて頷いた。

よかったわ、と、彼女は思った。

亡くなったおじいさんの家族の方が、手紙を返送することを承知してくれて。

おじいちゃんの楽しみは、続けさせてあげます。

わたし、腕によりをかけて、楽しいお返事を書きますからね。

ブラボー

まだ、最初の曲だった。

それなのに、アルト・サックスのショウキチが、いきなり走り始めた。纏《まと》わりつくおれのピアノをおしのけ、正確にリズムを刻むシケタのドラムを踏台にして、一気に宙に舞い上がったのだ。

フリフリフリフリリルル。トゥ、トゥ、トゥラリリ、フルリルリハラルルルルル。凄《すご》いソロだ。ショウキチが、こんなに乗っているところを見るのは、久しぶりだった。おれは、シケタに合図を送った。シケタは頷《うなず》き、スティックをくるりと回すと、腕に鞭《むち》をくれてショウキチについて行った。シケタのおハコだ。ドラムを、時計としてではなく、メロディー・ラインの楽器のように使って、ショウキチのパフォーマンスをサポートする。タタラ、タタズン、タンタンターンタントストススタッシャアン。

おれのピアノが、代わってリズムを引き受けた。ブン、チャ、チャヤ、チャヤブン、チャッ、チャチャヤチャヤ、ピンピピンピピンピ。くそっ、と、おれは思った。毎日、こんな演奏ができるなら、死んでもいい。

マネージャーのクマジイが、ステージに出て来たのは、その時だった。

馬鹿《ばか》野郎、こんな時に、何しに来やがったんだ、というおれの視線を、クマジイは完全に無視した。

奴《やつ》は、手に持った紙を、おれの弾いているヤマハの譜面置きに放《ほう》り出した。レポート用紙のような紙片には、新聞から切り抜いたらしい大小の活字が、べたべた貼《は》りつけてある。

何だ？

おれのいぶかしげな視線に、クマジイは顎で応えた。

読めよ。

おれは、ショウキチのためのリズムを叩《たた》き出しながら、譜面置きに広げられた紙片を読んだ。

『ステージの下に、爆弾を仕掛けた。貴様らが大喝采を受けると、人の声で、音声センサーが作動する。気をつけろ。威《おど》しではないぞ。

追伸。並みの拍手とお座なりの喝采なら、たぶん大丈夫だ』

おれのタッチが乱れ、シケタが、咎《とが》めるような視線を送ってよこした。

おれは、弾き続けながら、クマジイの顔を見つめた。クマジイは、首を横に振った。

わからない。誰がこれを届けたのか、これが本当なのかどうかも。

くそっ。

ふざけやがって。

わからないだと？　おれは、指先を鍵盤《けんばん》に叩きつけた。いや、おれにはわかってる。あの、ガイキチバンドだ。おれたちにステージを取られたのが、よほど腹に据えかねたらしい。

逆恨みってもんだ。おれたちは、正々堂々と、オーディションを受けたんじゃないか。

それなのに、こんな時代錯誤のギャングみたいな真似《まね》をしやがって──。

おれのタッチが、また乱れた。惜しくも、このステージに出場できなかったバンドのリーダーとドラマーが、正真正銘のもとヤクザで、一年前まで、傷害罪で服役していたことを思い出したのだ。

あの時、臆病なクマジイは、降りようと言い出した。このコンサートの主催者は、二日目の出演者の候補として、二つのバンドを考えていた。ここは譲ろう、と、クマジイは言った。もう一つは、ちょいとヤバいバンドだからと。

だが、おれたちは承知しなかった。ギャラはとてもいいし、出演すれば、ハクもつく。こんなうまい話を、見逃す手はない。

しかし、相手がそいつを逆恨みして、バクダンまで持ち出すほどのガイキチだと、知っていたら──。

そうだ、あいつなら、本当に、それぐらいのことはやりかねない。オーディションに敗れたと聞いたドラマーは、自分のドラムセットに、スティックを直角に突き立てたそうだ。手前の楽器に、そんなことができるような奴は、どんな恐ろしいことだって、やりかねない。

くそっ。確かに、おれはさっき、こんなプレイができるなら、死んでもいいと思ったが、ほんとに死んでもいいというつもりじゃあなかった。つまり、そいつは、言葉の綾《あや》ってもんで——。

「舞台を降りるのはやめてくれ」

おれの耳に口を寄せて、クマジイは卑屈な口調で言った。

「契約不履行になったら、賠償金をふんだくられる。出来の悪い演奏で、お茶を濁すんだ。それが、こいつらの望みだ」

そりゃそうだろうよ、と、おれは思った。こっちが赤っ恥を掻《か》けば、あのドラマーとリーダーは溜飲《りゅういん》を下げるだろう。だが、おれたちはどうなる？　おれたちは、日本国のトップバンドというわけじゃない。下げた評判を取り戻して、またチャンスを摑《つか》むのは、何年も先のことになるだろう。脅迫状が来ただって？　ふん、馬鹿ばかしい。あのくそバンドのリーダーが、さっさとバクダンを運び出してしまったら、関係者の誰が、そんなヨタを信じる？

くそっ、今日は、全員が乗っている。こんな気分になったことは久しくなかった。このぶんなら、これまでで最高のステージになると思っていたのに。

ショウキチは、まだ走り続けている。シケタは、様子が変なのに気づいたらしいが、タイコの叩き方のほうは、まだ確かだ。おれは、クマジイを睨《にら》みつけた。奴は悲しそうに、かぶりを振った。

「奴らに見せてやってくれ」

と、おれは低い声で言った。

クマジイは頷き、紙片を取って、おれのそばを離れた。

紙片を読んだシケタは、クマジイの顔をまじまじと見つめてから、おれの方を向いた。マジかよ、おい。

おれは、自分たちの音楽に酔ったような振りをしながら、大きく頷いて見せた。

その途端、奴は、猛烈な勢いで、無茶苦茶なロールを叩き始めた。

上空に、一人取り残されたショウキチが、長いフレーズを吹き終わり、ぽかんとした顔で、マウスピースを口から離した。おれには、奴の気持がわかった。何だ、このタイコは。何を考えてるんだ？

シケタは、下を向いたまま、自分勝手なロールを続けている。これは音楽じゃない。象の一団が出現するのを待っている、サーカスの効果音と言ったところだ。

おれは、とりなすように、メロディー・ラインを叩いた。ショウキチの長い顔に、怒りの色が走った。その鼻先に、クマジイが脅迫状をつきつけた。

ショウキチの顔色が変わった。おれの顔を見る。くそっ、どいつもこいつも、このおれに確認を求めて来やがる。

そうだよっ。

おれは、もう一度、深く頷いてやった。

ショウキチは、首を振り、マウスピースを口に当てると、いささか強引に、滑らかなフレーズを吹き始めた。何の脈絡もない。次に予定している曲のテーマだ。

観客が、ざわつき始めた。そりゃあそうだろう。サックスをフィーチャーして、最高に息の合った演奏をしていたバンドが、突然、その乗りを放棄して、無茶苦茶を始めたように聞こえるはずだ。

事実、そうなのだから。

「やりすぎるなよ」

いつの間にか、おれの後ろに立っていたクマジイが、心配そうに囁《ささや》いた。

「次の契約をもらえなくなるぞ」

おれは、奴をぐいっと睨みつけてやった。やりすぎもくそもあるか。プレイをぶちこわすのに、中庸のやり方なんてない。ぶちこわすとなったら、徹底的にやるしかないんだ。

フルレオレオレオレオレオ、と、ショウキチが吠《ほ》えた。ドッシャンドシドシドシドシと、シケタがそれにそっぽを向く。

ガン、ピレ、ガン、ピレと、おれがシケタを邪魔してやる。妙なことに、おれは、このやり方が、面白くなりはじめていた。こんな弾き方は、今までやったことがない。トリオのメンバーが、それぞれ他人のやることを帳消しにしようと、頑張っているのだ。

ショウキチと目が合った。奴は、にやりと笑って見せた。こっちも、凄《すご》い顔で笑い返してやった。

クマジイが、ほっとしたような顔でステージを降りた。

聴衆は、静まり返っている。何が始まったかわからず、あっけにとられているのだろう。そのままでいてくれ、と、おれは思った。そのまま、静かに。頼むから、声を出さないでくれ。大声を出されると、おれたちはふっとばされちまうんだ。

ハイハットとスネアで、シケタが走り出した。スチャーン、シャタシャッタシャッタ。ショウキチが、反対方向に走り出した。フイフイフィーッ。おれは、四つのテーマをごちゃまぜにしたフレーズを叩き出した。ダン、ピピンピレデュン。

くそっ、主催者に、あとでどういうつもりなんだと詰問されたら、どうしよう。かまうものか。プログレッシヴだと言ってやればいい。あれは、前衛的かつ実験的演奏だったんだと。まるっきり、嘘《うそ》というわけではない。とにかく、これはこれで、結構面白い。

おれが、両手で、しかし四つの黒鍵《こっけん》だけを使って、三分以上弾き続けたあと、クマジイが、また血相を変えて、舞台に駆け上がって来た。

さっきとは違う、大きな紙を持っている。よく見ると、このコンサートのポスターだった。裏の、白い部分を、クマジイは気違いのように指差している。

うるさい奴だ。

今度は何だって言うんだ。

おれは、目をこらして、その紙を見た。今度は、活字ではなく、クマジイの汚い字で、何か走り書きがしてある。

『受けてる』と、それは読めた。るの字の後に、でかいインテロゲーション・マークが、三つも書いてある。

クマジイは、その紙を下ろし、もう一枚の紙を差し上げた。

『受けてる。何とかしろ』

おれは、ぎょっとして、客席を見下ろした。

本当だった。

聴衆は、身を乗り出して、おれたちの演奏を聴いている。馬鹿な。おれたちは、シャレでやってんじゃない。演奏を破壊しようとしているんだ。受けようなんて、これっぽっちも思っていなかった。

だが、おれたちは、面白がっていた。単純な原理。演奏者にとって面白いことは、聴衆にとっても面白い。だから、聴衆は、おれたちの無軌道な破壊行為を面白がっているのだ。

それともう一つ。

おれたちは、演奏が好きで、音楽が好きだ。本気で破壊しようと思ったって、それを実現するのは、不可能に近い。ぶちこわす時にも、ある程度のバランス——緊張と危機感をはらんだ微妙なバランスを、本能的に作り出してしまう。

何てこった。

おれたちは天才だ。また、新しい音楽を作り出してしまった。

クマジイが、二枚目の紙を、必死で打ち振った。

何とかしろ。そうだ、浮かれている時ではない。このままでは、おれたちは、歴史に残る大喝采を博することになってしまう。

そして、きれいに、舞台から吹き飛ばされる。

おれは、いきなり、スタンダードに切り換えた。ピアノソロ。教科書通りの、ガチガチのスタンダード・ナンバー。ドラムとサックスを無視しているし、これまでの演奏とは、水と油だ。

あちこちから、笑い声が湧いた。それに、拍手も。

ちくしょう。

聴衆は、熱狂している。

クマジイが、ショウキチのところに行って、ポスターを振った。ショウキチは、チャルメラのメロディーを吹いたあと、プップッとおならのような音を鳴らした。

また、拍手と笑いが沸いた。おれたちと音楽の秘密を共有していると言わんばかりの、楽しそうな笑い。

くそっ。この演奏を始める前に、こんなに聴衆を喜ばせたことはなかった。どうなっているんだ、この会場の連中は。おれたちは、コミックバンドか？　アングラ・パフォーマーか？

クマジイは、焦りの色を濃くして、今度はドラムセットのほうに向かった。シケタの想像力も、貧弱だった。クマジイの緊急連絡文書を読んだ彼は、ドン、バシャ、ドン、バシャと、ひとしきり鳴らしたあと、ドン、タタターンの、チン、チンと来た。

おれたちの決死の努力に反して、聴衆は大喜びだった。ああ、どうすりゃいいんだ。おれたちが何をやっても、この懐の深い連中は、受け入れてくれる。クマジイは、頭を抱えて、ステージの真ん中に座り込んだ。

いっそ、バカヤローと一声叫んで、席を立とうか。だが、それをやっても、大受けに受けてしまいそうな嫌な予感がした。

客席の連中のうちの一人が、イェーッという叫び声を上げた。頼む、頼むから、黙っててくれ。ファンの諸君。おれの額から、汗が流れ始めた。演奏に熱中している時の、快い汗なんかじゃない。単なる冷や汗だ。

おれは、『アズ・タイム・ゴーズ・バイ』を弾きながら、ミスタッチを繰り返した。誰にでもわかるような、単純なミスだ。ドンテンピン、ポロラペロン、パンペン、ペペラピピン――。

駄目だった。聴衆には、おれがわざとやっていることがわかる。だから、連中は、何かの試みだと思い込み、おれの意図をつかもうと、一層身を乗り出した。

いいさ。そのうちに飽きて、怒り始めるだろう。

おれは、救いを求めて、ショウキチのほうを見た。奴は、気を取り直したように、『オン・グリーン・ドルフィン・ストリート』を吹き始めた。

『アズ・タイム・ゴーズ・バイ』と、『オン・グリーン・ドルフィン・ストリート』、それもそれぞれピアノとサックスのソロを結びつけるなんて、不可能だと思うだろう。

おれも、そう思って、ショウキチに感謝の笑みを捧《ささ》げた。クマジイが起き上がって、おれに頷いた。

ところが、シケタのタイコが、それをやってのけたのだ。

何をって、二つの別な曲を、リズムで一つに包み込むことをだ。

シケタを責めることはできない。奴はただ、奴なりに無茶をやろうとしていただけなのだ。だが、どういうわけか、結果的には、奴のでたらめドラムが、ピアノとサックスの橋渡しをすることになってしまった。どうしてだ、と聞かれても困るし、シケタにも、二度と繰り返せないだろう。まさに、それは奇跡だった。自分のやっていることに気づいたシケタが浮かべた、驚愕《きょうがく》と恐怖と陶酔の表情は、見ものというより他なかった。

おれは、おそるおそる、客席を見下ろした。

ステージは明るく、客席は暗い。それでも、おれには、何人もの客が立ち上がっているのが見えた。

馬鹿な。

こんな馬鹿な。

おれの足が、震え出した。

このままでは、おれたちは大喝采を浴びてしまう。

そして、舞台の下に仕掛けられた爆弾が――。

くそっ。こうなったら、ステージの上で、立ち小便でもして見せるしかない。スポンサーが、それは前衛であり、実験であったという、おれの弁解を受け入れるかどうかは、大いに疑問だが。

奴らは、おれを八つ裂きにするだろう。だが、比喩《ひゆ》的な意味で八つ裂きにされるほうが、現実の爆弾にふっとばされるよりは、はるかにましだ。

おれは、硬い椅子《いす》の上で尻を動かして、立ち小便の準備をしようとした。

シケタは、恐怖の表情を浮かべたまま、ドラムを叩き続けている。やつのスティックは、熱にうかされたように動き、自分でも、止めることはできないらしい。

ショウキチは、ドラマーよりも冷静だった。

奴は、『オン・グリーン・ドルフィン・ストリート』を、途中でやめ、『上を向いて歩こう』を吹き始めた。

おれは、それを受けて、『猫踏んじゃった』を弾き出した。

観客は、相変わらず喜んでいる。手拍子を打ち始めた奴までいる。駄目だ。これぐらいのことでは、許してくれそうにない。

おれは、いよいよ、ズボンのチャックに手をかけた。思い出が、走馬灯のように脳裏を駆け抜ける。

おれは、これから、誰もやったことがないこと――神聖なるステージの上での立ち小便を挙行する。おれの、ミュージシャンとしての人生も、これで終わりかも知れない。ああ。

おれは結局、立ち小便をせずにすんだ。

驚いたことに、事態を収拾したのは、臆病もののクマジイだった。

奴は、すっくと立ち上がり、おれとショウキチが目を丸くして見守る中、ステージの中央まで歩み出た。それから、両手で口の前にメガホンを作った。

「わーお」

と、奴はわめいた。

それから、ガラガラ声を張り上げて、歌い出した。

「おらーは、死んじまっただーっ」

と。

客席にざわめきが広がった。明らかに、聴衆は悩んでいる。これは何なのだ？　評価すべき試みなのか？　それとも、あの太った男は、聴いているおれたちを馬鹿にしているのか？

「テエンゴーク、よーいとーこっ」

と、クマジイはわめいた。おれは、奴の友情に感激した。大した声量だ。

「一度は、おーいでーっ」

おれは、弾き続けた。『猫ふんじゃった』をだ。聴衆の反応は上々だ。つまり、険悪だ。従って、おれは、チャックを下ろさなくてもいい。

「酒はうーまいし、ねーちゃんはきーれいだーっ」

聴衆は、ついに決断を下した。

クマジイの節のはずしかたは、到底、わざとやっているようには聞こえない。奴は、正真正銘の音痴なのだ。それに、あのデブは、バンドの一員でさえない。ただの乱心者だ。おれたちは、コケにされていいるのか、いや、コケにされているのだ。

寛容なる聴衆の我慢も、ついに限界に達した。

殺気立った客席の雰囲気を摑んで、おれはほっとした。

これでもう、大丈夫だ。連中が、このステージに喝采することは、決してない。

おれたちが、ふっとばされる危険は去った。クマジイさまさまだ。奴は、史上最高のマネージャーだ。愛してるぜ、クマジイ。

「おらーは、死んじまっただーっ」

だが、暗い客席で、何百人もの聴衆が立ち上がるのを見て、おれの安堵《あんど》はふっとんだ。

まさか。まさか、連中が、やろうとしているのは――。

「やめーっ！」

おれは、鍵盤から両手を離し、椅子の上に飛び上がった。

「やめろ、やめてくれ。頼む。おれが悪かった。そんなつもりじゃなかったんだ――」

『猫踏んじゃった』の、ふざけたメロディーがやんだ。だが、怒り狂った聴衆は、やめなかった。

「ブー」

と、一人が叫ぶと、十人が、その声に和した。

「ブー」

そして、百人が、続いて、二百人が。

「ブウ、ブウウウウウウウ」

ブーイングの嵐に、ステージが震えた。シケタが、スティックを振り回して、何か叫んでいるが、聴衆の声に掻き消されてしまっている。マウスピースを離して、床にはいつくばったショウキチの声も、いや、口の前にメガホンを作ったクマジイの歌声すら、全く聞こえない。

「ブウ、ウウ、ウウ、ウウウ、ウウ、ウウ、ウウ、ウウウ」

もう駄目だ。おしまいだ。命の終わりだ。こんちくしょう。ブーイングだって？　おれは、唇を噛《か》んだ。クマジイの野郎め。前言撤回。愛してなんかいない。あのジャーマネと来たら、いつもやりすぎるんだ。

ああ、と。おれは考えた。どうせふっとばされるなら、大喝采の中でふっとばされたほうが、まだマシだった。どうせ、ステージでくたばるんなら——。

ブーイングは続いている。

だが、まだ、何も起きない。やはり、あの脅迫状は、ただの威しだったのか？

おれが、そう思った瞬間、ステージが爆発し始めた。

まず、舞台の中央近くに、オレンジ色の炎の花が開いた。

それから、ヤマハのコンサートピアノが、ギャーンというような音を立てて、崩壊した。

断ち切られたピアノ線が、おれの太ももに突き刺さった。

次の爆発が、サックスを肩にかけたままのショウキチと、両手を広げたクマジイを、ステージに叩きつけた。シケタとドラムセットは、垂直に、二メーターほど舞い上がった。

くそっ。と、おれは思った。おれたちは、ブーイングを聞きながら、くたばらなきゃならないのか。こんなことなら、まともな演奏をやって、拍手の中で吹き飛ばされるほうが、まだしもミュージシャン冥利《みょうり》に尽きるってもんだ。

ばあーん、どん、どしん。

ライトが二個、おれの目の前、ピアノの足許《あしもと》あたりに落下して来た。おれは観念し、両手を鍵盤に置いた。短いつきあいだったな。お前たち。

だが、それっきり、ステージの爆発はやんだ。派手な音を立てて、しかし飛び上がる前と全く同じ姿勢で着地したシケタは、尻を撫《な》でながら、用心深くあたりを見回した。ショウキチは、サックスを杖《つえ》に起き上がった。クマジイは、ステージの上に這《は》いつくばって、無様にもがいている。

おれは、足から太いピアノ線を抜いた。不思議に、痛みは感じなかった。

そのピアノ線で、軽くピアノの鍵盤を叩くと、ペンという、濁った音がした。終わった。

おれは、ほっと息を吐き出した。

クマジイが、ステージの上で、首を捻《ひね》っておれのほうを見た。ショウキチが、サックスにもたれて、にやりと笑った。

おれも、大声で笑い出したくなった。何てこった。爆発は終わった。おれたちは、まだ生きている。あのガイキチバンドのバクダンは、せいぜいこの程度のこけおどしだったのだ。

ほんと、こんなことなら、もっとまともな演奏をやって——。

おれは、暗い客席に、視線を移した。そして、驚愕した。

全員が、立ち上がっている。そして、両手を打ち合わせ、喝采を送っている。

スタンディング・オベーション。

これ以上はないという、満足と感動の表明。ミュージシャンにとって、最高の栄誉だ。

おれは気づいた。さすがの聴衆も、こんなパフォーマンスを見るのは、生まれて初めてだったのだ。最高度に実験的な演奏に続く、舞台上での仕掛け花火の爆発。オレンジ色の炎の花。ステージのクライマックスとも言うべき、ピアノの破壊。ひっくり返るサックス奏者、天罰を受ける音痴のデブ。空中でスティックを回し、自らの全体重をかけて、カシャンとリズムを刻んだドラマー。そのリズムに合わせて落下したライト。血を流し、自分の足から抜いたピアノ線で、最後のピリオドを叩き出したピアニスト。くそっ、そりゃあ、そうだろうよ。

大いなる満足とともに、おれは、聴衆の喝采を受けた。

ブラボー。

会場の薄い壁が、何千人もの、熱狂した声で震えた。さきほどのブーイングよりも、さらに大きな声。

ブラボオオオオオ。

その時だ。

ステージの下で、最後の、そして最大のバクダンが炸裂《さくれつ》した。

信じられないような力で、天高く吹き飛ばされながら、おれば、脅迫状の文句を思い出した。『追伸、並みの拍手とお座なりの喝采なら、たぶん大丈夫だ』
そうとも、おれは文字どおり舞い上がっている。
並みでもお座なりでもない、聴衆の大喝采の中で。

家庭の幸せ

杉田真一《すぎたしんいち》は、待合室のソファから立ち上がった。そのまま、高血圧の弊害と予防法についての、カラフルなポスターに向かって歩き出す。

ポスターの内容に、興味があるわけではなかった。そんなものは、ここ三十分ばかりの間に、三回も読み直している。ポスターの前で、くるりと向きを変えて、またソファーの方に戻る。

窓の方に向かった。喫煙コーナーで談笑している入院患者たちをちらっと見てから、また向きを変えて、窓の外の景色も、変わり映えがしない。商事会社のビルと、店を閉めた大衆食堂、それに、信号待ちの車の列が見えるだけだ。車の列は、さっきから少しも動いていないようだった。

杉田は、すぐに回れ右をした。喫煙コーナーのところで、胸ポケットから煙草《たばこ》のパッケージを出し、震える指で火をつける。

大きく吸い込もうとしてから、フィルターの側に点火してしまったことに気づいて、慌ててそれを、吸いがら入れに投げ捨てた。入院患者たちの誰も、彼の方は見ない。

ささやかな幸せ、か。日常生活の中の、心躍るドラマ。一歩一歩、確かめながら昇って行く、幸福への階梯《かいてい》。本来なら、杉田が味わうべき感情ではない。

まるで漫画だ、と、杉田真一は苦笑した。

かつて、チャカ龍《りゅう》と呼ばれ、大の男を震え上がらせた人間が、つまらないホーム・コメディーの登場人物よろしく、病院の待合室でうろうろしている。立ったり座ったり、煙草を吸ったり、読めるはずもない雑誌をめくったり、高血圧のポスターや窓の外を眺めたりしながら。

不安と緊張感を丸出しにして、おろおろと行ったり来たりを繰り返している。

「なまくらになったもんだな」

と、杉田は頭の中でひとりごちた。

「ちょっと前までは、金《かね》のために、何人も殺して来た男が」

そのチャカ龍が、病院の待合室で、おろおろしながら、女房の出産を待ってるなんて――情けないと言うより、何か笑えるじゃないか。ホームドラマ。女房と子供を心配して、いても立ってもいられない男。これから、父親になろうとしている男。全く、笑いすぎて涙が出て来そうだ。

だが、困ったことに、杉田自身、こんな役どころが気に入ってもいる。最近の杉田は、本心から、日常生活を楽しんでいた。平穏無事な毎日。ささやかな幸せというやつ。その平穏さや幸せは、本当は、自分が受け取るべきものではないのだと、わかってはいたのだが。

警察や、やくざや、殺された連中の身内は、今でもチャカ龍を追っている。だが、彼らが捜しているのは、がっしりとした体格で、派手な身なりの、いかつい顎をした男――つまり、チャカ龍だ。間違っても、痩《や》せた、丸顔のおとなしそうなセールスマンではない。病院の待合室で、煙草のフィルター側に火をつけるような人間ではない。だから、そう簡単に、見つかるわけはなかった。

少なくとも、当分の間は。

いつか、誰かに取り上げられるまでの間は、まだしばらく、この暮らしを楽しむことができる。できるはずだ。

あの整形外科医の腕は、天下一品だったな、と、杉田は思い出した。整形外科医の商売について、とやかく言う奴《やつ》もいるが、要は、うまく利用してやればいいのだ。おれの、前の仕事と一緒で。

あの整形外科医は、可哀《かわい》そうなことをした。どうしてもカルテを残すなどと言い出さなければ、命までもらおうとは思わなかったのに。こっちだって、忙しい時に、余分な手間をかけるのは、決して本意ではなかったのだ。

だが、それが最後だった。

あれで、チャカ龍はこの世からいなくなったのだ。彼はそれ以来、前の仕事をしたことはなかった。代わりに登場した男の名前は、杉田真一。うだつの上がらない、ただのセールスマンだ。今は、やきもきしながら、女房の出産が無事に終わるのを待っている。

美知子《みちこ》との出会いが、おれを変えたのだ、と、杉田は思った。

実のところ、整形手術のあとも、足を洗おうとは思っていなかった。ほとぼりがさめるのを待って、どこかの町で同業の別人として返り咲こうと思っていたのだ。世間的な仕事については、何の経験も知識もない、中年目前の男。そのくせ、金のかかる車や、贅沢《ぜいたく》な食い物に慣れた男に、他に何ができるだろう。

もちろん、かなりの蓄えがあることはある。が、それが長く持つとは思えなかった。太く短く、というのが、生活信条だったチャカ龍は、それまで、長く手元に金を残したことがなかった。どれほど沢山の報酬を手にしても、博打《ばくち》と酒と女、この三つの組み合わせで、半年も経《た》たないうちに使い果たしてしまうのが常だったのだ。

だが、チャカ龍は、いや、杉田真一は、美知子と出会った。

手術後何ヵ月か経《た》って、傷痕も目立たなくなり、とりあえず目くらましのつもりで、外車販売会社に就職したばかりの時だった。外国製の高級車に関するチャカ龍の知識はたいしたもので、別の会社でセールスをやっていたという嘘《うそ》を、マネージャーは簡単に信じたものだ。

それはともかく、自分の新しい顔の効果を確かめたくなって、その日、杉田真一は、わざとある居酒屋に立ち寄ってみたのだった。

チャカ龍だった時代、彼は月に二度ぐらい、その店に顔を出していた。ただ、酒が飲みたいだけの時や、高級クラブの、つんと澄ました女たちの顔を見るのに飽きた時に、普段着で足を向ける店だった。彼の職業を知らない店のおやじとも顔なじみだ。もし、おやじが彼の正体に気づかなければ、整形した顔と減量で痩せた体は、効果を発揮しているということになる。彼は、そう考えて、手頃なテストのつもりで、その店に出かけたのだった。

案の定、店のおやじは、気がつかなかった。杉田を見ても、新来の客に向ける、作ったような笑みを浮かべただけだった。杉田が何度か注文を繰り返し、大相撲の話題を仕掛けても、おやじは全く気づいた様子はなかった。

杉田は、密《ひそ》かに安堵《あんど》の吐息をついた。気分が高揚するのを感じた。そして、酒を何本かあけたあと、カウンターの隣の席で、一人で飲んでいた若い女に声をかけたのだ。

それが、美知子だった。

チャカ龍なら、そんなことはしなかっただろう、と、新しい煙草に火をつけながら、杉田は思い返した。チャカ龍は慎重な男だった。見知らぬ人間に、用もないのに声をかけるなどということは、したことがない。だが、自分の正体は、誰にも見破られないという確信と、酒の酔いも手伝った解放感が、彼をそんな行動に走らせた。

見知らぬ男に声をかけられても、美知子は、それほど嫌な顔はしなかった。

もともと一人で飲むつもりではなくて、落ち着かない気分になっていたところだったらしい。杉田の質問に答えて、美知子は、会社の同僚である女友達と待ち合わせているのだと言った。その友達は、結局現われなかった。あとで聞いた話では、待ち合わせの日取りを、美知子のほうが間違えていたらしい。最近、杉田もよく知るようになったうっかり癖。

だが、その時の美知子の間違いは、彼にとって好都合だった。

吐き出した煙草の煙の中に、杉田は、初めて会った時の美知子の面影を思い描こうとした。白いブラウスに、ベージュのカーディガンを羽織った、目立たない娘。美知子は、決して美人ではなかった。だが、おとなしそうで、真面目《まじめ》で、清潔な感じが、杉田にとっては新鮮だった。

杉田真一という、新しい顔に、ぴったりかも知れないと思った。中年にさしかかった、平凡なセールスマン。そんなに有能ではないが、真面目に仕事をし、たまに酒と、レートの安いマージャンで憂さを晴らす。

これまで、そういう人種とのつきあいはなかったが、これからは、慣れておかなければならないと思った。何しろ、自分がそういう人種の一員なのだ。

そんなしがないセールスマンの相手として、美知子はいかにもふさわしく思えた。小さな会社の経理事務員。父親を亡くし、姉と母との三人暮らし。美人ではないが好ましい容貌で、どちらかと言えばほっそりしている。馴《な》れ馴れしいところはないが、無愛想でもない。適当にテレビを見、時には本を読む。適度に聡明で、水準以上に優しく、慎み深い。地味な服が好みだったが、服の値段はともかく、ファッションのセンスは、むしろこれまでチャカ龍がつきあって来た商売女たちよりもよかったかも知れない。

最初の日、居酒屋が閉まる頃には、杉田と美知子の会話は、かなり弾んでいた。美知子は、酔うにつれてよく笑うようになり、少し媚《こ》びるような仕草も見せ始めた。磨かれていない、素朴で幼い娘。そんなところも、商売女に慣れた杉田には、好もしかった。

杉田は、美知子を家まで送ってやり、代わりに電話番号を聞き出した。

それから、二日に一度ぐらい、二人は会うようになった。喫茶店でのお喋《しゃべ》り、映画と軽い食事。時には、居心地のいいパブでの一杯。誰の目も、耳も気にする必要がない、他愛のない男女の会話。公園でのキス。週末には、遊園地や動物園に行く。

最初は、カモフラージュの一部のつもりで、美知子とつきあっていた杉田だったが、次第に本気で、彼女に惹《ひ》かれるようになって行った。

杉田は、自分でも不思議だった。美人でもグラマーでもない、言ってみればごく普通の女が、どうしてこんなに気になるのだろう、彼女の顔を見て、話しているだけで、どうしてこんなに楽しいのだろう、と、怪《あや》しんだ。おれのような男と付き合っては、美知子のためにならない、今のうちに、別れておくべきではないかと、真面目に思い悩んだこともあった。

体の関係ができたのは、つきあい始めてから半年もあとのことで、チャカ龍としては、破格の遅さだった。彼は、通常、出会ったばかりの女を連れて、高級ホテルのドアをくぐるのが習慣だった。部屋さえちゃんとしていれば、ついて来ない女はいない、それが、チャカ龍の信念だった。

だが、彼はもう、チャカ龍ではなかった。外車セールスマンの杉田真一、それが彼だ。だから、彼は、その役柄を逸脱しないように振る舞った。

女と付き合ったことがないわけではない。人並に遊びもした。だが、まだ純情なところも残している、どちらかと言えば誠実な男。危険な香りなど、薬にしたくもない、典型的な、独身中流サラリーマン。それが、杉田真一だった。だから、杉田は、美知子を、平均的な独身中流サラリーマンの恋人のように扱ったのだった。

看護婦が、小さなガラスの窓から顔を覗《のぞ》かせて、何か言った。杉田は、煙草を指に挟んだまま、ちょっと振り返って、その窓の方を見た。待合室のソファーから、一人の男が立ち上がり、緊張した面持ちで頷《うなず》く。看護婦は、通路の方を指差していた。医者が、通路を歩いて来て、その男に何か囁《ささや》いた。男の顔に、明らかにほっとした表情が広がった。きっと、元気な赤ん坊が生まれたのだろう。男は、急いで、医者が来た方向に歩き出した。

産科病棟の前の待合室だ。ソファーに座っている男のほとんどは、女房の出産を待っているのだろう。喫煙室の連中は違う。近くの外科病棟からはみ出して来た、ただのやじ馬だ。

やじ馬のほうがいい。そう、杉田真一は思った。何、ひとつ手伝うことができないくせに、わざわざ病院までやって来て、待合室でうろうろしている亭主なんて、滑稽《こっけい》以外の何物でもない。

何てこった。おれも、その一人だなんて。

杉田真一は煙草を消し、ソファに戻った。

向かいのソファには、セーターを着た若い男と、年配の女性が座っていた。二人の様子と、話の内容から察するに、亭主と、女房の母親らしい。二人して、最初の子供と初孫の誕生を待っている。平凡な家庭。ささやかなドラマ。おれが演じているのも、似たようなドラマだ。美知子の母親は、今日は来ていない。法事か何かで、徳山《とくやま》の親類のところに行っている。娘の出産予定日前には帰って来るつもりだったのだが、美知子の陣痛は、予定より大分早かった。

義理の母親がいないのは、杉田にとっては有難《ありがた》かった。こんなところで面を付き合わせて、どんな話をしたらいいのかわからない。ホームドラマについては、全くの素人に近い。子供の服や靴下の話をする気分ではない。いっそ、昔殺した男の話でもしようか。

まあ、ほんとに？　ええ、何人も殺《や》りましたよ。いちいち名前も覚えていないくらい。でも、妙なもんですねえ、顔のほうは、大概覚えてます。いえいえ、いつも覚えてるってわけじゃないんですけどね、時々、何かの拍子に、ふっと思い出すんです。死際《しにぎわ》の顔をね。え？　そんなことはありません。テレビの時代劇とは違いますよ、お義母《かあ》さん。人間の死際の顔ってのは、案外穏やかなもんです。銃口や刃物を見た時の、びっくりしたような顔が緩んで、眠るみたいに死んで行くんだ。寝ている時の美知子みたいな、穏やかな顔をしてね。そんなもんですよ。

馬鹿《ばか》な。

杉田がもじもじ尻を動かすと、黒い合成皮革のソファがキュッと鳴った。

子供が生まれようって時に、何てことを考えるんだ。これじゃあ、何て言ったっけ、そう、胎教に悪い。

杉田は、煙草のパッケージを取り出し、それをまた、シャツの胸ポケットにしまった。

大丈夫だろうか。

美知子は、苦しんでいないだろうか。いや、苦しんでいるのは間違いない。出産の苦痛は、男だったら気絶してしまうほどのものだと、何かで読んだことがある。母親でなかったら、到底耐えられないのだと。

子供は、大丈夫だろうか。心音ははっきりしているし、位置も正常だと、医者は言っていた。少し予定より早いが、無事に生まれてくれるだろうか。

ほら、ちゃんと、おれは若い父親の役を演じている。板についたもんだ。

杉田はもちろん、自分が昔していたことを、美知子には告げていない。何度か、そうしたいという衝動にかられたことはあるが、何とか抑え込んだ。

冷静に考えれば、話せるわけはなかった。お前の亭主は人殺しだ。いや、一人や二人じゃない。十回死刑になっても足りないくらい、沢山の人をあの世に送って来たんだ。そんなことを、美知子に言えるはずがなかった。

美知子は夢にも知らない。杉田真一という男が、実際には金に困った別人だということも。彼の本名が、酒田秀一《さかたしゆういち》で、指名手配中の凶悪犯であるということも。

はじめは、結婚など、するつもりはなかった。

結婚は面倒だ。婚姻届、戸籍、住民票の移動——どこで、ぼろが出るかわからない。他人に借りた身分などもろいものだ。本当の杉田真一を知っている人間に会ったり、本人が誰かにたれこんだりする危険性は、常に存在する。そうなったら、どこか別の町で、新しい身分を手に入れるしかない。

独身者は、他人との付き合いを自分でコントロールすることができる。だが、一度結婚してしまうと、一挙に社会性が高まる。近所づきあい、町内会、保護者会、ＰＴＡ——そういった交流を、全て避けて通るわけには行かない。

だから、杉田は、結婚など、してたまるものかと思っていた。正式のものではない、内縁関係でも、御免だ。同棲《どうせい》ならいいが、結婚はいけない。危険だ。カモフラージュとしても、あまりにも危険すぎる。

だが、付き合い始めてから一年が過ぎるころから、美知子が、結婚をほのめかしだした。チャカ龍なら、怒り狂ったかも知れない。

だが、杉田真一には、彼女の気持がよくわかった。きちんと結婚して、母親を安心させ、毎日亭主のために食事を作る。やがて生まれた子供を育てて、笑い声の絶えない家庭を築く。

子供は二人か三人。その子供たちも、やがて結婚して――。

なぜいけない？　結局それこそが、生物としての人間の生きる目的ではないか？

杉田は、自分もまた、美知子と同じ夢を見ていることに気づいて、愕然《がくぜん》としたものだ。平凡だが健康な家族。夕食の団欒《だんらん》。誰かの誕生日、クリスマス、正月の祝い。見交わす笑顔。ささやかな幸せ――。

自分が望んでいることを、自分に認めさせるのに、長い時間がかかった。別の言い方をすれば、杉田がやりたがっていることを、チャカ龍に認めさせるのに。

整形手術で、性格まで変わってしまったのだろうか、と、杉田は思った。自分は断じて、家庭的な性格なんかではなかった。いつも一人ぼっちでも平気だった。人を分類するのに、獲物、敵、利用対象、無関係という、四つの言葉だけを使っていた。それがなぜ、今になって、優しい女と所帯を持ちたいなどと思い始めたのか。緊張の連続に疲れたのか、それとも、ただ年をとったということなのだろうか。

杉田は迷った。迷った末に、昨年の秋にプロポーズした。カモフラージュのためだ、と、心の中で反対し続けるチャカ龍に言い聞かせながら。誰が、所帯持ちのチャカ龍など想像するものか。だからこそ、結婚するんだ。なあに、いざとなったら、女房子供など、捨てて逃げ出せばいい。弱味にはならない。チャカ龍ともあろうものが、女房や子供の身を、心配したりするものか。そうだろ？

杉田は、少し大きなアパートに移って、新しい生活に備えた。結婚式は、身内だけの、ささやかなものだった。新婚旅行には、北海道へ行った。旅行から帰って一月経った頃、美知子の妊娠が判明した。

その時には、杉田はあきらめの心境に達していた。いつまでも、自分を騙《だま》し続けることはできない。彼は、自分の本当の気持に直面した。彼には、もう、美知子を捨てることはできなかった。

風呂上がりのビール、水入らずの食卓、ナイター中継、蒲団《ふとん》の中の、美知子の柔らかく温かい体、そういったものが、日を追うにつれて、ますます貴重に思われ始めていた。美知子のちょっとした仕草や心遣いが、たまらなくいとおしく感じられた。時たま始まる夫婦《ふうふ》喧嘩《げんか》でさえ、愛し合っている証《あかし》のような気がして、杉田を密《ひそ》かに喜ばせた。

考えてみれば、自分はこれまで、本当の安らぎというものを、味わったことがなかった、と、彼は思った。だから、それにしがみつこうとしているのだ。誰かが、それを奪いに来るような気がして、不安でたまらないのだ。

杉田の中の一部は、そんな自分の女々しさを嘲笑《ちょうしょう》した。だが、杉田には、日常生活という甘い罠《わな》にからめとられていく自分を、どうすることもできなかった。

子供。

おれの子供。

杉田は、安物の腕時計を覗《のぞ》いた。

いくら何でも、遅いのではないか？　美知子が、分娩《ぶんべん》室に入ってから、もう三時間余りになる。医者は、すぐにも出てくるようなことを言っていたのに。まさか、何かあったんじゃないだろうな――。

杉田の不安の種は、普通の父親候補者よりも多かった。まだ、チャカ龍に恨みを持っている人間は大勢いる。チャカ龍はかつて、十何人もの男と女、それに、故意にではないにせよ、子供まで殺した。誰かが、杉田の正体をつきとめ、チャカ龍に復讐《ふくしゅう》しようとしたとしたら――。

馬鹿な。

杉田は、荒唐無稽な想像を、頭から振り払った。誰が、杉田の正体に気づくというのか。整形手術は完璧だった。顎を削り、頰に液状樹脂を注入し、鼻をふくらました。目蓋《まぶた》を吊《つ》り上げ、額の皺《しわ》を取った。髪の生え際と、もみあげには脱毛処理を施した。人工のほくろを、顔の目立つところに散らせた。歯列矯正で口の感じを変えた上、わざと暗いところで活字を追って、視力まで落とした。チャカ龍の視力は、両眼とも二・〇。杉田真一は、〇・三。メタル・フレームの、素通しではない眼鏡《めがね》をかけている。何ヵ月も苦労して、猫背も身につけた。

誰も、杉田を見分けることなどできないはずだった。正体を見破られさえしなければ、復

いは、娘を殺す？　生まれて来た息子を、ある

讐を企てられる理由がない。

第一、どんな復讐だ？　産院で、美知子の出産を邪魔する？　生まれて来た息子を、あるいは、娘を殺す？

わざわざそんなことを企《たくら》む人間がいるだろうか？　いや、いるものか。

杉田真一は、自分に言い聞かせた。自分は、杉田真一、平凡なセールスマンだ。平凡なセールスマンは、交通事故にでも遭わなければ、血腥《ちなまぐさ》い事件に遭遇することなどない。

しかし、不安は去らなかった。自分が、こういうことをしているのは不自然だという考えが、頭から離れない。平凡なセールスマンで、いつまでも通るわけがない。よき夫、よき父である生活が、本当に一生、自分のものになるとは、とても信じられなかった。どこかに、落とし穴があるに違いない、いつか、誰かに、足をすくわれるのではないかという思いが、念頭を去ることはなかった。これは、借り物の生活、借り物の時間であって、残された猶予は、あとわずか――。そんな不安な気持が、美知子と結婚してからずっと、影のように杉田につき纏《まと》っていた。

杉田は、もう一度時計を見た。

さっき見てから、五分しか経っていない。

落ち着け、と、自分に言い聞かせる。落ち着け、お父さんよ、昔は、氷のチャカ龍と呼ばれた男じゃないか。

何も、起こるはずはない。美知子は無事に務めを果たし、おれは、まっさらの父親になるのだ。

幸せな父親に。ささやかな幸せ。家庭の幸福。

杉田は、傍らのテーブルから、写真雑誌を一冊取り、ぱらぱらとめくった。活字どころか、写真を追うのも難しかった。

子供。

おれの子供。

美知子から、妊娠を告げられた時がまた、漫画だった。

「おめでた、ですって」

と、飯をよそいながら、恥ずかしそうな声で言われて、杉田は最初、その言葉の意味がわからなかった。

生理が止まっていることも、医者に行くということも、杉田は知らされていなかった。後で、美知子は、「空騒ぎしちゃあ、悪いと思って」と、説明したものだ。美知子の生理は、もともと不順だった。それに、結婚する前から、二人は避妊を心掛けていたのだ。危ないと思ったのは、わずかに一回だけ。その後の新婚旅行中も、ちゃんと避妊していた。だから、子供なんてものは、まだ当分先だと思っていたのだ。

その一回で、美知子が妊娠したのだ、と気づくと、杉田は箸《はし》の動きが止まった。

それから、馬鹿みたいな台詞《せりふ》が、口をついて出た。

「よかったな」

と、杉田真一は言ったのだ。

「そうか、おれも、おやじになるか。いや、ほんとによかった。がんばって、元気な子を産んでくれよ」

冗談じゃない。子供を持つ覚悟ができているなら、誰が避妊なんてするものか。

だが、もちろん、おろせなんてことは、彼には言えなかった。誘惑に負けて、結婚した時から、こうなることはわかっていたのだ。誰にも言わずに置いてある秘密預金を別にしても、そこそこの収入があったし、真一にも美知子にも、遺伝性の疾患はない。二人で、もう少し新婚生活を楽しんでから、というより他に、子供を作るのに反対する理由はなかったのだ。

ずるずるいくもんだ、と、杉田は思った。恋人ができれば、次に女房ができる。そこまで引きずられれば、今度は子供だ。当然の帰結。そのうち、住宅ローンにも縛られるようになるかも知れない。隠し預金のことは、美知子にも明かすわけにはいかないのだから。

女房子供に住宅ローン。居酒屋でこぼす愚痴。ふん、氷のチャカ龍ともあろうものが。

だが、子供ができたら、きっと可愛《かわい》いだろう、と、杉田は思った。

殺し屋だって、子供が嫌いだとは限らない。杉田は、どちらかと言えば子供好きのほうだと思っていた。自分の子供となれば、また格別だろう。少し大きくなったら、遊園地や動物園に連れて行ってやったり、みんなで食事に行ったり——。いいだろうな。つまらないことは忘れて、子供と遊ぶっていうのは。子供から見れば、父親は神様だ。おれみたいな人間でも、お父さんというだけで、特別の目で見てくれる。

ホームドラマさ、と、杉田は思った。それのどこが悪い？　人間、誰でも偉人や天才になれるわけじゃないんだ。平穏な家庭、穏やかな日々。まさに人間らしい生活。それを望んだって、別にかまわないじゃないか——。

だが、チャカ龍には、それを受け取る資格はない。

チャカ龍は、そういう人々の夢を、一瞬で突き崩す仕事をして来たのだ。時にはナイフで。多くの場合、雑な作りの、東南アジアから入ってくる拳銃《チヤカ》で。

そんなチャカ龍が、自分だけ、平穏な家庭の夢を描いていると知ったら、笑う者も激怒する者も、それぞれ大勢いるだろう。

誰かが、それを壊そうとする。それは、間違いない。

杉田にとって、それは単なる予感と言うより、確信に近いものだった。甘い夢が、長く続かないことを、彼は、誰よりもよく知っていた。

しかし、誰が。

そして、いつ。

今ではないと、なぜ確信できるのだ？　あの窓から、今にも銃弾が飛び込んで来て、おれと、もしかすると美知子の体も引き裂くわけではないと？　まだ、臍《へそ》の緒が繋《つな》がったままの子供も一緒に、三人で、天に吹き飛ばされるわけではないと。

　あり得ないことではないと、杉田は思った。もし、美知子が誰かに殺されたら、おれは、まさにそんな復讐を計画するだろう。

　相手を、家族もろとも吹き飛ばしてやる。あるいは、その人殺しだけを残して、家族をみんな吹き飛ばしてやる。

　馬鹿なことを考えるな。

　杉田は、写真雑誌の戦争写真から目を逸《そら》して、その雑誌を、テーブルの上に放《ほう》り出した。美知子は無事だ。子供も、元気で生まれる。万事大丈夫だ。そうに決まっている。美知子は健康だし、おれの正体は、まだばれていない。

　向かいのソファーの二人組が、いつの間にか立ち上がっている。例の、亭主と義理の母親だ。さっきの白衣の医者が、二人に何か説明している。

「男の子」

　という言葉が、杉田の耳に入った。よかったわ、とか、ほっとしたよ、とかいう、ありふれた台詞も聞こえる。廊下の突き当りにあるドアが開き、看護婦がキャスターつきの可動ベッドを押して出て来た。

「三千五百グラム」

と、医者が言った。

「立派なもんです。赤ちゃんは、新生児室に移しますから、もうすぐご覧になれますよ」

若い夫は、ぼーっとしたように頷き、可動ベッドの方に近づいた。そこに横たわっているのが、女房なのだろう。

「よく頑張った」

という、その男の言葉が聞こえた。返事は小さすぎて、杉田の耳には届かなかった。

よく頑張った、か。

杉田は、また腕時計を見た。美知子のほうが、もっと長く頑張っている。そろそろ三時間半。おいおい、ほんとに、えらく待たせるじゃないか。

しかし、分娩室で騒ぎでもあったのなら、あの医者も、看護婦も、落ち着いて出て来たりはしないだろう。少なくとも、爆弾や銃弾は炸裂《さくれつ》していない。杉田は、ちょっとだけ、安心した。

待合室には、まだ二人、父親候補生らしい男が残っている。杉田と、一回りほど若い、もう一人の男。その男は、杉田と同じソファーの、反対側の隅っこに座り、文庫本を広げている。落ち着いた風を装っているが、そのページが、長いこと繰られていないことに、杉田は少し前から気づいていた。

それでも、杉田は、その若僧に対して、強烈な嫉妬《しっと》を感じた。

あいつは、爆弾や銃弾のことなど、心配しなくていい。せいぜい、前置胎盤や、逆子《さかご》の心配をすれば済む。恨みを持った人間に、女房女供を撃ち殺されるという妄想など、絶対に抱かないはずだ。

杉田は、また立ち上がり、喫煙コーナーのところまで行って、煙草に火をつけた。

被害妄想は、いいかげんにしろ。

そう、妄想だ。一体誰が、おれたちの幸せを、皮肉で、ささやかな幸せを壊そうとする？そんな気配は、微塵《みじん》もないじゃないか。幸運の秤《はかり》は、まだしばらく、こっちに振れているのだ。いつか、おれが過去の悪業の報いを受けるとしても、それは、今日ではないのだ。そうに決まっている。

あるいは――。

そう、ひょっとすると、何十年も、平穏な暮らしを続けられるかも知れない。子供の成長を見守り、結婚し、孫が生まれるのを見届けることだって、できるかも知れないのだ。

殺人罪にも時効はある。遺族や舎弟の恨みに時効はないが、江戸時代じゃあるまいし、仇《かたき》討《うち》に一生を賭《か》ける人間はいない。誰だって、いつかはあきらめる。

ひょっとすると、おれは、平凡な一生を全うすることができるかも知れない。あと少しばかりの幸運に恵まれさえすれば。

まあ、そこまで望むのは、無理というものだろうが。いつか、化けの皮を剝《は》がされる時が、来るような気がする。

たぶん、思いがけない形で。物事というのは、そういうものだ。

「杉田さん」

誰かが、後ろから呼んでいた。

杉田は最初、自分のことだとは気づかなかった。

不吉なことばかり考えていたせいで、現在使っている偽名に対する反応が遅れたのだ。

「は、はい」

慌てて返事をしながら振り返ると、すぐそばに、さっきとは別の医者が立っていた。

「杉田さん、ですね？」

「そうです」

白衣の医者は、にこにこ笑っていた。聞く前から、杉田は、彼が何を告げるのかわかっていた。

やった。生まれた。おれは、父親になったのだ。人並の、本当の平凡なサラリーマンみたいに。

「おめでとう、生まれましたよ」

案の定、医者は、相変わらずにこにこしながら言った。

「元気な男の子です。三千四百グラム。少し早かったことを考えると、立派なもんでしょう」

「は、はあ」

と、杉田は意味のない間投詞を発した。

「それで、あの、美知――妻は？」

「お元気です。すぐに、お会いになれます。赤ちゃんのほうは、十五分もすれば、あちらの新生児室の方へ――」

「そうですか」

杉田は、大きくため息をついた。

「いや、ありがとうございます。どうもありがとうございます」

ますます漫画だ、と思ったが、世の中全ての人間に、感謝を捧《ささ》げたいという気持は本心からのものだった。父親。息子だ。おれに、息子ができた。美知子に、よくやったと言ってやらなくちゃあ。

よくやってくれた。この、極悪非道な男のために、本当によくやってくれた。

美知子。

これが、ささやかな幸せというやつだな。

そうだ。隠し預金も、警察もやくざもくそ喰《くら》え。家庭の幸せだ。誰だって、そいつをちょっぴり味わう権利があるんだ。このおれにだって。

美知子、おれは、事情が許す限り、子供の成長を見守ってやる。今のおれは、間違いなく、日本一幸福な男だ。

よかった、と、美知子は思った。

ずいぶん、長いことかかったけど、報われる時が来た。わたしは、ちゃんとやってのけたのだ。あの人の子供を、それも男の子を、産み落とすことができたのだ。

お母さんも、きっと喜んでくれるだろう。

これは、もともと、お母さんが言い出したことなのだから。わたしに結婚を勧めたのは、お母さんなのだから。

お母さんが除籍して、旧姓に戻ったのも、みんな今日の日のためだ。わたしたちが、お母さんと同じ籍に入り、姓を変えたのも、犯人を警戒させないようにという配慮からだった。あの時は、まだ誰が犯人だか、わからなかったのだけれど。

わたしたちは、態勢を整え、私的な調査を開始したところだった。都内に小さなアパートを借り、何人もの怖い人たちに話を聞き――。

偶然、町で見かけた時、お母さんは、きっとあの人に間違いないと言った。いくら顔を変えても、自分にはわかると。相手は気づかなかったが、お母さんは見ていた。早足で、人込みの中に消えて行った男の目を。あの目だけは、決して忘れないと、お母さんは言っていた。

お父さんを殺した男の目。お母さんには、昔から勘の鋭いところがあった。一種の霊能力のようなものかしら。

でも、お母さんにも、完全に確信があったわけじゃなかった。わたしが張り込んでいた店に、あの人がやって来たと報告した時には、お母さんの自信はだいぶ深まったけど、まだ完全じゃなかった。

そう言えば、姉は、別の店に張り込んでいた。そっちは空振り。だから、わたしの方が、結婚することになったんだわ。

警察は、あてにならない。

復讐は自分たちの手で、但し、決して間違いがあってはならない。

これは、わたしたちの、共通認識だった。あの人が、顔を変える手術を受けたことは間違いなかったけど、肝心の整形外科医は行方不明で、話を聞くことはできなかった。

整形手術を受けても、遺伝子まで変えることはできない。

もし、あの人が結婚して、子供が生まれれば、あの人のもとの面影が、必ず子供に顕《あらわ》れるはず。あの人の、整形手術を受ける前の面影が。それこそ、動かぬ証拠になる。あの人が、酒田秀一、つまり、チャカ龍というあだ名を持つ、冷酷な人殺しだったという証拠に。お父さんを殺し、わたしたちを絶望の淵に引き摺《ず》り込んだ男だという証拠に。

子供が成長するにつれて、特徴が明らかになって行くだろう。男の子が、はっきりと酒田の面影を宿した時、あの人の運命が決まる。

美知子は、鎮痛剤が効いて来るのを感じながら、ベッドの上で目を閉じた。

二人で、子供の成長を見守りましょう。そしてもし、子供の顔が酒田に似てきたら――。

美知子の唇に、穏やかな微笑《ほほえ》みが浮かんだ。

そう、あなたは、あなたの息子と一緒に、恐ろしい夢を見ることになるのよ。わたしと、わたしの姉と、わたしの母が作り出す夢を。

キスギショウジ氏の生活と意見

わたしが、初めて彼、つまり、キスギショウジ氏に会ったのは、ほんの二週間ほど前のことだった。

いや、ちょっと待った。よく考えてみれば、そんなに急ぐ話ではない。だから、もう少し、時間を戻そう。

そもそもの発端は、わたしがあるドアを気にし始めたことだ。それは、そうだ、およそ一カ月ほど前――。

そろそろ涼しくなりかけた、十月の初めのことだった。

わたしは、会社の同僚たちと、外で酒を飲み、かなりいい機嫌で、ＪＲの坂町《さかまち》駅に入った。わたしは、あまり酒が強くない。自分でもそれを心得ているから、暑かろうが寒かろうが、大抵ビール一本で通す。その夜も、わたしの膀胱《ぼうこう》には、ちょうど大罎《おおびん》一本ぶんの液体が溜《た》まっていた。液体は、どちらかと言えば外に出たがっており、わたしは、生理的欲求を満たすべく、真っ直《す》ぐに駅のトイレに入った。坂町駅は、最近になってできた駅で、トイレは一箇所しかない。わたしは、言わば常連として、そこのトイレをよく利用していたので、迷うことはなかった。

トイレに、他に人影はなかった。もう深夜に近い。そろそろ、終電が出る時刻だ。わたしは、悠々としていられることに、優越感を抱いて、小便器に向かった。早くもいささか黄色みがかって来ている男性用の便器に勢いよく放尿していると、少し身体《からだ》が冷えて、わたしは思わずぶるっと首を振った。そのついでと言うか、はずみと言うか、わたしの視線が、すぐ横にある洗面台の鏡のほうを向くことになったのだ。

当たり前だが、鏡には、別に不自然なものは映っていなかった。クリーム色の仕切りの列――つまり、小便器と対面する壁沿いに設置された、大便所の列が見えるだけだ。大便所は、一箇所だけ、仕切りと同色の扉が閉まっており、誰か深夜の使用者がそこに存在することを暗示していた。

わたしは、最近、小便以外に使っていない自分の道具を、ズボンとパンツの中にしまった。そう言えば、最近、小便をする以外には使っていないな、と、ぼんやり思いながら。

それから、洗面台に向かい、ポケットから出したハンカチをくわえてから、水道の蛇口を捻《ひね》った。

手を洗いながら、また鏡を見る。わたしの顔は、誰かに自慢できるようなものではなかった。くたびれて、中年に差し掛かった男の顔だ。髪は乱れ、少しばかりのアルコールのせいで、目の縁と鼻の頭が赤らんでいる。

わたしはすぐに、鏡に映る自分の顔から、視線を逸《そら》した。そうすると、また、大便所のドアを眺めることになった。

水道の蛇口を締めながら、わたしは、軽い困惑を伴う既視感に襲われた。前にも、ここにいたことがある。そのことが、何だか気になる。

しばらく、自分でも、なんでそんな妙な気分になるのか、わからなかった。

わたしは、駅のトイレにいて、小便を終えたところだ。こんなことは、何度もあった。だから、周りの景色に見覚えがあっても、おかしくはない。ここには何度も入っているし、大体、駅のトイレの内装なんて、どこの駅でも、似たようなものだ。

それは当然として、この、「前にも一度、同じところで、同じものを見たような記憶」は何だろう。確かに同じものを見ただろうが、ことさら気にするようなこととも思えない。

自分の心理を不思議に思いながら、わたしは、両手をハンカチで拭い、振り返った。

振り返っても、何か気になる感じを説明するような特別のものは見えない。一つだけ扉の閉まった、五つの大便所の列。どこにも不審な点はない。この施設にこびりついた人間の排《はい》泄物《せつぶつ》の臭いが、ちょっと鼻につくばかりで、それは、駅のトイレとしては標準的な特徴の一つだった。

わたしは、酔っているとか何とか、そういった意味のことを呟《つぶや》き、頭を振って歩き出した。そして、その時初めて気づいたのだ。

気になるのは、あの、扉の閉まったドアだ。滑らかだが、早くもちょっとかしいでいる、クリーム色のペンキを塗ったドア。

そのドアは、大便所の列の、左から数えて二つ目のもの。それ自体は、別におかしなことではない。どんな利用者であれ、自分の好きな便器を選択する権利がある。端から使用すべしという規則があるわけでもない。

わたしがそれを気にしたのは、簡単な理由があってのことだった。

その夜よりも一週間ばかり前、わたしは確かに、それと同じ景色を見ていたのだ。同じように、酒を飲んでの帰りだったと思うが、わたしはやはり、同じトイレに入り、同じ大便所の列を目撃していた。そして、同じドアが――左から数えて二つ目のドアが、やはり閉まっていた。

それだって、別に驚くべきことではない。二度続けて、トイレの同じ仕切りが使用中だったところで、別に一大事とは言えないだろう。騒ぐほどのことではない。

やはり、今夜は酔っているのだ。

わたしは、ちょっと振り返って、もう一度大便所のほうを一瞥《いちべつ》してから、トイレを出た。

大したことではない。誰が考えても、そう思うはずだ。何も、気にするようなことではない。そんなことより、人生には気を揉《も》むべき心配事が、山ほどある。

ところが、翌朝になっても、わたしはこのことを覚えていた。どうして気になるのか、自分でもよくわからなかったが、二度にわたって閉まっていたあのドアが、どうも気になって仕方がなかったのだ。

気にするんじゃない、と、わたしは自分に言い聞かせた。そんなことを気にするなんておかしい。お前、どうかしてるぞ、と。

会社に出て、仕事を始めると、さすがにそれどころではなくなり、わたしは、望み通り、馬鹿げた悩みを忘れることができた。

だが、タイムカードを押して、会社を一歩出るや否や、また、その記憶が戻って来た。もう、どうしようもなかった。わたしは、足早に駅まで歩き、改札を抜けて、トイレに飛び込んだ。

今度は、尿意も便意もなかった。

ただ、あのドアがどうなっているか、確かめたかっただけだ。

ドアはあった。

そして、やはり、閉まっていた。

大便所の一番左のドアと、その隣――わたしの異常な関心の対象である、二番目のドアは、依然として、わたしの視界から、便所の内部を隠している。おぼろげな記憶によれば、白い洋式便器と、荷物を置く棚があるはずの個室の内部を。

そう、洋式便器だ。この駅は新しくて、五つの大便所のうちの、確か二つは、洋式便器を備えている。だが、ドアが開いていない以上、確かめる術《すべ》はなかった。

依然として、それは大したことではなかった。だが、わたしは、がっかりして、落ち着きを失った。何か不吉なことに出遭ったような、ささやかな賭《か》けに負けたような気がしてならない。

トイレに入った以上、それが義務であるような気がして、わたしは、小便器の前に立った。横では、スーツ姿の若い男が、放尿している。別に小便は溜まっていなかったので、わたしの放出はすぐに止まってしまい、わたしはその男よりも先に、便器の前を離れた。

若い男から、その不埒《ふらち》な事実を指摘されそうな気がした。

弁解するとしたら、どんな言い訳があるだろう、などということまで、わたしは考えた。そして、落ち着きを装って、手を洗い始めた。

幸い、若い男は、わたしの行為を咎《とが》め立てしようとはしなかった。長い放尿を終えると、さっさとわたしの隣の洗面台で手を洗い、振り返りもせずに、トイレから出て行った。

常識で考えれば、当然そうだ。他人が長い小便をしようと、短くすませようと、その男の知ったことではない。

わたしは、少し安心して、そっと、大便所のほうをうかがった。

ドアは、二つとも閉まっている。

別の男が、トイレに入って来たので、わたしは洗面台の水を流し続け、手を洗っているふりをした。その男も、わたしより先に出て行った。

どうしよう、と、わたしは思った。

いつまでも、手を洗うふりを続けているわけには行かない。

大体、こんなところで、トイレのドアを見張っているなんて、いい年をした男のすることではない。馬鹿ばかしい。愚劣極まる。

わたしは、決心して、洗面台の水を止めた。

ゆっくりと手を拭い、その場を離れようとする。

その時、パタンとドアの開く音がして、わたしは飛び上がりそうになった。

思わず、大便所のほうを振り向いた。

トイレのドアが開いて、薄手のセーター姿の、太った男が出て来るところだった。

だが、それは、わたしの求めるドアではなかった。一番左のドアだ。問題のドア、その隣の扉は、依然として、ひっそりと閉まったままだ。

中で、何が起こっているのか、わたしにはわからない。わたしは、突然、欲求不満の発作に襲われ、ただちにドアに駆け寄って、どんどんと叩《たた》いてみたくなった。誰が入っているのか、あるいは、単に扉が壊れているだけなのか、確かめたいと思った。

わたしは、必死でその衝動を抑えつけた。

そして、苦労して扉から視線を外し、後ろ髪を引かれる思いで、その場を去った。

その日から、ほとんど毎日、会社の行き帰りに駅を通る度に、わたしはトイレを覗《のぞ》くようになった。

少し前に、女房が出て行き、家賃を滞納したアパートを追い出されて、今の住まいに移ったばかりだったので、わたしの気を逸してくれる者は、誰もいなかった。わたしは、通勤の途中でも、ねぐらに帰ってからも、同じことばかり考えていた。

日を追うに連れて、わたしの根拠のない疑惑は、実体としての厚みを増して行った。

なぜなら、覗く回数が一日に四回、五回と重なっても、扉は依然として、閉じたままだったからだ。

いつ見ても、左から二番目のドアは閉まっていた。そのドアが開いているところを、わたしはどうしても、見ることができなかった。

いくら何でも、これはおかしい、と、わたしは思い始めた。

ここのトイレは、いつも、さほど込んでいるわけではない。

確率の法則から言っても、特定の便所が、わたしが覗く度に塞《ふさ》がっているなどということは、筋が通らない。

わたしは、遠い昔、小学校の時に聞いた、開かずの便所の話を思い出した。学校の二階奥の、薄暗い便所にまつわる話だ。何でも戦争中に、そこに閉じ込められたまま、爆撃で死んだ子供がいて、それ以来、そこの扉が、何としても開かないのだと言う。もし、扉が開いているのに出くわしたら、その子は、近く焼け死ぬ運命なのだとされていた。

今になってみれば、馬鹿げた話だった。

爆撃を受けた校舎が、無事に残っているはずはないし、第一そこに小学校が建ったのは、戦後だいぶ経《た》ってからだったはずなのだから。

それに、実のところ、その便所の扉は、たまには開いていた。もとは便所だったのだが、配管の不調か何かで、用務員の掃除用具入れに転用されていたのだ。

だが、今度のやつは違う。

ＪＲが管理する便所なのだから、もし壊れているのだとしたら、ちゃんと修理されるはずだ。それに、わざわざ中から鍵《かぎ》をかけなくても、使用不能の札でもぶら下げておけば済むことではないか。

どうもおかしい。

わたしは、ひょっとして、中で人が死んでいるのではないかと思いさえした。誰かが便所に入り、そこで心臓発作にでも襲われて、息絶えてしまった――。中では、うじのわいた男の死体が、ゆっくりと腐っているのではあるまいか。

それは、ぞっとするような考えだった。

だが、いささか非現実的でもあった。そんなことがあったら、駅員や掃除人が気づかないはずはない。

それに――わたしは、トイレの監視を始めてから一週間目に、そっとそのドアの隙間に鼻を当てて、臭いを嗅いでみもしたのだ。

おなじみの排泄物の臭いの他には、何の臭いもしなかった。死体があるとしたら、ひどい腐臭がするはずなのだ。少なくとも、わたしが本を読んで得た知識では、そういうことになっていた。

そして——わたしは確かに聞いたように思った。中の何者かが、密《ひそ》かに身体《からだ》を動かしている衣擦《きぬず》れの音を。

誰かがいるのだ。あるいは、何かが。

わたしの曖昧《あいまい》な不安は、次第に強迫観念に、そして冷たい恐怖に変わって行った。扉が閉まっているのを見る度に、わたしはおののき、同時に屈折した満足感を味わった。

この異変に気づいているのは、どうやらわたしひとりのようだった。わたしと同じ恐怖と興味を持って、あの扉に視線を注《そそ》ぐものは、誰もいなかった。誰もが、無関心にトイレで小用をすませ、無関心に出て行く。それも当然だろう。わたしのように、たまたま気づいて、一種の定点観測をしている人間でなかったら、閉まったトイレのドアなんて、簡単に見過ごしてしまう。だが、わたしは、自分の悩みを、誰にも打ち明けることができなかった。たまに飲むことはあっても、会社の同僚に、心を許せる友人はいなかったし、そんなことを話せば、精神状態を疑われるだけだとわかっていた。

やがて二週間が経《た》ち、わたしが扉の閉まっているのを確認した回数は、実に二十五回を数えた。

わたしは計算をしてみた。ごく普通の理由で、あのトイレが塞がっている確率を、毎回五分の一とする。そうすると、それが二十五回繰り返されるには――残念ながら、わたしの電卓では、計算できなかった。とにかく、小数点の下にゼロが十六個ぐらい並ぶ、おそろしく小さい数になるようだった。

つまり、偶然ではありえないということだ。

わたしにとって、このトイレの存在は、仕事よりも、他の何よりも、重大な問題になりつつあった。そこでついに、わたしは決意した。あの扉を叩《たた》いてみるのだ。中がどうなっているか、確かめよう。それがはっきりしない限り、わたしの人生は、もはや平坦《へいたん》なものではありえない。

その夜も、わたしは酒を飲んでいた。

同僚に誘われるままに、飲みに行って、わたしには珍しく、ビールを二本半ほど空けたのだが、半年ほど前に引越した住まいが、非常に近くにあるという安心感の他に、酒で度胸をつけようという気持も、確かにあったように思う。

駅のトイレに駆け込んだ時には、今夜こそ謎を解いてやれという意気込みと、小便をしたいという自然の欲求が、わたしの中では拮抗《きっこう》していた。

わたしは、まず、生理的欲求のほうを何とかすることにした。見慣れた便器に勢いよく放尿すると、実にほっとした。

　それから、わたしは、時間をかけて手を洗い、さっと大便所の方を振り向いた。それまで、鏡を見ないようにして、倒錯した楽しみを先延ばしにしていたのだ。

　左から二番目のドアは、閉まっていた。

　怖いような、ほっとしたような気持を覚えながら、わたしは、ふらふらとそちらに近づいた。

　まだ十時過ぎだったが、お誂《あつら》え向きに、トイレの中には、他に人がいなかった。

　わたしは、扉の前に立って、大きく息を吸い込んだ。

　いよいよだ。いよいよ、これから、わたしは、今世紀最大の謎に挑むのだ。

　わたしの胸は、どうしようもないほど高鳴っていた。同時に、何とも馬鹿ばかしい気もした。大の男が、トイレのドアの前に立って、深呼吸などしているのだ。

　早く済ませてしまえ。急に、そんな気分になって、わたしは、ドアに拳を叩きつけた。

　とん、とんとんとん。

　意気込みほど、力が入ってはいなかった。ドアの鳴る音は、ひどく小さかった。

　返事はない。

　わたしは耳を澄ませたが、人の気配も、死体の気配も、あるいは何か別の、おぞましい存在の気配も、全く感じ取れなかった。

わたしは、もう少し力を入れて、また扉を叩いた。

どんどん。どんどんどんどん。

「もしもし」

と、ついでに間抜けな声を張り上げる。

「もしもし、誰かいませんか？」

やはり、返事はなかった。

わたしは、そっと、あたりを見回した。誰かに出くわしたら、きまりの悪い思いをすることになる。

誰も、トイレに入っては来なかった。

よろしい。わたしは、右の掌《てのひら》を閉まったままのドアに当て、軽く押した。

がちっという、差し錠が錠受けに当たる音がした。やっぱりだ、と、わたしは思った。中から、鍵がかかっている。

わたしはもう一度、扉を叩いた。

どん。どんどんどんどん。どんどん。

「誰だ」

という不機嫌な声が聞こえて、わたしは飛び上がりそうになった。

太い男の声だ。声は、閉じた扉の中から聞こえる。いたのだ！　それも、人間の男が。わたしは嬉《うれ》しくなってしまって、しばらく返事ができなかった。

「誰だ」

と、中からの声は繰り返した。

「えー、トイレです」

と、わたしは筋の通らないことを言った。

「えー、つまり、トイレに入りたい者です。そのう――まだすみませんか？」

「隣に入れ」

と、中からの声は、もっともなことを言った。

何をどう言ったらいいのかわからないまま、わたしは反射的に口走った。

「あの、わたし、洋式がいいので」

「隣も洋式だ」

「いいえ、ええ、隣は塞がってまして」

「嘘《うそ》をつけ」

それきり、中の誰かは黙り込んだ。

わたしは、唾を飲み込んだ。これぐらいのことで、へこたれてはならない、と、自分を叱咤《しった》する。このままでは、ますます謎が深まるばかりだ。ここで引き下がったら、わたしはまた、あれは何者だったのだろうとか、本当に人間だったのだろうか、とか、あいつは、たまたま、あの時だけ、トイレに入っていたのだろうか、などと、あれこれ思い悩む羽目になる。

どんどん。

わたしはまた、ドアを叩いた。

どんどんどんどんどん。

「うるさい！」

太い男の声が、怒鳴《どな》った。

「誰だよ、あんた」

「あんたこそ、誰です」

と、わたしは言い返した。

「誰でもない」

と、相手は答えた。

「じゃあ、こっちも誰でもありません。ねえ、ここを開けてくれませんか？」

「どうして？　人がクソするのを見たいのか？」

「あんたはクソしてません。二週間も、クソをし続ける人なんて、いないと思います」

相手は沈黙した。それから、小さな声で言った。

「あんた、駅員か？」

一瞬、そうだと言ってやろうかと思ったが、正直に行くことにした。

「いいえ。でも、開けてくれないなら、駅員を呼んで来ます」

中の男が答えないので、わたしは、また叩いた。どん、どんどん。

「わかったわかった。仕方ないなあ」

相当苛立《いらだ》った声が聞こえ、それから、何やらガタガタいう物音に続いて、錠をいじる、カチャリという音がした。それから、ドアが——あの開かずの扉が、ゆっくりと、内側に開いた。

こうしてわたしは、初めて彼と対面したのだ。キスギショウジと名乗る男と。


扉の中を覗《のぞ》いて、わたしは愕然《がくぜん》とした。

もともと、その中で何を見つけるつもりでいたのか、自分でもわからない。だが、とにかく、わたしが実際に見たようなものでないのは、確かだった。

わたしが見たのは、部屋だった。

奥の壁には、花の絵のカレンダーと、小さな掛け時計。薄暗くてよく見えないが、左手の壁にも、ポスターのようなものが貼《は》りつけてある。トイレの——部屋の真ん中には、小さな机が置いてあった。半開きになった扉の端が、机の天板にぶつかりそうになっている。机には、灰皿と、湯飲み茶碗《ちゃわん》、それに、電池式のランプと、読みさしの週刊誌が載っていた。

そして、その机の後ろから、灰色のトレーナーを着た、痩《や》せた髭面《ひげづら》の男が、週刊誌に手を突いて身を乗り出していた。

「これは――」

わたしは、絶句した。

「ぼさっと突っ立ってないで」

と、その男は言った。

「早くドアを閉めろ。駅員に見つかるじゃないか」

しかし、ドアを閉めろと言われても、そう簡単には行かない。ドアは、机にぶつかって止まっているのだし、机の左右にスペースはない。わたしが中に入れない以上、ドアを閉めれば、わたしはまた、外に取り残されることになるのだった。

まごまごしていると、男が灰皿と湯飲み茶碗を、机の右側に寄せた。

「一旦《いったん》、机の上に乗るんだ。それから、ドアを閉める。わかるか？」

ためらった末、わたしは靴を脱いで、ドアと仕切りとの間の狭い隙間から、机の上に這《は》い上がった。わたしが机に乗ったと見るや、男はわたしの右側から手を伸ばして、ドアを軽く押した。

「鍵を閉めろ」

わたしは、相手の言葉に従った。机の上から、ドアに寄り掛かるようにして、ドアの差し錠をかったのだ。その時、指先に糸のようなものが触れた。何だろうと思ったが、ゆっくり考えている余裕はなかった。

「机から降りて」

わたしは、大便所の床に、合成繊維のカーペットが敷かれていることに、初めて気づいた。壁に手をついて身体を支え、おそるおそる、カーペットに足を下ろしてから、元通りに靴を履く。

「あんた、土足か」

と、髭面の男は顔をしかめた。

「礼儀をわきまえない奴だな。人の家を訪ねた時は、靴ぐらい脱ぐもんだ」

「家？」

わたしは首を傾《かし》げた。

髭面の男は、わたしが見やすいようにというつもりか、机の上のランプをつけた。大便所の中が、さっきまでよりも明るく照らし出された。

わたしは、確かに家だ、と、思った。

わたしの腹から二センチほどのところには、小さいながらも机がある。机の上には、生活の道具が置かれ、壁にはカレンダーと旅行代理店のポスター。今まで、ドアに隠されていたほうの壁にも、雑誌から切り抜いたらしいオフセット印刷の抽象画が、セロテープで貼《は》りつけてあった。どこか見えないところから、消臭剤の香りが漂っている。

そして、目の前の男は、くつろいだ格好で、椅子《いす》がわりの便器に腰を下ろしている。

なるほど、ここは、彼の家なのだ。

あたりを見回すわたしの視線を、相手は完全に誤解したようだった。

「狭いだろ」

と、半ば怒ったように、半ば弁解するように言う。

「もともと、トイレなんだから、狭くてもしょうがない。でも、できるだけ、居心地よくしてるつもりだ」

「そうですね」

わたしは、彼の言葉を認めたしるしに、大きく頷《うなず》いた。

「さて」

髭面の男は、じっとわたしの顔を見つめた。

「ところで、あんた、おれに何の用だね？」

「何の用でもありません」

正直に話すべきだという気がした。わたしは、彼に、前からトイレのドアを気にしていたこと、中で何が起こっているか、確かめなければならないと思ったことを告げた。だから、いささか無作法ながら、トイレの——いや、彼の家の扉を叩いたのだ、と。

「おせっかいだな、え」

と、彼は不機嫌そうに言った。わたしは、相手の目の周りに皺《しわ》を認めて、最初に思ったより年を取っているらしいと思った。初めて見た時には、三十代半ばか、四十ぐらいだろうと見当をつけたのだが、明るいところで見ると、それよりもかなり上のようだ。

「すみません」

と、わたしはとりあえず謝った。

「まあ、いいさ。何かの縁だ」

彼は、鷹揚《おうよう》に手を振って、キスギショウジという名前を名乗った。わたしも、自分の名前を告げた。自己紹介をし合ったことで、われわれの間の雰囲気は、だいぶ和んだようだった。

「あのう」

と、わたしは肝心な質問をした。

「もしかして——あなたは、ここに住んでるんですか？」

キスギショウジ氏は、机の上に両肘《りょうひじ》を突いて、くっくっと笑った。老人のような笑い方だった。

「人間が生きて行くのに、何が必要か、わかるかね、あんた」

「食べ物でしょう？」

「それも、ある。だが、もっと大事なのは、水だ。それから、衛生的に過ごそうと思ったら、トイレも」

キスギショウジ氏は、芝居がかった仕草で、両手を広げた。

「ここには、両方ともある」

わたしは、少し考えてから、言った。

「だから、住むのに不足はない、というわけですか？」

「そうとも。気晴らし？　駅のごみ箱を漁《あさ》れば、いつだって新聞も、週刊誌も、ちゃんとした単行本だって、手に入る。この前まで、カード型のラジオも持っていた。電池が切れてしまったが」

「食べ物は？」

「捨てられた駅弁の残りを漁るって手もあるが、もっとましな方法もある。昼に売店へ行って、買うんだ」

わたしは、相手の身なりを上から下まで眺めた。多分、浮浪者だろうと思っていたが、服は、それほど汚れてはいないし、特に臭くもない。そもそもトイレの中で、はっきりしたことは言えなかったが。

「これでも、少々の蓄えはあるのさ」

キスギショウジ氏は、黄色い歯を剝《む》き出して笑った。

「足りなくなったら、拾って来ればいい。改札のそばに、池みたいなのがあるだろ？」

わたしは頷いた。駅構内の、コンクリート製の池で、金魚が何匹か、泳いでいた。列車待ちをする人々の心を慰めようという趣向らしいが、誰も目もくれない。そんな池だ。

「あの中にゃあ、十円玉や五円玉が、ごっそり落ちてる。どうも、溜《た》まってる水を見ると、小銭を投げずにはいられない連中がいるらしい」

「そこから拾って来るんですか？　でも、それっぽっちじゃあ、すぐに――」

「他にも、池や噴水のある駅を、六つほど知ってる。電車に乗って、そこまで行けばいいのさ」

わたしは、あっけに取られた。駅構内、それも改札の内側で、そんな暮らしをしている人間がいるとは――。

「でも、家はどうするんです？」

わたしは、早くもキスギショウジ氏に感化されて、今いるところを、ただの大便所ではなく、家だと考えられるようになっていた。

「ちゃんと戸締まりして行くさ」

キスギ氏は、わたしが寄り掛かっているドアの、差し錠のところを指差した。よく見ないとわからないが、錠の丸いつまみには、釣《つ》り糸らしきものが巻きつけられている。錠をかう時に触れたのは、これだったのだ。

釣り糸は、左に一本伸びていて、曲がった木ねじにひっかかっている。もう一本は、だらりと床に垂れ下がっていた。

「一本を、仕切りの隙間に通して、もう一本は上から、両方とも外に出す。一本を引っ張れば鍵が閉まり、もう一本を引けば開く仕掛けさ。よくできてるだろ」

「なるほど。でも――」

駅員や、掃除の係が、中に入ろうとしないのかというわたしの問いに、キスギショウジ氏はこう答えた。

「連中が掃除に来る時間はわかってる。その時間は、出かけないようにしてるのさ。掃除の連中も、見回りの駅員も、わりとものぐさだ。何回か、おれが出てくるまで粘ろうとしたが、こっちが粘り勝った。毎回塞がっているトイレがあるのを知ってても、自分の責任になるのがわかってるから、誰も報告したりしないらしい。どうせパートやバイトの連中だ」

そんなものかな、と、わたしは思った。

『家』と言っても、実際のところは大便所なのだから、中が広いとは言えない。わたしと、キスギショウジ氏と、机とで、ほぼ一杯だ。わたしたちは、顔を突き合わせるようにして喋《しゃべ》っていて、相手の口臭が嗅ぎ取れるくらいだった。もっとも、キスギ氏には、ほとんど口臭はなかったが。あるいは、トイレの消臭剤でも、口に含んでいるのかも知れない。

「寝るのは？　ここで寝るんですか？」

「人間、色んなことに慣れるもんだよ」

と、相手は答えた。

「座ったまま寝《やす》むのだって、じきに慣れる。終電が終わって、灯《あか》りが消されると、自動的に寝つけるようになるよ。それが嫌になったら、昼のうちにホームへ出て、環状線のシートか、ベンチで昼寝したっていい」

わたしは頷いた。人間が、どんな姿勢でも眠れるようになるというのは本当だ。相当不自然な姿勢でも、慣れればば大丈夫なものだ。要は、睡眠中に少しずつ姿勢を変えるコツを会得すればいいのだ。わたしにも経験がある。

「駅員に、追い出されたりしませんか？」

「なあに、普通の客に見えればいいのさ。きちんとした服装さえしていれば、大丈夫」

当面、急を要する質問は、これでほぼ、出尽くした。

わたしは、茶色に白が交じった相手の髭面を、じっと見つめた。

「素晴らしい」

と、わたしは感想を述べた。

キスギショウジ氏は、照れたように顔を赤らめた。

「そう思うか？」

「もちろん。駅からゼロ分。交通至便じゃないですか」

「買物施設近し」

「水道トイレ、駅構内冷暖房完備」

「水道の配管は、ちょっといじくったけどな。駅の洋式便器ってやつは、手洗い用の水が出ないんだ」

「羨《うらや》ましいくらいですよ」

「そうだろう」

キスギショウジ氏は、相好を崩した。それから、唐突に真顔になって、机の上に身を乗り出した。

「ところで、あんた、どうするつもりだ？」

「どうするって？」

「この家のことだよ。あんたに見つかったんで、そろそろ転居する潮時かと思ったんだが。駅員に知らせるのかい？」

「まさか」

と、わたしは答えた。

「そんな不人情なこと、するわけないじゃありませんか」

わたしとキスギショウジ氏は、顔を見合わせて、にっこり笑った。

それからわたしは、キスギショウジ氏の家を、ちょくちょく訪ねるようになった。

大小用のついでに、ちょっと立ち寄って、ホームで買ってきたお茶を飲みながら話し込んだり、会社帰りにビールを持って行って、一緒に一杯やったり、そんなつきあいだ。

いつも、キスギショウジ氏はわたしを歓迎してくれた。

わたしが、彼のささやかな秘密を、誰にも話さなかったので、信用もしてくれたのだろうし、実際のところ、他人との交流に飢えていたのではないかと思う。何しろ、一人暮らしが長く続いたのだから。

わたしが休みの日など、留守を任せてくれたりもした。彼が『仕事』に出かけている間、わたしは缶コーヒーを片手に、蓋《ふた》を下ろした便器に腰掛け、最新号の週刊誌をめくって待っているのだ。

留守番は楽だった。宅配便屋も、新聞やＮＨＫの集金人も、ガスの検針人も訪ねて来ないし、電話だって、かかって来ることはないのだ。トイレの臭いも、慣れると、全く気にならなくなった。

キスギショウジ氏は、いつも、何の心配ごともなさそうな顔をしていた。わたしと違って、会社で嫌な思いをして金《かね》を稼ぐこともなく、定期的に金を入れないと、家から出なければならなくなるという心配もない。明日のことを気に病んだり、過去のことを後悔したりといった悩みとも、無縁なように見えた。

週刊誌や本を読み、ラジオ――わたしが、電池を差し入れたのだ――を聞き、新聞の詰め将棋や詰め碁を解き、時々家の模様替えなどをして、生き生きと生活を楽しんでいる。

彼を見ていると、自分は一体何をしているのだろうという気分にもなった。ちゃんと家賃は払っているものの、さほど彼と変わらぬ、狭い箱の中での一人暮らし。毎日会社に行って、伝票に文字を埋め、ミスをすれば二十《はた》そこそこの女子社員に睨《にら》まれる。バクチで火傷《やけど》して以来というもの、たまに飲んで帰るか、無理やり麻雀《マージャン》に誘われる以外には、これといった趣味もなくて――。

「サラリーマンってのは、偉いよな」

と、キスギショウジ氏は、ビールを飲みながら言ったことがある。

「毎日、あくせく働いてさ。それでいて、住むところと言ったら――あんた、家族は」

「いません」

と、わたしは答え、心の中で、今は、とつけ加えた。

「じゃあ、あんたが住んでいるのは、きっと、ワンルーム何とかってやつだろ。狭っ苦しい箱みたいな」

「狭っ苦しい箱ね」

わたしは苦笑した。

「まあ、そんなとこですよ。マンションじゃないけど」

「トイレは？」

「それが、共同でしてね」

「そーら見ろ」

相手は、顎髭を撫《な》でながら、誇らしげに言った。

「そんなら、おれんとこのほうが、ずーっといい。そうだろ。それで、金は残るのか？」

住居関連の支出、食費、飲み代、必要もなく着ることになっているビジネススーツの金額などが、わたしの頭をよぎった。

「いいや」

「何てこった」

キスギ氏は、嘆かわしげに頭を振る。

「そんなんで、何のために生きてるんだ、あんた」

そんなことで、自分は何のために生きているのだろう、と、わたしは思った。

「どうだい？」

キスギショウジ氏は、少し血走った目を、わたしの鼻のあたりに向けた。

「隣に住まないか？　ちょうど、一つ空いてるんだが」

大便所の列を、自己所有の不動産のように話す彼の表現には、わたしはもう、慣れっこになっていた。

「そりゃ、まずいですよ。二つも塞がってたら、目立ちすぎます。洋式便器は、二つしかないんですからね。きっと、騒ぎになるんじゃないかな」

「ふうむ」

キスギ氏は、自分の鼻の頭を撫でた。

「そりゃあ、そうかも知れないな」

そんなわけで、わたしたちは、時折世間話のために顔を合わせる、言わば気のおけない隣人同士といったつきあいに、互いに概《おおむ》ね満足していた。

人間関係につきもののささやかな緊張感も、確かに存在した。それには、ごく単純な理由があった。人間が二人いれば、それぞれの境遇の善《よ》し悪《あ》しを比較せずにはいられないものだ。わたしたちの場合、もっぱらわたしのほうが、相手の境遇に羨望《せんぼう》を抱いていて、反対はなかった。だが、キスギショウジ氏は、社会的、反社会的という尺度で測ると、この関係が逆転することを知っていた。お互いのこういった認識が、二人の会話に、微妙なスリルのようなものを与えていたのだ。

「おれと同じようにやる勇気が、自分にはないと思ってるんだろう」

ある時、キスギ氏は、ちょっと挑発的に言ったものだ。

「だがね、人間がどれだけ変われるかわかったら、あんたもびっくりするぞ。社会性だの、常識だのって皮は、呆《あき》れるほど薄いもんでしかないんだ」

「そうでしょうか」

「野良犬を見ろ。好きなところで、好きなように餌を漁って、好きなところで寝る。獣《けもの》は、それができりゃあ幸せなんだよ。それが、生きてるってことだ。人間だって獣なんだし、人間だって生きてる。そうだろ？」

「でも、子孫の繁栄が――」

わたしが指摘すると、相手は、豪快な笑い声を上げた。誰かが気づいて、トイレのドアを叩き始めるのではないかと、わたしが気になったほどの笑い声だった。

「女か。いや、否定しなくたっていい。誰だって、女にはもてたいよな。おれみたいにやってたら、確かに家に女の子を呼ぶのは難しい。だけど、そのうち、おれは確かめてみようと思ってるんだよ。ちょっと調べりゃあ、わかるはずだ。何をって？　女の中にも、おれと同じような暮らしをしてる奴がいるに違いないってことさ。間違いない。人間のやることに、男も女もないさ。似たもの同士で、楽しくやって行けりゃあいいんだ」

この問題について、わたしは、彼ほど確信を持てなかったが、キスギショウジ氏は、自信満々だった。

そして、人間が簡単に変われるという彼の理論には、妙に説得力があった。

わたしたちは、互いの生い立ちや、現在の――あるいは過去の職業などについて、詳しい話はしなかった。だが、彼の話し方や、時折かいま見せる知識から、わたしは見当をつけていた。多分、大学出のビジネスマンで、一時はかなり高い肩書をつけていたのではないか、と。それは、間違いかも知れなかった。しかし、仮に正しかったとしても、不思議な感じはしなかった。そういう意味では、キスギ氏の理論は正しいように思われた。

わたしたちは、二週間余りの間、そんな関係を続けていた。

だが、どんな楽しいことにも、必ず終わりがある。

やがて、わたしたちのささやかで実り多き交際にも、終止符が打たれる日がやって来たのだ。


その日、つまり、昨日のことだが、朝から、トイレ周辺がざわざわしていた。

わたしは、例によって、朝の排便を済ませようと、そして、わが友人に、習慣となった挨《あい》拶《さつ》をして行こうと、トイレの前を通りかかった。

そして、入口のところに、駅員が二人、困ったような顔をして立っているのに出くわしたのだ。

わたしは、そ知らぬ顔をして、二人の間を通り抜けた。トイレの中にも、赤い筋の入った制帽をかぶった駅員が立っていて、コーデュロイのブレザーを来た男と話し合っている。

わたしは、ちらりと馴《な》染《じ》みのドアを眺めた。キスギショウジ氏の住居は、今日も扉が閉まっていた。

わたしは、少しほっとしながらも、とっさに小便器に向かい、便意を我慢しながら、二人の会話に聞き耳を立てた。

「倒れているんじゃないかと思うんですよ」

という声が、耳に入った。コーデュロイの男らしい。

「ずっと、ドアが閉まったままで、呼んでも答えないんです」

「いつごろからですか？」

「一時間ぐらい前かな。駅に早く着きすぎたんで、ずっと待合室で待ってたんですよ。着いた時に一回、トイレに入って、さっきまた入ったんだが、ドアが閉まったままなんです」

大変なことになった、という思いに、わたしの便意は、どこかに飛んで行ってしまった。

キスギ氏は、見つかったのだ。あるいは、すぐにも見つかろうとしている。

「別の人かも知れないでしょ」

と、駅員が困ったような声で答えている。やたらとトイレの中の人間に声をかけて、あとで苦情を言われるのを恐れているらしい。

と、コーデュロイの男は憤然とした口調で言い返す。

「あのビールの缶が見えるでしょ」

わたしには、見えなかった。だが、ちょうど小便をし終えたところでもあり、関わりのない一般民間人として、多少の興味を示しても不自然ではないと判断したので、首をねじ曲げて、男が指差している方を見た。事実、三人ほどの、暇そうな野次馬が、駅員とコーデュロイの男の後ろに、所在なげに陣取っていたのだ。

目に入ったのは、少し潰《つぶ》れた、生ビールのロング缶だった。昨夜晩《おそ》く、ここに立ち寄った酔っ払いが残して行ったものらしい。昨夜晩くと言うのは、このわたしもまた、昨晩に友人を訪ねて来ていたからであり、わたしがキスギ氏宅を辞去した十一時過ぎ頃には、確かにそんな缶はなかったのだ。

「トイレでビールを飲むなんて、無頓着《むとんちゃく》な人がいるなあ、と思って、覚えていたんです。その缶の位置が、一時間前とちっとも変わっていない」

わたしには、すぐにその男の言うことがわかった。缶は、タイル貼りの床の上にあった。斜めに、ちょうどドアの左側に、寄り掛かるようにして立っている。何のはずみか、仕切り壁が、ちょっと外側に突き出しているところに引っ掛かって、ようやく倒れるのを免れているのだ。

つまり、トイレのドアが、一度内側に開けば、その缶は、倒れるか、少なくとも、大分位置がずれる運命にあるのだ。

トイレから出た人間が、わざわざ缶を置き直して行くとは、とても考えられない。第一、ドアが閉じていなければ、そんなふうに缶を置くことなど、できないはずだ。

いよいよ、まずいことになった。わたしは、小便器の前を離れながら、顔をしかめた。

「昨夜から、あのままなんじゃないでしょうか」

と、コーデュロイの男は言った。

「朝から、トイレでビールを飲む人は、あんまりいないでしょうからね」

わたしは、洗面台のところから、ちらりと駅員の表情をうかがった。駅員は、あまり嬉しくなさそうだった。厄介ごとが起こったので、嫌がっているだけなのか、あるいは、最初から、キスギショウジ氏が住んでいることを知っていたのかも知れない、と、わたしは思った。だとすれば、同情したか、面倒だったかで、上司への報告を怠っていたのだろう。

「なるほど」

最後に、駅員は一つ大きく頷くと、遠慮がちに、トイレのドアを叩き始めた。

とん、とんとんとん。

「もしもし」

とんとんとんとん。

「もしもし。中の人。誰かいますか？」

「おーい、大丈夫か」

と、コーデュロイの男もわめいた。電車の時間は大丈夫なのだろうか、と、わたしは、余計なことを心配した。男と駅員は、そんなことは全く気にしていないようだった。

「もしもし、中の人」

とんとん。

「おーい、大丈夫か」

どんどんどんどん。

「開けろよ、開けなさいよ」

野次馬たちも、呼びかけに加わった。

そしてわたしは、そーっと、出来る限り静かに、その場を去った。

薄情だと思われるだろうか。仮にも友人である男の窮地を、こうして見捨てて去って行くとは。

しかし、わたしに何ができたろう？

駅員に、彼は健康だ、と告げるのか？　そして、ほっておいてくれ、と頼むのか？　そんなことをしても、大して助けになったとは思えない。

それに、あの奇妙な男が、住みかから引き摺《ず》り出されるところを、わたしは見たくなかった。

だからわたしは、黙ってその場を去ったのだ。

あの奇妙な男、キスギショウジ氏と、もう二度と会うことはないかも知れない、と、思いながら。

そう思うと、ひどく淋《さび》しかった。

会社の帰りに、わたしはもう一度、トイレを覗いてみた。

何の期待もしていなかった。あれだけの騒ぎが起これば、いかにキスギ氏といえども、あそこに住み続けられるはずはない。

案の定、あの扉は開いていた。

左から数えて、二番目の扉。そこは、他の大便所と全く変わりなく、ドアが開け放たれていた。

わたしは、一歩、そこに踏み込んで見ずにはいられなかった。

机も、カーペットも、ポスターもなかった。便器の配管が、新品のものと取り替えられている。キスギ氏の痕跡と言えば、奥の壁に残る、カレンダーの画鋲《がびょう》の跡だけだった。

妙なことに、キスギ氏がいないと、その区画は、とても狭く見えた。わたし以外の人間には、こんなスペースで、男が生活できるとは、とても想像もつかないだろう。

その男は、もういない。駅のトイレで生活していた男は、どこかへいなくなってしまった。

キスギ氏は、一体どこへ行ったのだろうと、わたしは思った。病院か、警察の施設に連れ去られたのか。それとも、家財道具を抱えて、どこかをうろついているのだろうか。たぶん、もっと住みやすい便所を探して。

わたしは、そっと銀色に光るレバーを押して、トイレの水を流してみた。そして、思った。そう言えば、キスギ氏と知り合ってから、ここを、トイレとして利用したことは、一度もなかったな、と。

その夜。

わたしは、自分の『狭っ苦しい四角い箱』の中で、もの思いにふけっていた。

今夜、あの男は、どこにいるのだろう。

ねぐらは、見つかっただろうか。

かつて、閉じたトイレのドアが、気になって仕方なかったように、キスギショウジ氏の行く末が、気になって仕方なかった。

彼の笑顔、声、言葉の数々が、頭の中に甦《よみがえ》った。できれば、いま一度会いたいものだ、と、わたしは思った。

まさにその瞬間だった。

鉄のドアを、どんどんと叩く音が、わたしの耳を打った。

誰だろう、とわたしは思った。便所の住人の他に、親しい友人はいなかったし、会社には、女房が出て行ったことも、今はここに住んでいるということも、まだ届け出ていない。そんなことが、できるわけはなかった。それを説明するには、まず、会社の金を一時使い込み、競輪に注《つ》ぎ込んだこと、その穴埋めに、女房の実家を頼ったことを、告げなければならない。

それに――。

どんどんという、ドアを叩く音は、続いていた。

これは、ひょっとすると――。わたしは、覚悟を決めて、内側から、鉄のドアを開けた。

外の明るさに、一瞬目がくらんだ。

わたしは、目をしばたたいた。外に立っていたのは、まぎれもなく、髭面のキスギショウジ氏だった。

「やあやあ」

と、彼はわめいた。

「突然、お邪魔してすまん。他に、頼る人もいなくてな」

わたしは、息を呑《の》んだ。

「どうして、ここが――」

「悪いと思ったんだがね」

キスギ氏は、がりがりと頭を掻いた。

「実は、一度、あんたの後を、尾《つ》けたことがあるんだよ。最初の頃だ。駅長室にでも駆け込むんじゃないかと、いささか心配になったもんで、つい」

「じゃあ、知ってたんですね」

「最初はまさかと思ったよ。でもまあ、なかなか住み心地がよさそうな住まいじゃないか」

「狭いのに慣れればね」

と、わたしは自嘲的に答えた。

「あなたのところと違って、家賃なしってわけじゃありませんが。お金はありますか?」

「馬鹿にしたもんじゃない。小銭くらい、おれだって持ってるさ」

「いいでしょう。実は、ちょうど隣の部屋が空いてるんです」

わたしは、にやりと笑って、ドアから外に這《は》い出した。

そう、わたしは這い出したと言った。

それは、文字どおりの意味だ。いかにも、わたしは這い出したのだ。わたしの目下の住まいから。

「じゃあ、今度は、わたしが、ここでの過ごし方を教えましょう。厄介なのは、内側から、掛け金の掛け外しをすることですが、慣れれば簡単です。外出の時は、必ずコインを入れて、ロックすること。服なんかで、皺にしたくないのがあれば、別のロッカーへ入れる。いいですね?」

「大体、呑み込めたと思う」

「もう一つ」

と、わたしは顔をしかめてつけ加えた。

「入る前に、靴を脱いで下さい。ある人に言われたんですが、土足で家に踏み込むなんて、不作法をしちゃあいけませんよ」

キスギショウジ氏は、わたしたちの出会いを思い出したのか、嬉しそうに笑い出した。それから、真顔になって、言った。

「わかったよ。だがな、あんた。人間は、向上心ってものを持たんといかん。いい大人が、いつまでも、駅の大型コインロッカーなんかに住むもんじゃない」

わたしも、キスギショウジ氏の意見はもっともだと思った。いい大人が、いつまでもコインロッカー住まいなんかしていてはいけない。毎日三百円、月に九千円という、格安の家賃も、いつ値上がりするか、知れたものではないのだ。

だから、わたしは、今のうちに、皆さんにお願いしておきたいと思う。

あなたがもし、駅のトイレで、いつも閉まっているドアを見かけたとしても、詮索したりしないで、そっとしておいてもらいたい。

その中には、キスギショウジ氏か、わたしか、あるいは、他の誰かが住んでいるのかも知れないのだから。

R依存対策条例

最近、愁人《しゅうと》の様子が変だと気づいたのは、先生ではなくてクラスメートの杏奈《あんな》だった。府立宮来中学は標準モデルの二十五人学級だから、担任の先生が先に気づいても、おかしくなかったのに。だって、バーチャル授業中、愁人はずーっとぼんやりした顔をして、心ここにあらずといった様子だったし、いつもあんなに素早く応答をタップする子だったのに、ほとんど先生の質問に答えることもなくなっていたのだから。それも、得意としている社会科と数学の授業でだ。

まあ、先生にそんなことを期待しちゃあいけないのかも知れない。クラス担任の宮伍《きゅうご》先生はもともと、高校受験指導を優先に設計されたＡＩに過ぎないのだから。オンライン授業に参加する生徒たちの学習曲線を解析して質問を組み立て、応答を評価解析するだけで、顔つきや態度から異変を読み取るようにはできていない。個人の学習曲線の逸脱についても、統計と照らし合わせて、有意性を評価するだけだ。あるタイミングで授業について来られなくなる生徒なんて、別に珍しくないのだろう。

杏奈は、統計的母数を相手にするＡＩではなくてひとりの人間だ。しかも幼稚園の頃からずっと愁人とオンラインで遊んできた幼馴染《おさななじみ》だったから、彼の変化にすぐに気づいた。二週間ほど前から、表情が消えた。何をしている時でも注意力散漫になっているように見えた。簡単に授業に身が入らなくなっているだけではなく、休み時間に誰かに話しかけることも、動画検索をすることも、音楽を聴くこともなくなっている。放課後、仲良しの木村豊《きむらゆたか》――キムポンとeスポーツに興じることもなくなった。何だか急に、人との繋《つな》がりや周囲のことに興味を失《な》くしてしまったみたいだ。

杏奈も愁人も中学生だ。中学生なら誰だって、それぞれのストレスを抱えているものだし、わけもなく疲れていることもある。家族とうまくいかない悩みや、将来への不安、自己不信など、ストレス要因には事欠かない。成長ホルモンの働きなのか、感情の起伏も激しい。何となく気が乗らなかったり、何かで落ち込んでいたりして、全てが煩《わずら》わしく感じられることは珍しくない。この年頃では、軽重の失恋もあるし、友達との諍《いさか》いや行き違いもある。ささやかな失敗や挫折には毎日のように遭遇する。杏奈自身、自分自身が嫌になったり、周囲が煩わしく感じることなんてしょっちゅうだった。愁人は男の子だから、ある意味杏奈より繊細にできている。

だから杏奈は最初、しばらくそっとしておくことだと思っていた。はたからやいやい言ったところで、愁人は心を開かないだろう。メンタルな変調から自然に回復するまで、黙って見守るしかないと考えたのだ。

でも、愁人の変調が二週間も続くと、さすがに心配になってきた。

だから今日、二時限目の後の休み時間に、思い切って本人にコンタクトしてきいてみた。最近様子が変だよ、どうかしたの、と。

そうかな、という、気のない返事が返って来た。何かあったのかと重ねて問いかけると、べつに、という短い返事だけ。それきり、愁人はコンタクトを打ち切ってしまった。

杏奈は、怒るよりもますます心配になった。だから、放課後、別のクラスのキムポンをコールして、尋ねた。

「愁人、最近何か変じゃない？」

キムポンは、はぐらかすように答えた。

「変って何が？」

杏奈は、即座に怒りのスタンプを発信した。

「何がってさ、最近いつもぼんやりしてて、周りのことにキョーミないみたい。あんた親友でしょ。気がつかないの？」

キムポンは、杏奈に気圧《けお》されながらも、逃げを打った。

「そんなの知らねぇよ。本人にきいたら？」

「きいたわよ」

「で？」

「べつに、って」

「だろ？　おれにもそうなんだ」

うっかり認めたキムポンのメッセージに、杏奈は食いついた。

「じゃ、あんたもきいたのね」

「そりゃきくさ。あいつ先週から、バトルパーティにぜんぜん入って来ないし、メッセージ入れても未読スルーだしさ」

「じゃ、心配してんのね」

「まあな」

「心当たりは？」

「ないこともない」

「何よ」

「チクるなよな」

チクらない、と言うと、キムポンはしぶしぶ教えてくれた。一言だけだ。『条例違反』と。

ああ、それか。杏奈は得心した。中学生のR依存については、嫌になるほど読んだり聞いたりしている。Rとの接触頻度が高くなると、未成年者は依存症に陥りやすい。負の感情も含めた刺激の強さに耽溺して、その刺激から離れられなくなるのだ。一旦ハマると、依存度はどんどんエスカレートしていくと言う。

この府のR依存対策条例について、大人たちはいまだに議論していた。適切だ、いや憲法違反だと。

R依存対策の本質は、就学児童（つまり、小学生、中学生、それに高校生）に対する接触時間制限だ。条例反対派は、バーチャルネットワークへの接続時間を制御することによってRへの接触を制限するなんて、憲法で保障された自由の侵害だと言う。条例賛成派は、まだ未熟な就学児童は不健全で危険なRによる刺激から守られるべきだと主張する。

条例は既に施行されているけれど、当の就学児童たちが大人になって、保護が意味をなさなくなるまで、論争の決着はつきそうになかった。

でも、杏奈にとっては、条例なんて関係なかった。

問題は、愁人が、危険な習慣にハマっているというだけのことだ。

やめさせなければ。条例に違反する接触状態を続けて、精神に有害な刺激を受け続ければ、やがて愁人の精神は壊れてしまう。恐ろしいR依存症だ。そんなの許せない。Rの持つ極度の中毒性によって、愁人の明朗で快活なキャラが失われることに、杏奈は耐えられなかった。

だから彼女は、愁人への執拗なアプローチを開始した。彼を救うためのアプローチを。

コンタクトの手段はいくらでもあった。電話、ビデオ通話、メール、メッセージ、SNS、それに感覚プラグイン、バーチャルセッション。様々なメディアを駆使して、間断なくコールを繰り返せば、いくら愁人だって、全てを無視することはできない。たとえ何時間もRと接触していても。

事実、愁人は反応した。肯定的な反応ではなくて、こんな具合に。

「何だよ、うるせーな」

杏奈は、冷静に返信した。

「ほらほら、無視してないでネットに帰って来なよ」

「勝手だろ」

「そうは行かない。あんたが壊れてくのをただ見てるのは嫌」

「壊れないって」

「壊れる。そんな刺激を受け続けて、壊れないわけない」

「馬鹿言うなよ。これが現実なんだぞ」

「現実じゃない。R依存だよ。そんなのあんたの頭の中にあるだけ」

「ちげーよ、馬鹿」

「違わないよ、馬鹿。条例じゃ――」

「カンケーねぇよ」

「条例じゃ、Rとのコンタクトは一日一時間までって決まってる」

「知らねーよ」

「罰則だってあるんだから」

「親への罰則だけな。おまえ、チクるのかよ」

「そんなことしない」

「じゃあほっとけ。どうせ、うちの親は気にしてねぇ」

「違うと思う」

「違わない。仕事が忙しくて、それどころじゃねぇんだと」

「親はカンケーないよ。あんた自身の問題でしょ」

「は？」

「自分を大事にしなきゃダメ」

「しつけぇな、バーカ。もう切るぞ」

「卑怯者！」

「何でだよ」

「あたしと接続する勇気がないから。Rなんかに逃避しちゃってさ」

「逃避じゃねえって」

「逃避よ」

「何でほっといてくれねぇんだよ」

「好きだから」

こうしたやり取りが、何度も繰り返された。日に何度も。杏奈は希望を失わなかった。とにかく、双方向のコンタクトが成立しているわけだし、その時間は、日々長くなって行ったからだ。愁人は、本質的には心優しくて繊細な男子中学生だった。いくら依存症になっても、人との繋がりを一方的かつ完全に断ち切るようなタイプではない。杏奈はそう信じていた。

そして、結局のところ、彼女は正しかった。

愁人は、交友関係のバーチャルネットワークに帰ってきた。

Rへのコンタクトを頻繁に妨害されて、興を削がれたのかも知れないし、幼馴染の少女の真摯な愛情に心を動かされたのかも知れない。単に、長時間のRへの耽溺に飽いてきただけだったのかも知れない。杏奈にとって、理由はどうでもよかった。

いずれにしても、愁人は、一日一時間以内というR依存対策条例の制限を受け入れることにした。彼は普通のバーチャル中学生に戻り、杏奈は心から安堵して、愁人への干渉をやめた。

これは、府議会の条例賛成派にとっては、心強い勝利だったはずだ。

もっとも、賛成派も反対派も、府立宮来中学校で二人の中学生の間に起こったささやかなドラマなど、知りはしなかった。それを言うなら、府下の小中学校や高校で起こっている、無数の同様のドラマについても。

小さなドラマをよそに、府議会では、今日も議論が続いている。

条例賛成派の議員は言う。

「本条例は、決して廃止するべきではありません。現に今この時も、府下の就学児童たちは、危険な刺激から保護され続けているのですよ。それをストップするなんて、とんでもない。児童たちを、凶悪な刺激に無制限にさらしてよいとでも言うのですか？　Rは、無垢な精神に悪影響を及ぼす悪徳と矛盾に満ちています。暴力、逸脱した性行為、ポルノ、殺人。詐欺、援助交際、誘拐。大気汚染、交通事故、人種差別、民族差別、ヘイトスピーチ。いいえ。青少年の精神の健全な発達のためには、われわれはRからの保護を続けなければなりません。児童たちには、安全なバーチャル環境で成長する権利があります」

条例反対派の議員が立ち上がって意見を述べる。

「今、危険な刺激とおっしゃった全てについて、ひとこと申し上げたい。その全てが、われわれの社会の現実なのです。全ての社会の成員が直面すべき現実です。遠ざけることこそ不健全ではありませんか。今、安全なバーチャルリアリティの繭《まゆ》の中で保護されている児童たちには、無限の柔軟性と、憲法上の明確な権利があります。彼らには権利があるのです。自由に繭から外に踏み出し、何ら人為的な制約を受けることも、学校や家族、他人からの不当な干渉を受けることなく、無制限にR、つまりリアリティ、われわれの社会の現実と接触する権利が」

保護と権利を巡る議論に、やはり決着はつきそうになかった。

あとがき

四十年近く小説を書き続けていると、そして、その小説の中で、何らかの形でテクノロジーを取り扱い、社会情勢を描写していると、記述の一部が次第に時代と合わなくなってくることは避けられない。

ここでは、主として筆者のプライドに配慮し、過剰な自己嫌悪に打ちのめされないようにするために、あえて『記述の一部が』という表現を使った。ひょっとすると、そのような配慮とは無縁の賢明なる読者諸氏は、「それを言うなら全部が時代と合わなくなっているのではないか」と容赦なく指摘されるかも知れない。論旨の展開上、この『一部か全体か』という論点はひとまず棚上げさせて頂ければありがたい。

真面目な物書きにとって、自らの紡ぎ出した文章全体が社会的に無価値になっていると認めるのはつらいものだ。きちんと身銭を切って書店のレジで現金支払いを終えた読者諸氏には、人間の器の大きさを発揮して読み流して頂くことを期待する。もちろん、いまだ身銭を切らずにあとがきに目を通しているほうの読者諸氏については、それ以上の謙虚さが要求されることは言うまでもない。

ほうら、またやってしまった。

何行か前の表現のことである。『書店のレジで』だって？　『現金支払いを終えた』だって？　だからこの筆者は時代に合わないと言われるのだ。賢明なる読者諸氏の無慈悲な突っ込みが目に見えるようだ。あんたはネット通販のカートを知らないのか？　クレジットカードやプリペイドカードを持ってないのか？　電子書籍をダウンロードしたこともないのか、かりそめにもSF作家の看板を掲げているくせに。おっしゃる通り。そうなのだ。自分でもよくわかっている。

筆者の短編の登場人物たちは、ともすれば『公衆電話ボックス』に入り、『テレホンカード』をスロットに挿入してしまう。『家庭用固定電話機』に向かえば、何と平気で『ダイヤル』を回し始める。コインロッカーには、もともとの字義に忠実に『硬貨』を投入する。平気で『煙草《たばこ》』に『火を』つける。それも『病院の待合室』でだ。

あるいは、最新式のコンピュータの『CRTディスプレイ』を見つめ、『トラックボール』や『マウス』を操作する。せいぜい知っているのは『クリック』という操作までで、フリックだのスワイプだのという仕様には縁がない。

今どきCRTですって？　それってつまり陰極管、要はあの無駄に奥行きがあったいにしえのブラウン管のことじゃね。死語もいいとこ。オワコンよね、ふるっ。だいたい紙巻煙草なんて、まだコンビニで売ってるの？　受動喫煙防止法も知らないのかなこの人。

長らくこの稼業を続けている以上、こんなふうに蔑《さげす》まれ、時流に合わない恐竜の生き残りだとしてそっぽを向かれてしまうリスクから逃れることはできないのだ。

実のところ、本書のゲラをチェックする際、筆者はこっそり『レコード』という単語を削除した（『レコード』というのは、二つ前の元号の時代に音源を記録するために利用されていた巨大な塩化ビニールの円盤のことだ）。一瞬『CD』に変更しようかと思ったのだが、楽曲の流通形態として、それすら旧聞に属すると気づいて愕然《がくぜん》とした。

そもそも、事態は姑息《こそく》な固有名詞の読み替えなどでは追っつかないところまで来ている。ことは表現レベルの問題にとどまらないのだ。

小説を書いていると、大事件の発生などを契機とした社会的関心や許容度の変化によって、ストーリー全体がオクラ入りになるリスクもある。筆者がかつて構想し、書き進めていたり完成させたりしたストーリーの例をいくつか挙げてみよう。

国家転覆の野望を抱いた新興宗教団体によるテロの物語は、小説より奇なる現実の大事件に追い越されて市場価値を失《な》くした。架空の震災を想定した飲食店の生き残り戦略のストーリーと、放射性物質による殺人というテーマは、ある天災を機にあまりに不謹慎なためとても発表できない作品と化した。

そして今、昨年の夏に脱稿したミステリが一篇ある。この作品、インフルエンザウィルスを犯行手段に用いた復讐譚《ふくしゅうたん》なのだけれど、こいつが無事に活字になるかどうか、昨今の世界情勢や国内事情からみて非常に微妙なところだと思わざるを得ない。

筆者は別に、作品がオクラ入りを余儀なくされたことを恨んでいるわけではない。特権的地位を持つ物書きは、テクノロジーの進歩や社会情勢の変化、世間の耳目を集める大事件などから自由であるべきだと言いたいわけでもない。

一種のサービス業である文筆家に、もとより特権的な地位などないことぐらいわきまえている。文筆家が、サービスを提供して対価を得る稼業である以上、世間の空気と無縁でいられるわけもない。サービス業というのは本質的に薄利多売のビジネスモデルであって、消費者の関心に依存する。つまらない意地を張って時代の流れに逆らおうものなら、手痛いしっぺ返しを喰《く》らうことになるだけだ。

どんな職業も、予期せぬ需要変化というリスクを免れることはできないものだし、物書きが考慮しなければならないリスクなど、他の果敢でダイナミックなビジネスに比べればたかが知れている。物書きのはしくれとして、作品が陳腐化したり適切性を失ったりして世間にそっぽを向かれるリスクぐらい、甘んじて受けとめたいと思う。

しかしながら、気弱な物書きのはしくれといえども、誠実に職業的な活動を続ける以上、いくばくかの慰めを求めても罰は当たるまい。

そう、せっせと小説を書き続け、発表した瞬間から作品が陳腐化していくのを眺めているという境遇にも、慰めは存在するのだ。キイワードは、人間の普遍性である。小説は、何らかの形で常に人間を扱っている。そして、テクノロジーがいかに進化し、社会がどのように変遷《へんせん》しても、人間はさほど変わるものではない。

　時代が変わっても、同じように人間関係に悩み、同じように夢や希望、時には野望を抱き、同じように挫折《ざせつ》する。同じように小さな勇気を振り絞って努力や工夫を積み重ねて、時には勝ち、時には敗れる。

　同じように怒り、泣き、笑い、驚き、叫び、赦《ゆる》し、手を差し伸べ、救われる。

　同じように働き、遊び、食べ、愛し合い、眠る。

　同じように運命に振り回され、困難や障害を乗り越えたり乗り越えなかったりしながら生き続け、やがて死ぬ。それは、筆者も、そして賢明なる読者諸氏の全てが、自ら身をもって経験されていることだ。古代バビロニアの楔形文字でも、古代エジプトの象形文字でも、はたまたネットワークにツイートされるテキストでも、『近頃の若者は』とか、『最近の年寄は』といった同じ愚痴が繰り返し書き記される。

　用語や表現が古くなろうと、テーマが時代に合わなくなろうと、小説は、普遍的で愛すべき人間の営為を扱うものだ。どんな文学ジャンルであっても、そのことに変わりはない。それが、へそ曲がりが選びがちなSFという格別にリスキーなジャンルであったとしても。

　それならなぜ、わざわざそのようなジャンルを選ぶのだ、と問われても、筆者には答えようがない。気がついたら書いていたのだとしか言えない。あらゆる理屈は後からつけるものなのだ。

だからまあ、時の流れを経《へ》ても、作品が完全に風化して無価値になることはないと信じて書き続けることにしよう。

さて。

いかに弁解を連ねようと、またその弁解が当を得ていようといまいと、この書籍は既に世に出てしまった。既に校了し、もはやテーマや表現を手直しすることはかなわない。であれば、お互いあきらめが肝心だ。

寛容なる読者諸氏に楽しんで頂ければ幸いである。

さらに、レジでもカートでもプリペイドでもブロックチェーンでも寄付でも、とにかく時流にマッチした形できちんとお支払いを頂ければ。

二〇二〇年七月十九日

草上仁

編者解説

日下《くさか》　三蔵《さんぞう》

　昨二〇一九年、草上仁《くさかみじん》の実に二十六年ぶりとなる短篇集『5分間ＳＦ』がハヤカワ文庫ＪＡから刊行されて話題になったことは記憶に新しい。同文庫からは既にヒットを受けた第二弾『7分間ＳＦ』も刊行されている。

　草上仁は慶應義塾大学法学部在学中の一九八一年、第七回ハヤカワ・ＳＦコンテストに投じた短篇「ふたご」（艸上人《くさかみじん》名義）で佳作第二席に入選している。翌年四月に就職。この年の「ＳＦマガジン」八月号に掲載された短篇「割れた甲冑《かっちゅう》」で作家デビューを果たした。以後、兼業作家として執筆活動を続けているため、本名や詳しい経歴については公開されていない。これまでに中篇やショートショートを合わせて三〇〇作を超える短篇と十五作の長篇作品を発表している。

　草上短篇の特徴としては、「アイデアの奇抜さ」「文章の読みやすさ」「バラエティの豊かさ」などが挙げられるが、これらは、つまり「クオリティの高さ」という最大の特徴の要因ということになる。タイプとしては、第四短篇集『無重力でも快適』の解説で星新一《ほししんいち》が名前を挙げているフレドリック・ブラウンに、もっとも近い。長篇も、短篇も、ＳＦも、ミステリも、すべて面白いという点も、ブラウンと同じだ。

日本でいうなら、まさに星新一。あるいはSFマンガの藤子《ふじこ》・F・不二雄《ふじお》や岡崎二郎《おかざきじろう》を想起していただければ、草上作品のアベレージの高さをイメージしやすいのではないだろうか。

年間数本のペースで「SFマガジン」に発表してきた短篇が二十篇に達した八七年、最初の作品集『こちらITT』がハヤカワ文庫JAから刊行される。当時、浪人中だった私は、予備校に行く途中で覗《のぞ》いた本屋で、この本を発見した。まったく未知の作家だったが、カバーイラスト・吾妻《あづま》ひでお、巻末解説・梶尾真治《かじおしんじ》という布陣は購入を決意させるのに充分であった。その日のうちに読了して、ああ、買って良かった、と思ったことを覚えている。

以後、草上仁の短篇はコンスタントに単行本化され、九三年までに連作短篇集一冊を含む十五冊（そのうち三冊が全作品書下しの短篇集である）に一一一篇が収録された。特に八八年から九一年の四年間は、毎年二〇作から四〇作もの短篇を発表しており、兼業作家とは思えない生産量には驚くしかない。しかも前述のように作品の高いレベルは維持したままなのである。

短篇集が出なくなったのは、作品がつまらなくなったとか、執筆量が減ったという理由ではなく、出版界全体の長篇偏重化の影響を、まともに受けたためであろう。草上仁もこの傾向を受けて、九二年から〇九年にかけて、五つの版元から長篇を刊行している。

二〇〇〇年代に入って短篇の発表数はさすがに減ったものの、それでも年間数作はコンスタントに書かれていた。とうとう単行本未収録作品が二〇〇作に達しかけた頃、ようやく早川書房が溜まりに溜《た》まった「ＳＦマガジン」掲載作から比較的短いものを選んで短篇集を出してくれたのである。

『５分間ＳＦ』と『７分間ＳＦ』の二冊に収められた短篇は二十七作。うち三篇は書下しの新作だから、単行本未収録作品は二十四篇減ったことになる。ありがたいことはありがたいのだが、それでもまだ、約一八〇作もの短篇が本になっていないのだ。

この状況をなんとかしたいと思って編んだのが、本書『キスギショウジ氏の生活と意見』である。未刊行だった十八篇に書下し新作一篇を加えた十九作を収めている。

各篇の初出データは、以下のとおり。

十五パズル　「ＳＦアドベンチャー」88年6月号
記念品　「ＳＦアドベンチャー」88年11月号
飛入りの思い出→飛び入りの思い出「ＳＦアドベンチャー」89年2月号　※本書収録時に改題
お別れ　「ＳＦアドベンチャー」89年9月号
変身　「ＳＦアドベンチャー」90年2月号
お父さんの新聞「ＳＦアドベンチャー」91年3月号
ダイエット・ペット「ＳＦアドベンチャー」91年7月号
公聴会　「ＳＦアドベンチャー」91年12月号

オーバードーズ「野性時代」90年1月号
国境の南「野性時代」90年5月号
アイウエオ「野性時代」90年7月号
われらの農場を守れ「野性時代」90年11月号
鉄の胃袋「野性時代」91年1月号
OEの謎「野性時代」91年2月号
文通「野性時代」91年4月号
ブラボー「野性時代」91年5月号
家庭の幸せ「野性時代」91年7月号
キスギショウジ氏の生活と意見「野性時代」92年1月号
R依存対策条例　書下し

新作短篇「R依存対策条例」はこちらから依頼した訳ではなく、編集作業中に著者から編集部に突然送られてきたもの。現代のインターネット社会が抱える病理を鋭く風刺した作品で、ありがたく巻末に加えさせていただくことにした。

徳間書店の「SFアドベンチャー」に載った未収録作品は本書の八作ですべてである。角川書店の「野性時代」に載った未収録作品は本書の十作の他に、あと四篇ある。すべて入れたいところだったが、そうすると厚さが七〇〇ページ近くになってしまうため、今回は収録を見送った。入れ切れなかった作品については、改めて刊行の機会を待ちたい。

短篇集なので、個別の作品の内容について詳述することは控えるが、SFはもちろん、ファンタジー、ミステリ、ホラー、「奇妙な味」としか言いようのない奇譚《きたん》まで、バラエティ豊かな作品が揃《そろ》っており、そのどれもが面白いことは、ここで保証しておこう。

本書を読み終わった後に、宇能鴻一郎《うのこういちろう》「公衆便所の聖者」（双葉文庫『花魁《おいらん》小桜の足』所収）、筒井康隆《つついやすたか》「アルファルファ作戦」（ハヤカワ文庫JA『日本SF傑作選1　筒井康隆　マグロマル／トラブル』所収）、同じく筒井康隆の「毟《むし》りあい」（新潮文庫『傾いた世界』所収）といった名作短篇に手を伸ばしてもらえれば、いくつかの作品のアイデアやシチュエーションの先行例を確認できるはずだ。

いつ読んでも、誰が読んでも面白い草上仁の短篇は、すべてのSFファンにとって、懐かしい故郷《ふるさと》のような存在といえるのではないだろうか。そんな草上短篇の大半が品切れで、半数以上が本にすらなっていない、という現在の状況は、実にもったいない、と言わざるを得ない。本書の刊行が呼び水となって、草上さんの新たな短篇集が続々と編まれることを願ってやまない。

草上仁著作リスト

◉凡例

書名・収録作品（長篇のタイトルは省略）・
発行年月日（西暦）・出版社（叢書名）・判型・外装

1
こちらＩＴＴ
［アル牛／ベター・ハーフ？／進化の道／分裂剤／こちらＩＴＴ／目には目を／道化の釘］
87年8月15日　早川書房（ハヤカワ文庫ＪＡ）Ａ６判　カバー　帯

2
くらげの日
［生物兵器／強制輪廻／眼鏡探し／くらげの日／サルガッソーの虫／サクラ、サクラ］
88年6月30日　早川書房（ハヤカワ文庫ＪＡ）Ａ６判　カバー　帯

3
時間不動産
［時間不動産／国民不在／ダ・ビ・ン・グ／蜂の幸福／嫌煙権／明日にのばすな］
88年11月15日　早川書房（ハヤカワ文庫ＪＡ）Ａ６判　カバー　帯

4
無重力でも快適
［無重力でも快適／クーラー売ります／太公望／ウィークスを探して／ヘイブン・オートメーション］
89年2月15日　早川書房（ハヤカワ文庫ＪＡ）Ａ６判　カバー　帯

5
かれはロボット
［キーヴの墓掘り／夢よもう一度／キャンペーン虫！／空白の一日／レッド・アンド・ブルー／あてようか？／いたずら電話／暗号／魂の問題／かれはロボット］
89年5月15日　早川書房（ハヤカワ文庫ＪＡ）Ａ６判　カバー　帯

6
プラスティックのしゃれこうべ
［虫食い／予約制／ハデスの牧場／プラスティックのしゃれこうべ／タイムカプセル／チキンラン］
89年9月15日　早川書房（ハヤカワ文庫ＪＡ）Ａ6判　カバー　帯

7
ウォッチャー──見張り
［パートナー／宇宙人／征服ヘルメット／交枕クラブ／死因／パーソナリティー／花か種か／見張り〈ウォッチャー〉］
90年2月15日　早川書房（ハヤカワ文庫ＪＡ）Ａ6判　カバー　帯

8
ラッキー・カード
［夜を明るく／セルメック／割れた甲冑／牛乳屋／ラッキー・カード／ウォーターレース／可哀相な王女の話］
90年8月31日　早川書房（ハヤカワ文庫ＪＡ）Ａ6判　カバー　帯

9
星売り
［よっちゃんの株／在宅勤務？／星売り／特急便／最後の信販／輸出仕様／嘘は罪／ショットダウン／故障プログラム／ファンタシイ］
90年10月31日　早川書房　Ｂ6判　カバー　帯

10 **お喋りセッション**

［死刑／ローテーション／コンドーム／フード・プロセッサー／中古者／お喋りセッション／狼男／ヒッチハイク／外科ニック］

91年1月31日　早川書房（ハヤカワ文庫ＪＡ）Ａ６判　カバー　帯

11 **ゆっくりと南へ**

［殺せ！／オリジナル／おお、白い花びらが／おじいさんの時計／隻眼ディガート／ピューイ／ゆっくりと南へ］

91年5月15日　早川書房（ハヤカワ文庫ＪＡ）Ａ６判　カバー　帯

12 **よろずお直し業**

［砕けた石／割れた壺／折れた枝／裂けた布／融けた氷／燃えた紙］

91年6月21日　ＰＨＰ研究所　小Ｂ６判　カバー　帯

01年8月31日　徳間書店（徳間デュアル文庫）Ａ６判　カバー　帯

13 **市長、お電話です**

［国境を越えて／ポルノグラフィック／転送室の殺人／豆電球／市長、お電話です］

91年9月30日　早川書房（ハヤカワ文庫ＪＡ）Ａ６判　カバー　帯

14
スーパーサラリーマン
［辞めさせて頂きます／同居時代／妻の顔／毒／おばあちゃんの復讐／テルを待ってます／ホームテレホン／方向音痴／テレホンカード／SENDAIHAGI／スーパーサラリーマン］
92年6月30日　早川書房（ハヤカワ文庫JA）A6判　カバー　帯

15
天空を求める者――少年ウィクルの旅
92年10月15日　早川書房　B6判　カバー　帯

16
くたばれ！ビジネスボーグ
93年3月30日　青樹社　B6判　カバー　帯

17
江路村博士のスーパー・ダイエット
［江路村博士の大発明／悪徳ランド／ホロ・ドレス／最後の納税者／カワヘビ／紙の盃／ここまでおいで／飛んで行きたい］
93年5月31日　早川書房（ハヤカワ文庫JA）A6判　カバー　帯

18
お父さんの会社
93年11月30日　早川書房（ハヤカワ文庫JA）A6判　カバー　帯

19 **愛のふりかけ**
95年4月30日　角川書店　B6判　カバー　帯

20 **ウェディング・ウォーズ**
95年8月10日　青樹社（青樹社文庫）A6判　カバー　帯

21 **東京開化えれきのからくり**
99年7月15日　早川書房（ハヤカワ文庫JA）A6判　カバー　帯

22 **スター・ハンドラー　上・下**
01年7月31日　9月30日　朝日ソノラマ（ソノラマ文庫）A6判　カバー　帯

23 **スター・ハンドラー2　さまよえる海　上・下**
02年3月31日　7月31日　朝日ソノラマ（ソノラマ文庫）A6判　カバー　帯

24 **スター・ハンドラー3　ゲートキーパー　上・下**
02年11月30日　03年3月31日　朝日ソノラマ（ソノラマ文庫）A6判　カバー　帯

25 **スター・ダックス**
03年12月31日　朝日ソノラマ（ソノラマ・ノベルズ）新書判　カバー　帯

26
黒真珠の瞳―凶眼リューク
04年2月13日　スクウェア・エニックス（EXノベルズ）新書判　カバー　帯

27
スター・ダックス2　トリプル・スパイ
04年8月31日　朝日ソノラマ（ソノラマ・ノベルズ）新書判　カバー　帯

28
ホーンテッド・ファミリー
05年6月30日　朝日ソノラマ（ソノラマ・ノベルズ）新書判　カバー　帯

29
文章探偵
06年5月31日　早川書房（ハヤカワ・ミステリワールド）B6判　カバー　帯

30
数学的帰納の殺人
09年5月25日　早川書房（ハヤカワ・ミステリワールド）B6判　カバー　帯

31
5分間SF
［大恐竜／扉／マダム・フィグスの宇宙お料理教室／最後の一夜／カンゾウの木／断続殺人事件／半身の魚／ひとつの小さな要素／トビンメの木陰／結婚裁判所／二つ折りの恋文が／ワーク・シェアリング／ナイフィ／予告殺人／生煙草／ユビキタス］
19年7月25日　早川書房（ハヤカワ文庫JA）A6判　カバー　帯

32
7分間SF
［カツブシ岩／キッチン・ローダー／この日のために／カレシいない歴／免許停止／スリープ・モード／チューリング・テスト／壁の向こうの友／緊急避難／ラスト・メディア／パラム氏の多忙な日常］
20年3月25日　早川書房（ハヤカワ文庫ＪＡ）Ａ6判　カバー　帯

33
変身／オーバードーズ
［十五パズル／記念品／飛入りの思い出／お別れ／変身／お父さんの新聞／ダイエット・ペット／公聴会／オーバードーズ／国境の南／アイウエオ／われらの農場を守れ／鉄の胃袋／ＯＥの謎／文通／ブラボー／家庭の幸せ／キスギショウジ氏の生活と意見／R依存対策条例］
20年8月19日　竹書房（竹書房文庫）Ａ6判　カバー　帯

※本書

キスギショウジ氏《し》の生活《せいかつ》と意見《いけん》

2020年8月19日　初版第一刷発行

著者 …………………………… 草上《くさかみ》仁《じん》
編者 …………………………… 日下《くさか》三蔵《さんぞう》
イラスト ………………………………… はしゃ
デザイン ………………… 坂野《さかの》公一《こういち》(welle design)

発行人 …………………………… 後藤明信
発行所 …………………… 株式会社竹書房
〒102-0072 東京都千代田区飯田橋2-7-3
電話：03-3264-1576(代表)
03-3234-6383(編集)
http://www.takeshobo.co.jp
印刷所 ………………… 凸版印刷株式会社

定価はカバーに表示してあります。
乱丁･落丁の場合には竹書房までお問い合わせください。
ISBN978-4-8019-2376-8 C0193
Printed in Japan
〔JASRAC 出 2006233-001〕